Константин Георгиевич Паустовский

Повесть о жизни

第五部

投身南方

生活的故事

[俄] 康·帕乌斯托夫斯基 著

王丽丹 译　王志耕 校译

GUANGXI NORMAL UNIVERSITY PRESS
广西师范大学出版社

·桂林·

生活的故事
SHENGHUO DE GUSHI

出 品 人：刘春荣
责任编辑：王辰旭
助理编辑：田　晨
特约编辑：罗敏月　郑夏蕾
装帧设计：王　烁
责任技编：郭　鹏

Повесть о жизни © Константин Георгиевич Паустовский
本作品中文专有出版权由中华版权代理总公司代理取得，由广西师范大学出版社独家出版。
著作权合同登记号桂图登字：20-2014-292 号

图书在版编目（CIP）数据

生活的故事：全 6 册 /（俄罗斯）康·帕乌斯托夫斯基著；王丽丹等译. —桂林：广西师范大学出版社，2019.6
ISBN 978-7-5598-1654-2

Ⅰ.①生… Ⅱ.①康…②王… Ⅲ.①自传体小说－俄罗斯－现代 Ⅳ.①I512.45

中国版本图书馆 CIP 数据核字（2019）第 038732 号

广西师范大学出版社出版发行
（广西桂林市五里店路 9 号　　邮政编码：541004）
　网址：http://www.bbtpress.com
出版人：张艺兵
全国新华书店经销
广西广大印务有限责任公司印刷
（桂林市临桂区秧塘工业园西城大道北侧广西师范大学出版社集团有限公司创意产业园内　邮政编码：541199）
开本：880 mm×1 230 mm　1/32
印张：57.625　　　字数：1 429 千字
2019 年 6 月第 1 版　　2019 年 6 月第 1 次印刷
定价：318.00 元　（全 6 册）

如发现印装质量问题，影响阅读，请与出版社发行部门联系调换。

第五部

投身南方

目 录

简短说明 / 1

对读者的致谢 / 3

烟草共和国 / 8

"传奇"一词的双重含义 / 20

一座被钉死的房子 / 30

邮车 / 38

疟疾药 / 51

阿姆特赫尔—阿赞达湖 / 59

在平坦的港口 / 84

巴统的声音和味道 / 87

"这不是妈妈" / 92

海岸住所 / 102

战俘乌里扬斯基 / 113

灯塔看守人 / 122

快乐的旅伴 / 137

主要方向 / 149

几千发信号弹 / 155

阴沉的冬天 / 165

重物搬运工 / 169

175 / 摔跤手多夫格洛

181 / 对茶炊烟味的思念

186 / 新年之夜

196 / 最后一抹斜阳

201 / 冬天的迹象

213 / 普通的漆布

229 / 各有其事

237 / 又是一个春天

244 / 千年迷雾

257 / 这一切都是虚构!

简短说明

本书是自传作品集《生活的故事》的第五部。这里我不得不"按照剧本的情节"离开俄罗斯,将剧情移至最南端——高加索和外高加索。

我再一次踏进了苏维埃政权刚刚建立的地区。情况之所以如此,是因为我总是间隔很长时间才追赶上向南推进的革命。因此,对我来说,革命的发展并不是一条直线,而是很怪异的曲线和反复。一年前经历过的重又回来,不过换了另一种方式,增添了各种不同的事件。

我离开俄罗斯近两年。但我对此并不后悔:在此期间我知道了很多东西。

书中写了很多事和人,但仍比实际上少得多。

根据相当合理的戏剧文学规律,剧本通常分成精确的几部分。

一开始是开场的交代,即,将读者与观众带进人物、事件和情景的整个过程中去。其次是剧情的发展,接着达到顶点——全剧的高潮、爆发、最紧张的部分。这时,观众们开始激动不安,在椅子上欠起身来,甚至喊叫几声。

电影中最典型的高潮范例是追捕。这些狂奔的骑手（为了追杀敌人或是救出心爱的姑娘）让普通百姓，特别是青年人，付出了昂贵的代价，使他们的神经遭受了巨大的创伤。

遗憾的是，我们不知道，如何测算神经受到创伤的程度。在我们这个神经高度紧张的时代，科学尚未找到这一测算的方法。

无论看起来多么奇怪，但我所描写的真实生活本身却在那些年间按照戏剧的规律前进着。

第一部（《遥远的年代》）可被称作故事的交代部分、舒缓的引导，第二部（《动荡的青春》）是剧情的发展，第三部和第四部（《未知世纪的开端》和《满怀希望的时期》）对应于最紧张的部分，而第五部（《投身南方》）则带来某种缓和。在剧本中这一切向来都是这样发生的。剧作家放缓情节，是为了让观众稍作休息。然后合理的结局自然到来。

而在这里，是生活本身设置了一个舒缓的节奏，离开主题。它将作者带到了高加索，让他目睹了高加索五光十色的事件、形形色色的人和大自然多彩的景色，此外，使其生活本身充满南方的乐观情绪与幽默。在南方，幽默在任何情况下都不会枯竭，在任何事物面前都不会退却。

对读者的致谢

这本书，我想从对一位读者的致谢写起，他是生活在塞瓦斯托波尔的退役海军上校 А. И. 马洛夫。

马洛夫上校核查了上一部自传小说《满怀希望的时期》中与海洋相关的所有内容，哪怕有间接关系的内容也检查了，并给我寄来了几条意见。

上校广博而生动的海事知识使他的意见具有简短的航海故事的特点。上校的信中包含一些类似小型研究的内容，其中有关于克里米亚西北海岸颜色的研究，有关于所谓"科瓦列夫斯基水塔"的研究（该水塔位于敖德萨近郊，为航海员作导航标识使用），有关于海事的诸多细节的研究，这些细节是如此有趣，令观者的海洋浪漫主义情怀油然而生。

我不做任何选择，把上校寄给我的三条意见都引述在这里。

从这些意见中，每个人都会清楚，一个人是如何对待自己的事业的。

首先，他尊重它，不容许有人轻率地对待它。

在书中有一处，我把"航路指南"一词加上了引号。这一做法立刻引起这位老海员的公正反驳:"不要贬低航路指南并将其加上引号。"

在另一处,我轻率地写道,塔尔汉库特海角和灯塔在海员们中间声名狼藉由来已久。我的上校就此指出:"这是正确的。不过您为什么提到灯塔呢?海角——这是对的!而救命的、预警的、定位的灯塔,尽管它也名为(海员们不喜欢的)塔尔汉库特,但不会被记恨的。海员们敬重灯塔的灯光,而对海角、航道狭窄地带,以及其他的危险水域则不敢恭维。"

最后,上校为受到我贬抑的"彼斯捷尔"号轮船进行的辩护,读起来十分感人。

我乘坐"彼斯捷尔"号已有几次,对它已经习惯了,甚至爱上了它。在苏维埃政权建立的最初几年间,它是联系高加索海岸与俄罗斯的唯一一艘轮船。

但是我却写道,"彼斯捷尔"号是一艘窄小的破船——是那种酷似"季米特里"号的旧船(这后一种所谓的海上"盒子"成了《满怀希望的时期》一书中的一个无生命的主人公)。

我的这些文字引起了上校的回应:

"您让'彼斯捷尔'号过于破旧了。它不同于'季米特里'号。它更年轻、更适于航海,而且船身结构完全不同。因其外形、奇美的船体结构、桅杆和上层建筑,'彼斯捷尔'号深受商船队的船员与海军军人的敬重,深得他们好感,甚至是特殊的厚爱。

"'彼斯捷尔'号沉没于一九四三年。它被鱼雷击沉于安纳托利亚海岸附近。一九四一年之前,它航行于敖德萨—巴统之间,随着战争的爆发它成了运输船。黑海舰队的老水兵们将永远铭记它。"

在结束这段简短的开场白之际,我想祝愿每一位作家都拥有像马洛夫上校这样苛刻的读者。

与此同时，我禁不住再一次羡慕上校能够住在塞瓦斯托波尔，再一次要写一写这座充满魔力的城市。

我是在雅尔塔记下这些文字的。写得很慢，时常搁下笔想，近日我一定要去一趟塞瓦斯托波尔。

塞瓦斯托波尔迎接我的将是炎热的秋日。挡土墙狭长的阴影里，蒙着尘土的小草会依然翠绿。我甚至不知道，这些叶子卷曲的普通的小草叫什么。单是露水滋润就会让它们满足，它们英勇地忍受着塞瓦斯托波尔燥热夏日的煎熬。况且，它们还散发出一缕怡人的清香。这清香像极了点缀在人迹罕至的海滩上、被太阳暴晒过的黑藻的香味。这些黑藻上覆盖着一层细微的盐花。如果把这样一小片水藻用手指捻搓，它就会碎成褐色的粉末。

如今塞瓦斯托波尔酷暑弥漫。仿佛有一个隐形人小心翼翼地将酷暑倾泻进塞瓦斯托波尔的每一条街道和院子，一直到瓦片屋顶。在这难挨的酷暑笼罩之下，蝉却在自己的地下王国里发出急切的鼓噪声。

在塞瓦斯托波尔可以连续几小时地坐在历史林荫道上，正当您饱受闷热煎熬之时，却突然有一缕不经意的凉风沿着无形的航道，掠过高墙、围墙、纪念碑、残缺的棱堡、刺槐灌木丛扑面而来，这时您可以深深地吸一口气。这可使您不至于热昏过去，同时也提醒您，就在不远处，在舰船湾方向，在阵亡将士公墓的后面，黑海正在浪花飞溅。

塞瓦斯托波尔的海湾探进多孔的海岸，宛如嵌入石化了的海绵里。在这些海绵状的砂岩上，生长着从缝隙中探出身来的柔弱的花穗，有时候还会看见火柴头大小、失去了光泽的小花。显然，植物世界会认为它们是侏儒。或者，是孩童。

我是一个长寿的人。从而不得不经历世上几乎所有这个年龄——如叶赛宁所说的"已经该收拾短暂的行装准备上路"[1]——的人可能经历的一切。所以我羡慕这些花穗，因为它们经年累月地伫立于海岸，成为生活无声的见证者。谁也不要求它们必须表达自己的情感。

我似乎感到，对于它们来说，时间的流逝要比我们慢得多，它们——不会移动——看着这个世界，比我们更从容，更优美。

至于说到我，那么我的一生是从一刻不停的活动转变为渴望下面的这种状态："一股冰冷的山泉，在山谷中嬉戏，让生活沉浸于某种混沌的梦境，对我涔涔细语，讲述那篇神秘的史诗，它所由来的那个国度，充满和平。"[2]

是的，有时我想，哪怕对沉浸于某种混沌梦境的状态能体验到一点点也好。但我清楚地知道，那种状态只能被称为梦境。实际上，它充满了富有成效的紧张。

我羡慕那些花穗。黎明、正午、晚霞、喧嚣的遥远水域中轮船的白色起伏、冲破乌云的阳光、宛如晶莹甘露的细小水滴和酷似硕大露珠的星星——都在这些花穗面前缓缓地轮流交替。

在这些微不足道的小草面前，生活的不同瞬间以其真正的辉煌不断流逝。而每当新的一天来临，这一切重又恢复原样。

但当南部海湾方向，一列快车的灯火在暮色中疾驰而过，熄灭在隧道中时，我的羡慕随即消逝了。这灯火把我从赫尔松涅斯和因克尔曼的古老黑暗中，从阿伊亚角和菲奥连特角荒无人烟的悬崖峭壁上，带到了北方，

1　引自叶赛宁的诗《我们正渐渐离去……》(1924)。
2　引自莱蒙托夫的诗《当泛黄的田野波浪翻滚……》(1837)。

那里，黄色的白桦树叶想必已纷纷飘落，空气中弥漫着苦涩的味道。

我想，对世界进行长期而富有成效的观察和采取合理而有力的行动，同样是值得的。观察——是一种创作和热爱大地的基础，首先是对自己祖国大地的热爱。

我发现，谈论塞瓦斯托波尔使我离题太远了。因此，我打断这个话题，开始讲故事。

那些不写书的文学行家断言，叙事要保持钢铁一般的连贯性。写书的人只有信以为真，接受这一规律，并努力去实现它。

烟草共和国

当"彼斯捷尔"号停靠在新罗西斯克时,城市上空的东北风开始压过来。这一波狂风的第一缕迹象出现了:酷似脏棉絮团一般的乌云向山头聚拢。山峦本身像是死去的骆驼,沾满尘土的皮毛下肋骨突出。

棉絮团铺展开,带着风爬下山来。应该离岸了,趁东北风尚未来得及袭击港口。东北风已幸灾乐祸地吹向缆索,发出呼啸声,把水洼里白花花的水全都激溅出来。

"彼斯捷尔"号起航了,并开始全速向南,驶向大海。据海员们证明说,离新罗西斯克越远,东北风的风力减弱越快,东北风会逐渐失去它的破坏力。

我们成功地避开了东北风。

夜里，我醒来，看见舷窗外低垂的夜幕下图阿普谢[1]冰冷摇曳的灯火，便又重新睡去了。

入睡时，我想，根据最初的迹象判断，没必要期待高加索海岸有什么特别之处。不过，我清晨醒来，感觉却几乎是奇妙非凡的。

我醒来后，闭着眼睛，久久地躺在那里，感觉一双温暖的手轻抚着我的脸颊。手掌心散发着盛开的含羞草的香味。

这当然是清晨的海风。它弥漫在船舱里，懒洋洋地漫步其中，轻抚它一路触碰到的一切，其中也包括我的面颊。

半梦半醒之间，我想起来，我已经有五天没有刮脸了，或许，我的硬胡须会划伤这双可爱的手掌。我有些不好意思，决定立刻刮刮脸，想必能因此彻底醒来。

锚链叮当作响。甲板上传来了港口惯有的呼叫声："往上拉，黑毛子们[2]！稍微往下放！"

我终于睁开了双眼。舷窗外阳光普照，太阳占据了半边天空和半面海洋，仿佛在向大地靠拢。在胜利的曙光中，一排排的繁茂植物在外面摇摆晃动起来。

在这些成排的植物上，时而这里，时而那里，仿佛被泼上了由朱砂、纯白色、赭石汇成的五颜六色的油彩。我闭上眼睛，晃了晃脑袋，重又睁开双眼，我确信，这不是油彩的涂鸦，而是散落在叶子上的从未见过的花朵。

"这是什么？"我问自己，随即坐到了吊床上，"海市蜃楼？是塔希

---

1 黑海沿岸的港口城市。
2 对高加索一带的人的蔑称。

提岛[1]？抑或是天堂群岛萨摩亚[2]？"

不，这既不是海市蜃楼，也不是塔希提岛，更不是阴郁夜晚之后的幻觉。我听见舷窗外的二副有些沙哑的声音。

"谁——也——不行！"他坚决地说，"我们不放任何人上岸。明白吗？即使是肖洛姆·阿莱汉姆[3]本人也不行。这是阿布哈兹共和国的命令！完毕！因此你们可以从甲板上欣赏一下苏呼米的风光，用不着让自己热血沸腾。上帝保佑，你们还会在世上活下去，会看到一切你们该看到的，甚至是根本无须看到的。"

我快速穿好衣服，来到甲板上。钉在舷梯踏板上的铜片闪闪发光，刺得我睁不开眼。短暂的眩晕使我抓住了扶手。

岸上飘来了苦涩的味道，混合着一抹隐隐约约如丝绸般淡雅的玫瑰幽香。

这气味时而缠绕成一个密实的线团，把空气压缩成黏稠的糖浆，时而又分散成一根根纤维，这时我闻出了杜鹃、月桂、桉树、夹竹桃、紫藤，以及许多从构造与花色上来说都十分绮丽的花朵的气息。

我决定在苏呼米上岸，不惜任何代价。不仅要上岸，我还要留在这里。

我似乎感觉，如果我上了岸，我童年的梦想就会实现。即使在最糟糕的情形之下，也至少可以触摸得到椰子树毛茸茸的树干，竹子那向来冰冷而富有光泽的翠绿表皮，触摸得到覆盖着珊瑚细沙的粉红的大地，这就是我的梦想。

---

1 塔希提岛，法属波利尼西亚向风群岛的最大岛屿。
2 萨摩亚群岛，波利尼西亚群岛中心，位于太平洋南部。
3 肖洛姆·阿莱汉姆（1859—1916），又译沙勒姆·亚拉克姆，原名索·纳·拉宾诺维奇，俄国犹太作家。

这些梦想，当我还是小孩子的时候，我模仿妈妈，称其为"妄想"。我常常听她说起这个词，当她生父亲气的时候，她甚至朝他大吼。但当父亲弓着身子乖乖地走出家门，逃避这不断的责备时，她又心疼得哭起来，让我保证，我将一生像爱孩子一样爱他，保护他。"我不敢看他的驼背。"她绝望地说。

但无论是她，是我，还是哪位亲人，都没有珍惜过父亲的存在——这使妈妈备受折磨，直到她去世。

童年时，我自然没有体尝到任何"妄想"的痛苦，也根本无法体尝。我只是猜想，这种感觉很忧伤，就像父亲有一次说的，"妄想"会使一个无辜的人内心空虚。

我读八年级的时候，在父亲的写字台里发现了窄窄的纸条，上面满是他的字迹。我能辨认出的只有一句话——说的是，本应实现却没能实现的感觉远比妄想的感受更加沉重。

从那时起，能实现却没能实现的这种淡淡忧伤几乎没有离开过我，尽管我外表看似性格开朗。从那时起，最吸引我的是那些给人一种转瞬即逝的幻境感的事件、情境与人。

我理解了父亲的言下之意，也就更加爱他了，但这爱的距离却如此之遥远，如同我们今天所处的位置。他长眠在掩映于刺飞廉之间的干裂的土地下，在白采尔科维郊区的乡下墓地里，而我却孑然一身，浪迹天涯。

我们永远地失去了彼此。但我至少偶尔还能想起他，而他甚至都无法想起我。

我下定决心要留在苏呼米。但这该怎么办呢？

"彼斯捷尔"号抛锚停泊在离岸很远的地方。只有两艘宽大的土耳其船（它们被称为小型载货帆船）被用缆索系到了它的船舷上，然后船上缝在麻布里的整包烟草用绞车卸到了"彼斯捷尔"号上。因为阿布哈兹政府宣布的莫名其妙的检疫指令,没有人被允许上岸。

我走近船长,对他说,我作为《海员报》的编者,需要去岸上一趟,哪怕是一小时。船长皱起了眉头。

"需要与港口巡视员说一下,"他说,"一个很难说话的男人。咳,反正一样。我们走吧。"

港口巡视员,一个有着酷似被烟熏过的胡须那般棕红色眉毛的人,固执而粗鲁地拒绝放我上岸。

"赊账,"他严厉地说,"会破坏关系的。"

这跟赊账有什么关系,我不明白。

船长坚持要求放我,港口巡视员最终让步了。

"您可以下船,"他对我说,"但只能以您现在站在我面前的这副样子走。不许带箱子,不许带任何衣物,甚至不能戴鸭舌帽。直接就从这里上岸,不许进船舱。"

"为什么?"我问道,尽管十分清楚,巡视员担心我拿走船舱里的钱,然后留在苏呼米。

"我有个习惯,"他答道,"对多余的追问会见怪的。如果同意,您就下到帆船上。它马上就离开。然后您坐下一班帆船回来。我不能解释得再通俗了。"

我沿着绳梯下到了帆船上。暂时我还没有想象过,我如何从苏呼米这一困境中脱身。只有一件事让我心安,那就是所有的钱我都带在身上了。我决定牺牲箱子——那里面没有什么值钱的东西,除了三件干净的衬衣。我把我的第一部中篇小说《浪漫主义者》的手稿留在了敖德萨。

在载货帆船里,我的嗓子被烟草粉尘呛得发痒。孔雀石般碧绿的波浪懒洋洋地越过船舷向船内张望。面孔凶恶的阿布哈兹搬运工们疯狂地大叫。在他们脑袋上很得意地扎着一圈尽是灰尘的小布袋。

我似乎觉得,搬运工们准备把我扔到海里。但是港口巡视员用阿布哈兹语朝他们大声喊着什么。他们马上安静下来,甚至还用"萨姆松"[1]烟草来款待我。

吸过烟草,我有几秒钟都停止了呼吸。太阳开始在空中旋转。阿布哈兹人同情地摇了摇头,不情愿地操起了沉重的船桨。帆船摇晃着慢慢地驶向神秘的海岸。

为了您能了解苏呼米当时发生的情况,我要讲一讲高加索海岸那一小片地区的总体局势,闷热狭窄的阿布哈兹就在这里的山脚下。

苏维埃政权在阿布哈兹刚成立不久。新旧事物的混合状态,如同篮子里的东西受到猛烈震动后混为一团。

当然,所有那些当时在阿布哈兹出现的头绪纷繁的意外事件和惊人状况,只能用苏维埃政权还年轻来解释,当时的那些事颇似欧·亨利在《白菜与国王》一书中用轻快的笔触所描绘的一个南美小共和国的风俗。

我在苏呼米生活的最初的一段时间里,常常会不相信周围发生的现实。我对时间和环境的感觉也似乎动摇起来。

即使当时在"三兄弟"号纵帆船的横桁上看到一个走私贩被吊在浸透松脂的绞索上,我大概也不会感到很吃惊。如果海湾里停靠了一艘美国南北战争期间的那种圆形的装甲浅水重炮舰,并开始向苏呼米射出像

---

[1] 萨姆松,土耳其北部黑海沿岸的一个港口。

哈密瓜大小的球形炮弹，我也不会感到特别惊奇。

我在苏呼米的女房东，七十岁的亨利埃塔·弗兰采夫娜·雅卢小姐，以前做过家庭女教师，如果说她是阿布哈兹前领主舍尔瓦希泽特级公爵[1]以前的情妇的话，那么这件事也没有什么特别之处。我还会继续若无其事地喝着茶，就着年迈的小姐送给我的世上最酸的山茱萸果酱。这种果酱的浆汁如同山间的落日一样血红。

实际上阿布哈兹发生了什么事呢？

这个狭小的地区，当时周边三面的邻州都有人死于斑疹伤寒，于是他们决定使用最可行的简单方法来自救——切断与外部世界的联系，并监视着，不让一只老鼠越过边界。

要做到这一点，相对来说比较容易。

大高加索主峰从北面将阿布哈兹与外界隔离。唯一的克卢霍尔斯基山口当时无法通行——几个地方的驮运山路垮塌了。雪堆日夜不知疲倦地顺着峭壁下滑，雪尘飞扬。

从北面索契地区和南面阿扎尔地区开始，公路和桥梁在国内战争期间已被炸毁，堆满了大量的石块和塌方的断岩。

剩下了唯一的一条路——大海。但是海上没有轮船，如果不算"彼斯捷尔"号的话。

最简单的办法就是宣布斑疹伤寒检疫封锁，不放船上的任何人上岸。当地政府就是这样做的。

而与此同时，在整个黑海沿岸地区和相邻的土地上，流行着一种

---

[1] 特级公爵是俄国18世纪至19世纪的贵族封号，授予有特殊功绩者。

传闻，即高加索沿岸有一座满是梦幻般丰富的食品而且气候迷人的小天堂。大家都想闯进这座天堂，但它却紧紧关闭着大门。

这座天堂被称为阿布哈兹。当时很少有人知道它。无论报纸上的文章，还是书籍，都没有提到过它，除了契诃夫的《决斗》，也没有发表过一部哪怕是故事情节发生在苏呼米的短篇小说。

当时，对于我来说，阿布哈兹的一切都是陌生的——无论是山脉、河流，还是植物和人。

巍峨的山巅——它们的名字我还不知道——在夕阳中清晰可见。山顶起伏的冰峰仿佛在落日的浓浓热浪中燃烧。

最初的一段时间里，我因为不习惯而似乎感觉，这些雄伟的山峰正在从西北向东南缓慢移动，恍若一幅望不到边际的、旋转的全景图。

为了摆脱这种感觉，我注视着身边的东西——房屋、脚下的石头。这时山脉才会突然停下来。

直到春天，当我深入阿布哈兹腹地，看见山中伟岸的山毛榉树林，泡沫飞溅、奔腾不息的河流，一望无际的植物，直到那时，这种对山脉最初的，甚至有些不祥之感的印象才消失。

我在苏呼米没有熟人，所以常会独自漫步于城市周围。我不敢远走。

据老住户说，距城十公里之外就是被战争和内乱困扰的高加索了。在山路的任何一个转弯处，后背都可能挨上枪子儿，或者死于突如其来的雪崩。

稳定是慢慢地，渐渐地，只是随着苏维埃政权的建立才来到高加索的。

因此，在距城五公里处流入黑海的克拉苏里河以外的地方，我都没有去过。但就是这条河也充满了各种难解之谜。

克拉苏里河在转弯处冲积形成一些浅沙滩。这些沙滩在阳光的照耀下，闪着沙金般的光芒。

我初次来到克拉苏里河时，从这岸边的沙滩上捞出过一捧乌金色的矿鳞片——非常迷人，毫无重量。不过，一小时之后矿鳞片发黑，变成了铁屑一样的东西。

在苏呼米，人们给我解释说，这不是金子，而是黄铁矿。但我并没有把它扔掉，而是把它堆在了窗台上。我天真地希望，在阳光照耀下，黄铁矿能重又开始发出金子般的光芒。但这并没有发生。

植物也很神秘——无论是生长于阿布哈兹几千年的古老植物，还是从日本、意大利、印度、波利尼西亚和其他国家引进的新品种，均是如此。最初在苏呼米海岸栽培这些海外植物的是植物学家和当地的园艺业主。

这些植物以其令人眩晕的气味、奇异的形状、壮硕的体积而让人吃惊。

在雅卢小姐的房子——城内切尔尼亚夫斯基山上的最后一栋房子——的后面，生长着一片片高大、芬芳的灌丛杜鹃。这些灌丛中藏有胡狼。杜鹃花香熏得人人头痛。

在这些杜鹃花田的后面，是一片黑压压的、枝干光滑的竹林。微风吹过时，竹叶不似我们北方的树叶簌簌作响，而是像窃窃私语。假如风力加大，那么叶子则如小蛇般弯曲蠕动，而且轻轻地发出咝咝声——也如小毒蛇一般。

阿布哈兹人也显得神秘莫测。这些人多半很干瘦，说话时的声音像鹰的叫声一样。他们几乎身不离鞍。像人一样干瘦的马，迈着细腿，驮着他们。

几乎所有阿布哈兹人的侧面像都值得铸成铜像。

男人的特点是高傲、易怒、侠义正直，却忧郁而从容。干活的是女人。她们三十岁时看上去已经像老太婆了。

我常常在从山村去苏呼米的路上遇到女人。她们一手触地，弯着腰，步履蹒跚地行走，被一袋袋玉米和一捆捆干树枝压得喘不过气来。而她们前面，则是双手叉腰骑在毛皮油亮的马匹上的男人——这些女人的丈夫，有时是她们的儿子，甚至是孙子。他们精致的切尔克斯束腰无领袍上，系着镶有银饰薄片的腰带，闪闪发光。

他们骑马从旁边经过，脸上带着那种公认为美男子式的冷漠。不过，他们还是感到了不安。我这样判断的根据是，他们忍受不住谴责的目光，转过脸去，策马奔驰起来。

我试图来帮助这些女人，她们中的一些就是小女孩，但女人们躲避我，而且她们眼睛里流露出的那种惊恐哀求的神情，使我不再帮助她们，我明白，这样她们的处境会更加糟糕。

显然，这其中的很多女人也曾经漂亮过。只要根据眼睛和手指就可以做出这样的判断。女人们边走边用手指触地，仿佛要从地面上撑起身子。这样做，大约可使过重的担子背起来轻松一些。

有时我会注意到某一位老太太薄薄的抽搐的嘴唇，或者是焕发着青春光泽的眼神，当时我就明白了，这个女人并不老。这种驮运的生活使她们成了老太太。

偶尔女人们会停下来，用手背擦擦泪汪汪的双眼。但那不是痛苦和委屈的泪水，而是无休无止的劳累的泪水。

在当时的新旧交混时期，乍看起来最令人惊讶的是，在苏呼米竟然还住着一位侍卫总长，阿布哈兹的前封建领主，而且，据说是旧时的皇后玛利亚·费奥多罗芙娜的非皇族丈夫——舍尔瓦希泽公爵[1]。

没人动他,一定是因为这位老公爵早已成了酒鬼。

他住在苏呼米郊区的一座小房子里。在苏维埃政权刚成立的第一个秋天,一些农民还按习惯向他进贡——送来了玉米、烟叶、山羊奶酪和樱桃李。

在进贡的当天,由于刺耳的、似乎能穿透颅骨的尖叫声,整个苏呼米城被震得发抖,仿佛市场上几百头小猪在袋子里拼命挣扎,发出号叫声。

那是没上油的大车辐辘吱嘎作响。大车是由泰然自若的水牛拉着。它们目不斜视,甚至不去看自己的同族——马的颅骨,这些颅骨被挂在阿布哈兹人的院墙上以防毒眼[2]。

听到响声,我醒过来,朝窗外看去。蔚蓝的天空里没有能引起任何灾难的危险。天空欢快地时明时暗。而尖叫声却坚定不移地滚滚而来,从四面八方包围了苏呼米。

亨利埃塔·弗兰采夫娜大声告诉我,这是采别利达、梅尔赫乌利和其他村的居民在给舍尔瓦希泽公爵进贡。她肯定地说,尖叫声很快就会平息,不过,傍晚时分还会再次响起,因为那时车夫们在"路边早餐"小酒馆里喝足了新酿的葡萄酒,为向亲戚、熟人表示祝贺唱起祝酒歌,然后开始慢慢悠悠地踏上回程。

我来的这一年,是进贡的最后一年。舍尔瓦希泽有预见性地拒绝了

---

1 格·德·舍尔瓦希泽(1847—1918),公爵,曾任梯弗里斯总督,1888年被沙皇亚历山大三世的夫人、皇后玛利亚·费奥多罗芙娜看中,进入官中任总侍卫长。他与皇后的私情则为传说。
2 迷信传说中的邪魔之眼。

贡品，只给自己留下一点儿玉米。

这位老公爵，他自命为骑士。他说着那种高雅的俄语，甚至连俄罗斯人听了都困惑不解。我听过他的俄语谈话。每一句话他都会从过分庄重的"恳请……"一词开始。

那是一个有着醉汉一样通红、餍足的面孔，但却仪表堂堂的老头。他穿一件胸部有子弹夹的薄呢切尔克斯袍，没戴肩章，却配有穗带，每当喝过酒之后，喜欢睡在林荫道的长椅上。

"传奇"一词的双重含义

"传奇"一词有着双重含义。

这或者是富于诗意的民间传说（大多是冒充民间的），或者是对地图图例的说明。

我从童年时起就喜欢地图和平面图，而且对那些传奇故事持一种不信任的态度。特别是东方的。我觉得它们都是些虚招子。

或许，这种反感是在我阅读了旅游指南之后出现的，指南里讲述了很多无聊的、不同寻常的传奇故事，几乎讲到了每一个洞穴、岩石、温泉和墓地。

总的来说，如果剔除这一缺点，旅游指南还是很引人入胜的。几乎没人不喜欢读这样的书。还在青年时期，对于我以及类似我这样的青少年来说，每读一本旅游指南，都仿佛是到一些有趣的国度免费旅行。每一本旅游指南都提供了很多推动想象力的空间。

我无论如何也猜不出，旅游指南里那些干巴巴的信息，会引导我们做出什么样的事情来,例如,乘马车游览里斯本的费用是多少,以及是否需要在布林迪西的市场上讨价还价等信息。

这样一来……只要一打听到里斯本马车夫的要价是多少,立刻就会产生一个愿望,即雇用马车夫,驾车穿过城市洒水的古老街道,直奔豪华的教堂,然后去海港。在那里,您会在无意中看到,来自大洋的风扯下了一个纤细如百合的——我不见得非要这样比拟——漂亮女人的绿色披肩,并把这一披肩吹到了海里。而这个女人笑着,双手将自己乌黑发亮的头发紧紧拢在鬓角处,以免它被风吹散。

按照旅游指南进行旅游——这是一个令人神往,与此同时又十分艰难的游戏。它完全靠想象来构想。它刚开始会带来喜悦,接着就是失望。这一失望的原因在于旅游指南唤起的愿望是不可能实现的。

但仍然要宽容地对待想象力!不要回避它,不要摧残它,不要遏制它,而且首先不要像羞于有一位穷亲戚一样羞于想象!这是那个藏有不可计量的戈尔康达[1]宝藏的乞丐。

传奇(民间口头的)对我来说早已与导游相关。有时我似乎觉得,这些传奇故事是专门杜撰出来为导游所用,以便他们能用这些闲话来吸引游客的。

游客们戴着相同的白色毡帽,帽子上有带小绒球的丝带,挂着同样的枣木拐杖,上面烙着"索契纪念",或者是"来自锡梅伊兹的问候"等字样,他们穿着落满尘土的便鞋,汗流浃背成群结队地行走在所有景区,并努力记下更多的传说。

---

[1] 16世纪至17世纪的城邦,在今印度境内。

游客的背包塞满了纪念品，主要是明信片和四周贴满了沙滩贝壳的相框。

游客带回家的不是贝壳，而是毫无用处的片状珍珠母贝和模糊的印象。但这并不能阻止他们以顽强的热情"按计划"游览所有的地方，尽管没有真正好好地看些什么，也没有好好地了解到什么。

我赞成旅游，但不赞成旅游中常出现的庸俗行为。

我又打乱了叙述的连贯性。这都怪我难以控制的记忆力。请原谅，我退回来，以便从那里重新前进。回到带有简洁的词语说明——"传奇"的地图那儿。更确切些说，我回到苏呼米的"传说"上，回到对它的地形描写上，但我只会提起那些在后来的故事中无论如何都会起作用的地方。

我以当时我在苏呼米住的亨利埃塔·弗兰采夫娜·雅卢小姐家的房子和花园作为地形描述的起点。

我是用以这座矮房子和小花园为中心的半径线来设计如何描述的。在那里，在我的窗下长着一棵温厚的香蕉树，它嫩绿色的叶子有如大象耳朵般大小。

不过，在转入此描述之前，我先说几句我是如何留在了苏呼米的。

当"彼斯捷尔"号还没有离开苏呼米、驶往波季之前，我出于谨慎，尽可能地向远离海滨的方向走。我似乎觉得，我一定会被抓到并被逐出苏呼米。

就这样，我挣扎着走到了切尔尼亚夫斯基山，而在山上，勉强走到了最后一座孤零零的房子，亨利埃塔·雅卢的家。

尽管我根本没带任何东西，但老太太还是愿意租给我一个房间。房间里毛茸茸的蜈蚣在墙上跑来跑去。

晚上，当危险已经过去时，我决定下山进城，去小酒馆吃晚饭。在那里，在洒上了淡紫色葡萄酒而发黏的木地板上，一位戴着厚厚的眼镜、身穿一袭对他来说过长的灰色切尔克斯袍的瘦小老人，在激情澎湃地跳着列兹金民间舞蹈。

他的朋友们坐在桌子后面，宽厚地拍着手掌，而小酒馆的老板则噼里啪啦地拨弄着算盘，毫不在意这位认真作乐的老人。

老人跳完了舞，请我到他的桌子这边来坐。他立刻认出我是外来的人。与我的推测相反，老人完全是清醒的，他与阿布哈兹人或某些其他山民都没有任何关系。他是梯弗里斯的犹太人，姓雷夫金。他在苏呼米的阿布哈兹合作社联盟——阿布联盟供职，只不过喜欢在业余时间里跳跳列兹金民间舞蹈。

他立刻请我到他的阿布联盟负责函件往来工作。总之，我在苏呼米幸运极了。

不过，我们还是要返回到地形话题上。

在亨利埃塔·弗兰采夫娜的花园中央的地面上，安装了一个很深的水泥蓄水池来收集雨水。春天的雨水几乎够亨利埃塔·弗兰采夫娜用到秋天。蓄水池的周围长着带有巨大扇叶的棕榈树。

亨利埃塔宅院的旁边是一片不大的林间空地，开满了黄色和淡紫色的蜡菊。偶尔空地中会有蛇爬过。

林中空地的另一侧是梅格列尔人[1]建在木桩上的房子，带有长长的木质凉台。这座房子的门窗均被十字交叉的薄板钉死了，而它四周的桂

---

[1] 格鲁吉亚西北的一个民族。

樱林和黑刺李林则长得十分茂密，人很难穿过它们走到房子近前。

房子的后院是一片片灌丛杜鹃。在那里，不满的熊蜂们像唢呐乐队似的，一整天都在轻声地吹奏乐器。

在这些灌丛的后面，在彩色的雾霭中，挥洒的阳光在瞬间（与云影一道）飞过山巅、坠入无底深渊，在冰川折射出的多棱角的光芒中，在颤抖的叶丛中，在大高加索山脉上空升腾起的巨大蘑菇状的舒卷白云下边，静卧着那个神秘的、诱人的、可怕的国度——奥多耶夫斯基[1]死于那里，沙米尔[2]在那里战斗于先知的绿旗下，别斯图热夫–马尔林斯基[3]在那里被杀，莱蒙托夫在那里寄托过他讽刺的忧思。

有时我似乎感觉，我看到了这一切。我看到被征服时期的高加索：褪色的大衣和帽圈，棕色的面孔，散发着苦涩味道的烟斗，剑柄上的铜头，荆棘做成的鹿砦，倏忽而逝的缕缕硝烟——我看见这整个被战争搅得惶恐不安的"苦难深重的高加索"。

我看见高不可攀的群山的"银色桂冠"，看见"大自然的宝座，火红的浮云如烟雾般从其峰巅掠过"[4]。莱蒙托夫吟诵的这一切，与其缠绵的爱情和忧伤是完全吻合的。而七十年后，当另一位诗人在谈到莱蒙托夫时，其语言如泣如诉：

---

[1] 亚·伊·奥多耶夫斯基（1802—1839），俄国十二月党人诗人。
[2] 沙米尔（1799—1871），达吉斯坦和车臣的第三伊玛目，高加索山民在穆里德派的号召下反对沙皇殖民者和当地封建主的解放斗争的领导人，伊玛国的创建人。
[3] 亚·亚·别斯图热夫–马尔林斯基（1797—1837），俄国作家、评论家、十二月党人。
[4] 引自莱蒙托夫的诗《高加索蓝色的群山，我向你致敬！……》（1832）。引文中"火红的"一词与原文有出入。

> 在你疯狂的苦闷之中，
> 虚幻的春天般的忧郁，
> 犹如遥远的光向我闪现，
> 且回荡着唢呐的旋律。[1]

在那里，在切尔尼亚夫斯基山上，我偶尔感觉自己置身于不甘屈服的莱蒙托夫时代的高加索之中。更确切些说，我希望有这种感觉。而生活，听凭自己纵容幻想家的不良习惯，慷慨地赏赐我这一古老的高加索的特点。

在亨利埃塔房后不远处，我意外碰到了一块被凿成椭圆形的石头。它上面长满了密密麻麻的黄色苔藓，就连以前被刻在这块石头上的题词都难以辨认……或许，这里埋葬着奥多耶夫斯基？或者这是一位无名射手的墓地？谁会知道呢？

无论如何还是有了为这座墓地送来鲜花的理由（鸟儿啄食了这些花并将它们叼走），可以靠着石头坐在地上，看着刚刚抓到的小蜥蜴在你的手掌上惊慌而急促地呼吸。

好几次从山间飘过来雷雨。伴随着震耳的巨响，它用闪电撕开黑色的天幕，犹如浊浪般卷起面前的一团团黄色的阴云。

龙卷风巨大的旋涡在海面上蜿蜒盘旋，突然仿佛被绊了一下，全部重量跌落至水面。大海顿时沸腾起来。

瀑布咆哮着，沿着山谷飞奔而下，冲刷着巨石。远方的海面变得

---

[1] 引自勃洛克的诗《恶魔》(1910)。

阴沉而凶猛。倾盆大雨随着风倾泻而下，几乎不沾地面。突然意想不到地，如爆炸般闪现出潮湿、炎热的阳光。随后是几道彩虹，依傍着山根，平稳地腾空升起无数细小的水花。雷雨结束了。

雷雨过后，苏呼米的上空笼罩着令人窒息的蒸汽。亨利埃塔·弗兰采夫娜关上了窗户。她说，在这些蒸发的气体中，看不见的瘴气会成倍地增加。它们多得让人难以呼吸。

据亨利埃塔说，瘴气会导致疟疾、心力衰竭和骨头酸痛。

当时极其闷热，所有能存住水的物体上都沁出大量的汗水。所有的东西——树叶、栅栏、岩石和瓦屋面都是湿漉漉的，闪着光，仿佛刚从水里捞出来一样。汗水从发梢流到后脖领子里，水汽从棕榈叶上不停地流下，就好像是从小水管里流出来一样。

在一次这样的大雷雨过后，我第一次感到严重的窒息，肺里仿佛灌满了铅。那是哮喘的最初症状，这一无情的病魔迫使人用四分之一的呼吸喘气，用四分之一的声音说话，用四分之一的脚力走路，用四分之一的想法进行思考，只有窒息是全力以赴的，而不是什么四分之一。

现在，经过多年之后，我想准确地写下我对高加索和苏呼米的第一印象。但在重读过去记录的内容时，我发现，这些印象都是仓促间记下的且互不关联，尽管它们并未失去统一的地点和时间感。

显然，这源自那种短暂而奇特的现实感的弱化，它在我苏呼米的新生活伊始便控制了我。

在饥饿、冰封的黑海北岸与这个大自然如此慷慨的、散发着含羞草花香的国度之间，差距过于巨大。

这个国度慷慨而令人费解。这里几个世纪以来形成了非同寻常的生活方式。整个国家如同被穿上铠甲一般，被这一生活方式束缚住了。

这里所有的一切看起来都很奇怪。

当舍尔瓦希泽公爵走进小酒馆时,客人们习惯性地站起身来。教师兼作家德米特里·古利阿[1]是阿布哈兹的启蒙学者——创造了阿布哈兹文字,并创办了第一座四轮马车移动剧院。

这里还没有使用苏联货币。人们手里流通的是破旧的土耳其里拉。

一艘苏格兰船前来载走苏呼米的烟草,留下一桶桶大西洋鲱鱼作为交换。苏格兰船走后,来了一艘日本船,运来了许多大米和蔗糖。因此,代之以工资发放给员工们的是食品,每隔两天还额外发放一桶优质的葡萄酒和珍贵的"特拉比松"烟草。纯"特拉比松"烟草没法吸——烟劲儿太大,而且太贵。人们通常把它加到普通烟草里,改善烟味。

市场上出售山里的小熊,每头一卢布,还出售一串串莫斯科产的坚硬无比的面包圈,想必是革命前烤出来的。面包圈贵得出奇。

竹笋穿透了路面。它们一夜之间就长出一米,甚至更高。血亲复仇还没有停息。山村里的长老法庭还在审判。

很难理解,我们生活在哪一个世纪。萨穆尔扎坎,在这个阿布哈兹最不顺从的地区,居民选举出最合格的代表——那些能神不知鬼不觉地盗走最暴烈的马的人,去参加第一次苏维埃代表大会。萨穆尔扎坎的老人们认为当时真正的英勇精神就在于此,而不是躬耕于玉米地和烟草种植园。

苏呼米表面上看不出任何战争的痕迹。整个地区仍像半个世纪前那

---

[1] 德·约·古利阿(1874—1960),苏联阿布哈兹自治共和国人民诗人、启蒙学者、阿布哈兹文学奠基人。

样没被战争波及过。

不久前爆发的那场战争，对于该地区来说是出乎意料的，其标志之一就是奇迹般落入苏呼米的亨利·巴比塞的《火线》一书。

第一本《火线》出现在雷夫金那里。我立刻从他那里抢来了这本书。雷夫金没有做出丝毫的反抗。

我在自己的花园里，在香蕉树的阴影下，读着巴比塞这本如同士兵的脚步那般坚定、勇敢而又充满人性的小说。偶尔我会抬起眼睛。我需要一些时间来清醒一下，我不是在香槟或阿登[1]的战场上，在那里，在大雨淹没的战壕里，法、德两国军队挤作一团，士兵们深陷在泥浆之中。我需要一些时间从法国战场抽身，回到这个灯光绚丽、散发着醉人气息的地区。

在这种时刻，我似乎觉得这个地方特别陌生——它看似光彩夺目，同时又忧郁阴沉。

从某个时候起，我竟生出一种感觉，仿佛这一地区对我有某种威胁。这种威胁在日落时分尤其明显。这时，一股寒流有如锋利的爪子刺入闷热之中，引起我轻微的寒战。

我陶醉于巴比塞的这本书，特别是最后几页，当写到趴在地面上的士兵谈论着伟大的正义时，李卜克内西[2]的名字突然意外地出现在谈话中，如同对新时代即将到来的一种现实的、正在迫近的希望。

每次读到此处，我都会感到一种无言的激动，并莫名其妙地开始想

---

1 香槟和阿登均为法国地名。
2 卡尔·李卜克内西（1871—1919），德国和国际工人运动活动家，德国共产党创始人之一。

到自己：我在前进吗？抑或是处于一种茫然的状态？不过我自己还能向自己提出这个问题，就此来判断，我还活着。这让我安下心来。

一座被钉死的房子

当时,沿着苏呼米的滨海街的是成排黑乎乎的低矮小酒馆,它们有着奇怪的名字:"绿色鲭鱼""路边早餐""塔玛拉女王"[1]"请停步,亲爱的"。

每家酒馆的墙上都张贴着用大号铅字打印的声明:"概不赊账。"只有在一家酒馆里,这一铁面无情的警告被表达得更礼貌一些:"赊账有损关系。"

一家理发店的窗户上也挂着自己的招牌:"理发不赊账。"

随处都悬挂着关于赊账的声明,甚至街边的烤羊肉串店周围也是如此。他们在一个巧妙的自制设备上烤羊肉串:在一根竖着的铁杆轴上,上下焊有几个平底凿成筛孔状的铁锅。他们在每个铁锅里分别放上一块

---

[1] 塔玛拉女王(12世纪60年代中期—1207),1184年至1207年间的格鲁吉亚女王。

块的羊肉、西红柿和切好的圆葱,在平底锅的下面堆上小山似的熊熊燃烧的炭火,慢慢地旋转铁杆轴。烤羊肉串在滚热的圆葱汁里,在胀破的西红柿里,在羊肉本身的油脂里旋转着,烤熟了,于是苏呼米的空气中弥漫着呛人的油烟味。有时这油烟味甚至在锚泊地也能闻得到。油烟味呛得人喉咙里发痒。

关于赊账的声明只是风景如画的苏呼米生活的一个细节。实际上,还在塔玛拉女王时代,所有小酒馆里的顾客就是记账吃喝。要想立即付账反倒会引起酒馆老板的困惑不解。所以,让人很难理解,是谁编出了这一口号,并以声明的形式贴满了整个苏呼米。

好吃喝的大胡子卖水人挑着缠满常春藤、盛着冷水的小桶,沿着滨海街漫步。每个卖水人的小桶上贴着不许赊账的警告小牌子,甚至是擦鞋匠也把这个牌子挂在了自己装点得很漂亮的箱子上。

每个擦鞋匠都把自己的箱子装点上明信片、小铃铛和一些肖像画,要么是韦尼泽洛斯[1]的肖像,要么是亚美尼亚卡多利柯斯[2]的肖像——挂谁的肖像,取决于擦鞋匠的民族。

擦鞋匠分为老头儿和小男孩两类,这些人里面没有中年人。

每天早晨苏呼米人都会被刷子拼命敲打箱子的轰响声惊醒。这是擦鞋的男孩子们守着自己的地盘,用鞋刷激昂地敲打着当时流行歌曲的节拍:"大鳄鱼,满街逛!腹内空空饿得慌……"老人们只是责备地摇着头。

这些老人当中有一位年迈的库尔德人,是那种擦鞋帮长老似的人物。据说,他在码头附近的同一个地方已经坐了三十年。巨大的鞋刷在

---

[1] 埃莱夫塞里·韦尼泽洛斯(1864—1936),时任希腊总理。
[2] 卡多利柯斯,亚美尼亚教会、格鲁吉亚正教会首脑的称谓。

他的手里轻轻地游走。老人把红色的丝绒不经意地一挥，就能把皮鞋擦得锃亮。

大家都特别尊重这位库尔德人，甚至是"彼斯捷尔"号的船长都和他握手问好。

但就是这位老人在被钉死的房子这件事中却偶然扮演了一个残酷的角色。这被钉死的房子就是位于亨利埃塔·弗兰采夫娜家宅院近旁的那一座。

老太太给我讲述了这座房子的故事。在苏呼米有两个家族有世仇。仇视的结果是，其中一个家族只剩一个男子还活着——他就是亨利埃塔·弗兰采夫娜的邻居。一九〇〇年，为了免遭无法逃避的死亡，他和妻子逃到了土耳其。

这种情形并非总是能使人幸免于难。亨利埃塔·弗兰采夫娜记得一个实例：一个逃避血亲复仇的人，甚至被人追杀到美洲，并在那里被枪杀了。

与亨利埃塔·弗兰采夫娜的邻居——那个逃到土耳其去的人——有世仇的一家人，不久由苏呼米搬到了采别利达村，复仇因断了新仇的滋养而被遗忘了。

根据阿布哈兹人的迷信说法，发生过血亲复仇的房子是被人诅咒的。它通常会被钉死，当然，也没有人想搬进去住。

"被诅咒的"房子渐渐年久失修，最后倒塌。那时候人们就会把它们拆除。

听亨利埃塔·弗兰采夫娜讲完后，我开始用另一种眼光来审视这座被钉死的房子。我开始发现它的凶兆。

阁楼上住着（或者，更准确些说，头朝下睡着）大量的蝙蝠。每逢傍晚它们便会醒来，紧贴着你的脸飞来飞去，摇摇摆摆，不时地尖叫。这座房子的木墙壁上，有一些腐朽的疤节闪着亮光。它们酷似幸灾乐祸的绿眼睛。蛀虫不分白天黑夜勤奋地啃咬着房子的木墙壁。看得出，房子不久就该倒塌了。

有一次，我在城里耽搁了，从阿布联盟顺路去了一家苏呼米小报的编辑部，并在那里写了一篇反对血亲复仇的简短而热情洋溢的文章。编辑读着它，不停地咂嘴。

"不能刊登，"他终于说道，并用手敲打着手稿，"明白吗，卡措[1]？这样突然使人们放弃自己的习俗是不可能的。必须采取巧妙的方式。他们几千年彼此砍杀，卡措，然后突然要禁止！你可能不相信我，卡措，不过我以我女儿的名义发誓，这篇文章的作者在编辑部门口就会立刻毙命。你明白吗？我作为编辑不容许这样做。"

我从编辑那里得不到任何结果，便离开了。我离开时，他正处于忧郁的沉思状态。他蹙着额头，用蓝铅笔搔着耳后。

窗外月桂树丛随风摇曳。

我朝家走去。与往常一样，我走得很慢，深深地呼吸着——我无论如何也习惯不了这里夜晚刺鼻的味道。

在快到家的转角处，我停住了脚。

我停下来，是因为每次走到这儿，我都要在黑暗中经过一块岩石，我会用手触摸它，以免迷路或跌落悬崖，而今天，这块岩石被煤油灯照亮了。

---

[1] 卡措，格鲁吉亚语，指男人，有"先生""朋友"之意。

我抬眼看去。

我发现,被钉死的房子的门打开了,窗户上和门上的所有木板都被拆卸下来,各个房间都闪着灯光。显然,某个外来人无视阿布哈兹人的迷信说法,勇敢地打开了房门。

篱笆门旁站着亨利埃塔·弗兰采夫娜。她抓住我的手,气喘吁吁地说:

"快点儿!普柳维特[1]!普柳维特!快去!"

她颤抖着,她的声音也断断续续的。

"发生什么事了?"我害怕地问。

"快点儿!"她提高音调低声重复了一遍,身子摇晃了一下,她马上抓住了栅栏,"上帝啊,多么不幸!快跑,我求您了!"

"去哪儿啊?"我问道,完全被搞糊涂了。

"他从土耳其回来了。"亨利埃塔·弗兰采夫娜大声说道。我害怕起来,因为她抖得越发厉害。我想,她马上就要歇斯底里发作。"他今天白天从土耳其回来了,"她清楚而大声地重复了一遍,"快跑去警察局告诉他们,说他回来了。他叫恰奇巴。上帝啊,多么不幸啊!"

我惊呆之余,还什么都没搞懂,就几乎是一路跑下了切尔尼亚夫斯基山。

在警察局院内低矮的桌子上,在"蝙蝠"牌煤油提灯的灯光下,三个警察正在玩十五子游戏。在栅栏旁,拴在棕榈树上的几匹备好马鞍、精瘦而强健的马正在大声地咀嚼着。

警察们如此痴迷于游戏,甚至都没看我一眼。我走到跟前告诉他

---

[1] 法语"快点儿"的俄语发音。

们,今天从土耳其回来了一个叫恰奇巴的人,住进了切尔尼亚夫斯基山上被钉死的房子里。

我还没来得及说完,警察们就跳将起来,直奔备好马鞍的马匹。他们喉音很重地朝着从窗口探出身来的值班警察喊着什么,一边急忙解开马匹。然后他们跳上马鞍,伴随着疯狂的马蹄声朝切尔尼亚夫斯基山飞奔而去。马蹄下喷射出一股股火花。黑夜突然散发出火药味和血腥味。

我急忙跑去追警察。但在去切尔尼亚夫斯基山的半路上,警察又同样疯狂地从我的旁边疾驰而过,赶回城里。我勉强来得及跳进路旁的排水沟,给他们让开路。

被诅咒的房子仍旧灯火通明。煤油灯冒着黑烟。

在靠近台阶的凉台上,一位慈眉善目的白发人摊开双手,躺在那里。他被射穿的胸口处还在往外流血,血无声而缓缓地从一级台阶滴到下一级台阶。

死者身旁的地面上坐着一位上了年纪的漂亮女人。她把一个五岁左右的男孩搂在胸前,直直地盯着前方。我走近她,从她呆滞的目光前走过,不禁打了一个寒战——那种狂怒的痛恨我还从未在人的眼睛里看到过。

显然,只要这小男孩一长大,这女人就会派他去为父亲报仇。而且世上的任何东西都不会使她心软,都不会迫使她放弃流血。

亨利埃塔·弗兰采夫娜催我去是对的。警察们还是迟到了。

几天后,当女人和小男孩消失后(据说,由于担心儿子,她逃到了顿河畔罗斯托夫),一切才最终水落石出。

恰奇巴搭乘一艘土耳其货轮从特拉布宗返回来。在码头上,擦鞋匠——老库尔德人立刻认出了他。他定睛看了一眼恰奇巴,慢慢地把手举到额头上。

恰奇巴在库尔德人那里擦了靴子。恰奇巴很高兴二十多年后回到了祖国，因此他不停地和擦鞋匠交谈。他说，你看战争和革命都过去了，现在阿布哈兹大概一切都变了样。谁也不会因复仇而杀死谁，人们都聪明了，过上了幸福而和睦的生活。

擦鞋匠不情愿地随声附和，并不时东张西望。不过，恰奇巴感到很幸福，既没有发现擦鞋匠的阴沉，也没有发现他游移的眼神。

恰奇巴刚把自己的东西装上大车，向切尔尼亚夫斯基山方向驶去，擦鞋匠便不慌不忙地朝市场走去。那里，在那个年代有很多曲折的院落——像迷宫一样，即使在离出口几步远的地方，人们也会迷路。

那是一大片简陋的木板房和不计其数的小板棚。那里煤油炉吱吱地响个不停，鞋匠敲着锤子，喷灯喷出蓝色的火焰、发出巨响，炉上煮着浓稠的土耳其咖啡，人们啪啪地甩着油渍斑斑的纸牌并把它们粘到桌子上，不戴头巾的妇女高声喊着，数落着懒惰、瞧不起她们的丈夫所有不可饶恕的罪过，扎着绑腿、穿着士兵球鞋的老者，发出鹰叫一般的声音——突然，穿过这整个市场的混乱和叫喊声，走来了一位身材匀称的美男子，他迈着皮袜绷紧的大腿，穿着翻袖口的切尔克斯袍，眼中流露出一种懒洋洋的、令人眩晕的神情。

库尔德人等到这位美男子走过来，便在他耳边低声说了句什么。

"好的，巴托诺[1]，"美男子低声回答他，"你明天会收到自己的一百里拉。"

---

[1] 巴托诺，格鲁吉亚语，一般用作敬重的呼语，有"先生"之意。

美男子用他那笑里藏刀的双眼环顾了一下四周,他干瘦的、褐色的手指紧紧握着匕首的手柄,然后像一只野猫似的悄无声息地,双腿轻轻一跃,便跳到了街上。

十分钟后,他已经俯身在马鞍桥上,策马向采别利达村疾驰而去,给采别利达村的一个家族送去一个令人震惊的消息,躲过报复的死敌恰奇巴回到了阿布哈兹。

随即两名骑手由采别利达村向苏呼米切尔尼亚夫斯基山上被钉死的房子飞奔而去。

他们在赶马快跑的同时,准备好了短筒枪,然后把恰奇巴叫到了凉台上。他手无寸铁地走出来,向过去的敌人伸出双手,然后就这样被一枪打死,倒在地上,还伸着准备和解的苍老而善良的双手。

杀人者当然没有被抓到。他们骑马逃往斯瓦涅季,而那里在当时只有武装队伍才能深入。

几天后,有人放火烧了"被诅咒的"房子。这件事发生在早上,近中午时分房子已经被烧得精光。当时没风。整个大火没有四处乱窜,而是直冲云霄。有好几天,我们这里都散发着火烧过的刺鼻味道,但不久这种烧焦的味道便被代之以惯有的杜鹃花的浓郁芳香。

邮车

我目睹这第一件血亲复仇事件发生后不久,又发生了第二件。记忆中这两次事件是接连发生的,似乎已融为一件。因此,我记述它们便没有时间间隔。

从苏呼米到新阿索斯[1]当时有一种所谓的邮车。这是去阿索斯修道院唯一的交通工具。

战前高加索沿岸还跑着四轮大马车。

四轮大马车是一种笨重的四轮轿式马车(简称轿式马车),由四匹马拉车。乘客们挤坐在马车里面和它的上面——有座位的车顶。

此外,在马车的外部,马车后踏板处还装有两个座位。那里安装着小的铁皮座,但却没有脚踏。座位旁边还固定有铁扶手,以便乘客可以

---

[1] 新阿索斯,格鲁吉亚的城镇,位于黑海沿岸。

把住它们，不至于在剧烈颠簸时跌落到路上。

还在童年时，我就在基辅见过这种马车。它们是跑日托米尔的，车体被涂成黄色，车门上镶嵌的黄铜邮政标记闪亮着——那是两只交叉的邮政号角和两道交叉的闪电。显然，闪电图案表明了电报通信事业中已经有电的参与。

从那已湮没在如烟岁月中的某个时刻起，我便记住了坐在车后踏板硬座上颠簸的乘客那可怜的身影。

他们一只手紧紧地抓住铁把手，而另一只手则按住落满尘土的圆顶礼帽或是便帽。他们的眼里满是隐忍的绝望。

马车行驶于鹅卵石路面上而产生的难以忍受的颠簸，使这些乘客的衣服全都松散开了。每次我都会看见，他们裤脚下面露出来的衬裤带子晃来晃去，上衣鼓起来遮住了脑袋。

我们这些男孩儿相信，只有小商贩和赌客才会坐在马车后踏板上。不过，尽管我们目睹了这些乘客经历的难以想象的痛苦，我们仍很羡慕他们。

比如说，我就幻想用父母给我的早饭钱攒下五戈比硬币，买一张去日托米尔的马车票，马车轧轧地行驶在松林之间，车轮辘辘地通过沼泽河上摇晃的桥面，我用脚踢开那些乡下的恶狗。

坐在车后踏板上的乘客的双脚毫无倚靠地悬垂着，左右摇摆，大大地激怒了这些狗。

这就是那种宽敞且载客量大，甚至因为笨重而略显壮观的四轮轿式马车。

与四轮轿式马车相比，邮车（普通的六人敞篷马车，乘客背靠背坐着）则显得结构脆弱，而且不自信地发出吱吱呀呀的响声，但却有几分雅致。无论它看起来如何破旧，它上方的两个铁轴上却始终罩着亚麻布的遮阳篷，遮阳篷周围有红色天鹅绒的绒球。

有一次我和巴别尔从苏呼米去新阿索斯，坐的就是这种邮车。巴别尔那时已经从敖德萨搬到了巴统，定居在那里，隐没于泽廖内角[1]茂密的热带丛林中。

巴别尔为什么从巴统来苏呼米小住几日，这件事我不记得了。我只能说，巴别尔的好学打破了一切障碍。

就这样，我们和旅伴们一同前往新阿索斯。他们中间有一个戴着骑手帽的翘鼻子的胖子。他去新阿索斯是希望找一份会计的工作。

除翘鼻子外，与我们同行的还有一位长着一双安详的大眼睛、身穿黑色紧身连衣裙的胖姑娘。每次经过坑洼之处，这件连衣裙都会发出一种令人不安的噼里啪啦的声音。每逢此时姑娘都会惊恐地大叫："哎哟——哇！"并把连衣裙拉紧盖到有一般黄南瓜大小的膝盖上。

她身旁坐着一位视力很差的青年知识分子，戴着夹鼻眼镜。当邮车转弯倾斜时，这位青年人的长腿就会从脚踏板上滑落下来，蹭在地面上，扬起一股暴尘。

我们谁也没问他，他就给我们解释说，他的夹鼻眼镜是他祖父——苏呼米唯一的一位牙医——传给他的，而他此行是去修道院，希望在那里做一名唱诗班的歌手。他有着非常嘹亮的男高音，而修道院里，据他掌握的消息，吃得很好，有时甚至可以吃到鱼冻。

最后一位乘客是一位面色如土、年龄不很确定的人，身着褪色的土

---

[1] 泽廖内角，格鲁吉亚黑海岸边的疗养胜地，位于巴统附近。

兵制服。对我们提出的问题,这个人回答得不很情愿且不清楚,我们便决定不再打扰他。

我如此详细地描写同行旅伴,读者一定会认为,所有这些人都会成为后来事件的主人公。根本不是这么回事。他们谁也没成为主人公。我之所以这般详尽地描述,只是因为巴别尔后来几次惟妙惟肖地描绘过这些人,我笑出了眼泪。因此,我如此清晰地记住了这些旅伴。

我们不慌不忙地走着,尽情享受着炎热的天气和熟透了的桑葚。桑葚撒满了一地。

偶尔我们会超过拉着大车的水牛。每次我都似乎感觉,水牛不是前行,而是后退,它们是如此缓慢地、不情愿地挪动着步子。

每次遇到水牛,戴夹鼻眼镜的小伙子都会说出同样的一句话,这句话不知是引用费尼莫尔·库珀[1]还是梅恩·里德[2]的:"当一群水牛挥动尾巴驱赶蚊蝇时,一阵狂风就会刮过普列利群落[3]。"

而马车夫——一个体态结实的梅格列尔人——只是轻轻地吧嗒着嘴,赞赏道:"嘿!你说得多美,卡措!简直像在唱歌!"

我们就这样在令人昏沉的暑热中乘着车,白色的海面波光粼粼,刺得人睁不开眼,谁也没料到会发生什么事。可事情就出人意料地突然发生了,和往常一样。

事情始于一直追赶我们的细碎的马蹄声。

我们回头一看,一位年轻的骑手追了上来,他长得异乎寻常地俊

---

[1] 费尼莫尔·库珀(1789—1851),美国作家,以边疆冒险小说闻名。
[2] 梅恩·里德(1818—1883),英国作家,以探险小说和儿童作品闻名。
[3] 普列利群落,北美高草原的民族地方名称。

美——皮肤黝黑、面容清秀、神情慵懒,酷似印度舞女。

骑手身上紧套着一件酷似女人束胸的深红色切尔克斯袍,胸前带有白色的骨质子弹夹。一顶小小的平顶羊皮帽低低压到眼前。除了匕首外,他身边还挂了一把沉重的毛瑟手枪。

枣红马从脾脏里发出打嗝的声音,大步疾奔追上我们。满身尘土的勤务兵在骑手的身后策马紧赶。

当骑手赶上我们,与我们并排的时候,我们看清了他木然的面孔和呆滞的目光,眼睛仿佛盲人一般狂怒地死盯住一点。

"伊纳尔-伊帕!"马车夫小声说道,"大官!委员!"

"什么委员?"巴别尔问道。

"肃反委员会,"马车夫神秘地朝我们使了个眼色,说道,"委员会是特命的!"

"哎哟——哇!"姑娘崇拜地喊了一声,并拉紧了自己粗壮膝盖上的连衣裙。

大家都为这次见面感到激动,穿制服的人除外。他卷了一支烟,用打火石打着了火,深深吸了一口,勉强说道:

"我们见过的可不是这样的野鸡……"

他打住话头,不再作声。我们驶近了埃舍雷村。它位于苏呼米和新阿索斯的中间地带。

就是从这个村子里传来了短促的手枪射击的噼啪声。然后,似乎是许多人绝望的喊声直冲云霄。喊声过后紧接着响起了噼噼啪啪的急促射击声,子弹射到我们身边的路面又蹿到一旁,尖叫一声,掀起一道尘土,消失了。

翘鼻子跳下马车,扑进灌木丛里。马车夫慌乱地扯住缰绳,拐进了路旁的水沟里。邮车歪向一侧。它的一个轮子悬在了空中。

"哎哟——哇!"姑娘喊道,蜷起双腿,紧贴在又高又瘦的青年人身上。

几颗子弹呼啸着飞过我们的头顶,我们重又听到马蹄声。这次的马蹄声急促而疯狂。似乎是由于疾速飞驰,马蹄铁从马掌上飞离而去,呼啸着沿着大路狂奔。

"好像是排射,"穿制服的人沮丧地判断道,"应该趴在石头后面。"但他却原地不动。

巴别尔摘下眼镜,笑了起来。他的脸布满了皱纹,特别是眼角周围。

"您怎么啦?"我问道。

"现成的一章,"他答道并大声咳嗽起来,"出自涅米罗维奇-丹钦科[1]的长篇小说《火药传说与灰色烟雾之间》。或者出自他的小说……"

不过巴别尔还没来得及说完这一章还可能出自涅米罗维奇-丹钦科的哪一部长篇小说。显然,这一章的情节还没有结束。巴别尔不再说了,因为他和我们大家都看见,伊纳尔-伊帕已经从埃舍雷村方向骑着马朝我们飞奔而来,而且完全不是五分钟前的那副样子。

他把平顶羊皮帽弄丢了。他的头发乱成一团,垂落到眼睛上。他用枪柄击打着筋脉突起的湿漉漉的马脖子。马载着他疯狂疾驰,略微侧着身子,仿佛在回头张望。

紧随着伊纳尔-伊帕飞奔而来的是那个灰头土脸的勤务兵,他边骑马边开枪回击。

骑手们以幻影般的速度疾驰而过。排射停息了。马车夫从地上爬起

---

[1] 瓦·伊·涅米罗维奇-丹钦科(1845—1936),俄国作家,是著名戏剧导演弗·伊·涅米罗维奇-丹钦科(1858—1943)的哥哥。自1921年起侨居国外。

来，画着十字。

"好像埃舍雷发生了起义，"穿制服的人说道，"山民对此都习以为常了。"

我们谁也不明白发生了什么。大家需要决定接下来怎么办：通过埃舍雷去新阿索斯还是返回苏呼米。

翘鼻子不等大家做出决定，钻出灌木丛，往回朝苏呼米走去。

"哎哟——哇！"姑娘愤怒地喊了一声，朝翘鼻子离去的背影吐了一口。

这一吐解决了问题。我们决定继续走。大家都想知道，埃舍雷村发生了什么事。马车夫叹了口气，邮车伴随着松动的螺丝帽叮叮当当的响声，朝着自己未知的命运驶去。

在公路的转弯处，我们撞到了武装的埃舍雷人。他们没有拦我们，什么也没问。他们甚至未必发现了我们——因为他们是如此紧张。

埃舍雷村的所有居民都挤在街道上。女人们站在房门口哭诉着，把自己的脸抓出了血，扯着自己的头发。孩子们跑向村广场。广场的中央长着一棵榆树。男人们也急匆匆地奔向榆树那里，愤怒地打着手势，边走边把短筒枪和卡宾枪的子弹退出枪膛。

榆树下躺着一个最多只有十五岁的少年。他的头靠在马鞍上。

少年胸前的衬衫被扯破，在凹陷的腹部积了一洼血水。

少年已经死了。他周围是村子里的族长们，他们拄着有树节疙瘩的拐杖站在那里。他们看着死者，没有说话。走近被害者身边的人也都默默无语，只是偶尔有人将拳头举过头顶，喊着喉音很重的不吉利的话——想必是诅咒杀人者的话。

一个穿着黑色长裙的小女孩坐在旁边，目不转睛地盯着死者，用折断的树枝赶走他脸上的苍蝇。

马车夫和埃舍雷村的人交谈了一会儿。他听着他们的回答，表现出夸张的悲痛，双手捶打着落满灰尘的宽脚裤，一边不自然地翻着白眼。这时就能看得见他褐色的眼白。

当时在阿布哈兹并没有随处都设立苏维埃人民法院。大部分村庄还是由族长审判。习俗和个人的看法就是法律。

族长的审判总是在神圣的古树——橡树或榆树——下进行。

这天早晨，族长们聚到一起，审判这个偷马鞍的少年。

我们走近被害者。他有着意大利人温柔的侧影。小女孩像上了弦的发条，不停地在少年的脑袋上挥舞着树枝。树枝偶尔会碰到马鞍上宽宽的马镫，发出轻微的叮当响声。这响声极像绵长而有节奏的葬礼的钟声。

伊纳尔-伊帕得知偷马鞍一事，从苏呼米策马前来埃舍雷村参加审判。

在审判现场，他遭遇到了自己的仇敌——埃穆赫瓦里公爵兄弟。

接下来发生了什么，谁也无法十分准确地给我们解释清楚。埃穆赫瓦里兄弟和伊纳尔-伊帕开始交火。在这场交火中，不知是谁打死了偷马鞍的少年。

埃穆赫瓦里兄弟叫喊起来，说是伊纳尔-伊帕无法无天，亵渎族长法庭，枪杀了少年。他枪杀少年据说是因为其家族与该少年家族有过血海深仇。

男人们抓起了武器。不过伊纳尔-伊帕已经骑马跑了。

驶过埃舍雷村后，道路被彻底轧坏了。我们下了邮车，接着步行。

时空仿佛沉入了寂静之中，甚至连蝉也悄无声息，酷暑也缄默无语。通常，酷暑会发出轻轻的吱吱声，如同渗入缝隙中的水发出的声音。

被太阳晒得暖洋洋的大海也沉默了。海面上渐渐笼罩上一层蒸汽。

修道院里寂静无人。花园里有个小水泥蓄水池，山间溪水被引入其中用来浇花，金鱼在蓄水池里游来游去。显然，它们已经饿了，立刻成群地聚集到了有人站立的池边。四周散发着浓重的、酷似教堂里发出的那种晒热了的柏树的味道。

教堂里仍在做礼拜，不过修道院的修士只剩下几个了。管理他们的是修道院总管，一位头发棕红、满脸麻子、说话带着厌烦的腔调的神父。

他把我们领到空荡荡的、回音很响的旅馆里，给了我们一个房间。胖姑娘告别后，去山里的某个村子找自己的弟弟，戴夹鼻眼镜的青年人和穿制服的人消失不见了。

"你们是有教养的人，"总管神父看了我们的证件后说道，"请你们遵守规矩。这里，隔壁房间住着涅利多娃女士。旅馆里再也没有别人了。她来这里，是为了避开世俗的不堪和污秽，休养一下。一位世俗女性，却有着修女般的心境，从苏呼米步行而来。这是遵循自己的誓言而为。她品行端正，严守规矩，一身黑衣，像修女一样。"

"是，是，"巴别尔说道，"看得出，一位执着的老太太。"

总管神父冷笑了一声。

"公民，您说什么呢！"他责怪道，"她顶多三十岁。一位很有魅力的女士。不过我得事先告诉你们：她很严厉。"

总管把眼睛朝向一边，一本正经地说道：

"年轻人，你们可以在我们食堂这里搞到面包和鱼冻，而我的贮藏室里有马贾尔卡葡萄酒。欢迎光临！我本人就是司酒官和酿酒师，所以敢为马贾尔卡担保。根据事情的进程，我们暂时不酿制别的葡萄酒。"

世上有各种各样的葡萄酒。我品尝过很多葡萄酒，不过像马贾尔卡这样烈性的葡萄酒还没遇到过。

如果在新阿索斯我们两人都似乎感觉到发生了什么荒诞的事，那么，这当然只能是这种浑浊的葡萄酒的缘故了。或许，还可能因为我们试图说服自己，人世间的任何烦恼都不可能抵达此处，即使乘坐命运多舛的邮车也不会抵达。

在修道院旅馆里，我和巴别尔谈天说地，并最终搞明白了，人有时缺的就是无忧无虑的心情。我们当时年轻，爱开玩笑，我们就喜欢这样想问题。

当一个人无忧无虑时，所有的美好事物都与他如影随形，而且常常汇合成一条泡沫飞溅的耀眼的溪流。这所有的美好事物就是：哈哈大笑和深思熟虑，机智的笑话和让女人听后嘴唇颤抖的温柔话语，诗歌和无畏的精神，喜爱的书籍摘抄和歌曲，还有许多我来不及在此列举的其他美好事物。

我们决定借用新酿的葡萄酒——马贾尔卡——来增强一下我们的青春气息和对想象的偏好。这是一种给穷人喝的葡萄酒，很便宜。马贾尔卡的酒劲儿会从早到晚起作用。然后，一大早，只要喝一杯冷水（最好是溪水），酒劲儿就又上来了，接着会持续几乎整整一天。这种情况下的酒劲儿是特别令人愉快的。

总之，我去了一趟总管神父那里，把五瓶马贾尔卡带回到我们散发着酸白菜味道的房间里。

在带酒返回时，我在昏暗的走廊里碰到了年轻的修女。由于颇感意外，我把一瓶酒掉到了地上。

年轻的修女没有因此颤抖。她垂下了奇长无比的睫毛，从旁边经过。她黑色的开司米连衣裙不经意间碰到了我的手。衣服上散发着一股温暖的香气。

修女大腿颀长，走路时身子微微摆动。昏暗中我没有看清她的脸，只注意到她的脸上笼罩着一种柔和的苍白，而这种苍白常被认为是女性之美的必备条件（显然，正是为此发明了扑粉）。我也没有注意到她的头发——它们被藏在黑色的三角头巾下面了。

我似乎感到，年轻的修女远离我时，发出了类似于矜持的笑声般的短促声音。

事情是这样的，总管神父在自己的贮藏室里让我尝了尝马贾尔卡葡萄酒。我和他每人都喝了整整一大杯，因此我把见到修女——她当然是涅利多娃——时的紧张解释为这种葡萄酒快速起作用的结果。

听到酒瓶掉落、滚动的声音后，巴别尔打开房门，朝走廊里张望。

"看吧！"他得意扬扬地说，"我就知道您会打碎……"

但他还没说完，便戛然而止，凝视着走廊深处。一抹落日余晖洒向那里，在朦胧的霞光中，年轻的女人背对着我们袅娜飘去，渐行渐远。

"女性赞歌！"巴别尔突然说道，"'赞歌'是个庸俗的词，不过，假如我有足够灵敏的神经，我就会写下那样一篇赞美女性的作品，让从新阿索斯直到奥恰姆奇拉[1]的黑海泛起玫瑰色的浪花。然后从中走出第二位俄罗斯的阿弗洛狄忒。而我和您这愚蠢的贫儿，落满尘土且被文明的麻风病蚕食了的人，以泪水迎接她的到来。满怀景仰地触碰到哪怕是她冰冷的小脚指甲也会感受到莫大的幸福。哪怕是碰到冰冷的小脚指甲。"

"信口胡说！"我对巴别尔说，"您还没喝马贾尔卡吧？"

"当然是胡话！"他答道，并推开了窗户，"您最好到这里来！"

---

1 奥恰姆奇拉，格鲁吉亚西部城市，位于黑海岸边。

从裂开了的窗框上纷纷落下一些干瘪的苍蝇和飞蛾。

无数层滚滚而来的海浪发出的雄壮涛声立刻涌进了窗口。海浪仿佛轻轻吹拂着落日的金色暑气。它们裹挟着千百年间存留在这片浩渺水域中的大理石和橄榄的味道,还有草已枯萎成灰的山坡和海岛的味道。海岛上无花果硕大的叶片簌簌作响。

"我们应该感谢谁如此慷慨地把这一奇迹馈赠给我们、把生命馈赠给我们呢?"我想到。

不知道,或许,我想的不如我写在这里的那么流畅,甚至就是不那么流畅,但我还是会这样想。

我坐在窗台上看日落。当时我似乎感到,我是整个世界上最幸福的人。

我们没能与涅利多娃相识,因为第二天有一艘"列夫·托尔斯泰"号电动马达木船驶往苏呼米,我们担心滞留在新阿索斯,便乘着这艘船回去了,并没有感到特别的遗憾。

群山把修道院逼得紧贴着海边,压迫着它,几乎将其推进水里。旅馆里散发着变质了的素油和厕所的味道。大教堂里绘饰着令人赏心悦目的《旧约》和《新约》中的图画故事。这些图画上所有的人都身穿蓝色与粉色衣服,并抬眼仰望着圆顶。蓄着白胡子、皱着眉头的万军之主——上帝驾着浮云飞翔在圆顶上。从他长袍下摆的底下看得见穿着普通皮凉鞋的胖脚。显然,画家不敢画光着脚的万军之主。

我重又见到涅利多娃是在离开的那天清晨,在让人有点沮丧的走廊里。她的头上包着卷发纸,身上散发着烧焦了的纸张的味道,我也就没有发现这位女性前一天的魅力了。

看到她微肿的面庞,我暗中感到愤怒,而巴别尔双眼毒辣地一闪,说道:

"这就是马贾尔卡的作用,年轻人。"

巴别尔在苏呼米总共住了五天,便返回自己的巴统去了。我又重新生活在难挨的孤独之中了。

疟疾药

　　小小的阿布哈兹共和国,空气污浊、潮湿,生长着成片的陌生的灌丛植物,而共和国境外却过着惊天动地、有声有色的生活。不过,在我们这份类似外来魔术师海报的报纸上,这种生活只是以两三则简讯的形式反映出来。

　　我似乎感觉,眼见着热带丛林越长越茂盛,我正在因此变成聋子,太阳白得耀眼,我也因此看不清东西。白色的太阳永远笼罩着我窗外一望无际的大海。

　　不久我发起了疟疾。每五天发作一次,发作起来,全身颤抖,身上散发着一股醋味。我吃了奎宁药后,脑袋嗡嗡作响,双手发青,指甲破裂。

　　疟疾发作时伴随着剧烈的寒战和类似临终前的心慌,发作过后,人变得十分虚弱,以致我连手指都难以伸直。

　　我备受漫长而单调的梦境折磨。这些梦通常在同一个地方突然中断，然后立刻又坚定不移、始终如一地重新开始。

我知道梦中将要发生的一切。知道它会在最重要的地方猝然中断，然后我将久久等待着它重新回来，并开始重复所有那些同样的，却一次比一次更昏暗的画面。

常常是，我在夜里呻吟着，试图赶走噩梦，但是任何时候，任何人都没有对我的呻吟做出回应。雅卢小姐住在院子里矮小的厢房里，听不见我的呻吟声，而隔壁两个房间无人居住。

雅卢小姐认为疟疾不是病，而是中了邪。她说，发疟疾的人活在自己奇异的世界里，对于他们来说任何秘密都不存在。

我试图记录下这些梦境，不过马上就放弃了。但是三年前，在翻寻旧手稿时，我发现了一些窄窄的纸条，上面写满了一行行红褐色的字，仿佛不是用墨水而是用不加牛奶的咖啡写上去的。

在这些字条上也记录下了那时的梦。但没有一个梦是完整的。

所有的记录都是零碎的语句。但总的来说它们提供了我对梦境的某些认识。

这就是那些记录下来的内容："找人……找小女孩——想必是女儿……我从来没有看见过她。她消失在人群中。我到处寻找。记得夜里有一条河。根据它晦暗的光亮，我猜想，这条河里没有水，而代之以流淌的是液体焦油，它发出一股刺鼻的味道。

"当时似乎正在发生战争，在工厂林立的烟囱和荒山背后的远方，炮声隆隆。可是谁也没有在意这一点。

"我多半是在某个完全陌生而又不熟悉的城郊寻找她。在房前的小花园里，在空洞的灯光里，生长着一种被烟熏黑了的花朵。郊区的夜晚是蛇皮一般的灰色，从来没有变黑过。

"我来到了田野,那里枯萎的小树林无力而昏沉地沙沙作响。但我在哪里都没有看见她。或许,世上根本就没有她?

"有一次,我驻足于被夜风吹过的干旱的平原上。远处传来了大海无休止的咆哮声,仿佛是对安宁的一种允诺。然后,透过这咆哮声,我听到了身边有孩子嘤嘤的抽泣声。我扑向她,在飞机轰炸的昏暗光线下看见她苍白枯瘦的脸。我用潮湿的双手抱住她那颈椎突出的温暖而孱弱的脖子。"

每次梦到这里我都会大叫着醒来,浑身是汗。

我不得不在夜里脱下衬衫,将它拧干。在黑暗中我隐约看见,我的指甲发白,每一次我都惊讶于我会在黑暗中看到我的指甲。

周围没有一个人。在苏呼米的这些黑夜里,我感觉到自己完全被世界遗忘了,有时我开始可怜起自己。

往日全部的生活在我看来无异于接连不断的不幸与错误。我想起了妈妈、加莉娅、廖莉娅,一连串的死亡和灾难。甚至是现在,时隔多年,我仍不愿意相信廖莉娅已经死去。我似乎感觉死亡的存在本身就是一种嘲讽。我认为,一切感觉自己不朽的生物都不应该也不可能死亡。

"我想,谁胆敢如此卑鄙地对待我们,对待能够在内心创造出一个情感、思想和事件的世界的人类?这个内心世界是如此的精彩,现实在它面前反而有时像是拙劣的虚构!"意识到自己比大自然优越,这给我带来无比的喜悦,尽管我知道大自然手中握有比我这个人更有力的武器。

我坚信思想的不朽,身边有成千上万这样的例子。有时,我就认为自己是缤纷的自我世界的统治者和缔造者。

我确知,这一自我世界不易腐朽,而我则会腐朽。只要地球存在,这一世界就将永生。意识到这一点使我感到心情平静。好，我是一定会死的，我的完全消失——只不过是一个短暂的时间问题而已。但永远不会消亡的是特里斯丹与绮瑟，莎士比亚的十四行诗，列维坦雨幕蒙蒙的《采伐场》，和契诃夫的《带小狗的女人》。永远不会消亡的是布宁诗歌中夜色笼罩的海洋那波涛无尽的喧嚣，和娜塔莎·罗斯托娃滴落在死去的安德烈公爵[1]身上的泪水。

后辈将会像我们今天一样对此激动不已。某时某地，生活在我们身后几百年的人们，他们在幸福和痛苦中闪亮的眼睛，也会感受到我们的话语里轻盈的气息和轻柔的抚慰。

我越是经常这样想，我的痛苦就会消散得越快，我就会更加坚信，尽管我从这个世界消失了，但是我仍将在生活的面貌上留下微不足道却永恒不灭的特征。

有时我完全失去了现实感。苏呼米的黄昏华美壮观，落日熔金，残阳如血，植物叶子的刺鼻味道与我如影随形，我似乎觉得这是个被陌生而无名的国度遗失在这里的城市。

我不再去阿布联盟，连续几天一动不动地躺在那里，跟随着想象力的脚步——有时平静，有时疾速而忙乱。这一切都以精力充沛的雷夫金同志出现在我的房间里而告终。他身穿一件胸前配有子弹夹的切尔克斯夏装，和他同来的是一位剪着平头、面色阴沉的年轻人。

这个人是苏呼米唯一的一位神经科医生。雷夫金带他来，是为了让我摆脱那种非现实的不健康状态，而我对此已经开始习惯了。

---

[1] 娜塔莎·罗斯托娃和安德烈公爵是托尔斯泰长篇小说《战争与和平》中的主人公。

"这是疟疾引发的神志昏迷,胡言乱语,"平头年轻人枯燥地说着,"如果任由病人发展下去,最后结果只能是死亡。振作起来吧!"

他抓起我的双肩,用力摇晃,使我感到血液就要冲出我的血管了,然后又吃力地涌了回去。我觉得很疼,呻吟起来。年轻的医生——他姓萨莫伊林——把一勺蓝色的液体倒进了我的嘴里,并嘱咐我每天都要喝它。此后,我的唾液和眼白都变成了鲜亮的群青色。

我的病情开始好转。现实感回归了。但我暂时并未因此感到特别兴奋。

有一次,萨莫伊林医生说,我必须去山里,哪怕只住上几天,去主峰,那里的空气那么清新,而夜里却又那么冰冷,以致每一个动作都会发出声响,仿佛身边有薄冰破碎了一样。

我不相信萨莫伊林的这一建议,如同不相信所有可笑的医生处方一样。我记得,在敖德萨,兰杰斯曼医生在饥荒严重之时给我开过一道鱼子酱和洒上柠檬汁的牡蛎的处方。

但医生关于空气伴随着声响而断裂的话,我却很喜欢。无论如何,这些话语坚定了我本人所特有的对待世界的态度。

我在千百万积极的、思维健全的读者面前承认这一点,没什么不好意思。

显然,我们的理智具有程式化的特点。一切的问题都在于,存在着两种程式化,一种以轻松的启示愉悦我们,另一种却束缚了人的自由精神。

显然,由于疟疾,想象力能对为它提供一点点食粮的一切都做出迅速的反应,就如同各种颜料形成的大火,会熊熊燃烧起来。

只要我一想起兰杰斯曼医生建议往神话般的牡蛎上浇柠檬汁,我就会想象这种冰冻的果汁,它那酷似白色含羞草花的雪球(或许,世上某个地方就生长着那样的含羞草）。它们散发出令人头晕的气味。我的目光渗透到这些小雪球的内部，那里藏匿着只有在显微镜下才看得见的神奇的景观。

萨莫伊林开始常来看我。偶尔他会带来他在市场上花三卢布买来的山里的小熊。医生把它拴在棕榈树干上。当小熊看到矮小的、迈着碎步走近它的色彩斑斓的亨利埃塔·弗兰采夫娜时，它后腿着地，不停地发出赞叹的叫声，并用自己的指甲挠着后脑勺。

亨利埃塔·弗兰采夫娜的穿着有些怪异——太过年轻和鲜艳。她用橙色的发带将自己白色的卷发束起，一边在花园里翻地，一边哼着节奏欢快的瑞士小调。这种情形使所有周围的人都感觉惊奇，而不仅仅是粗野的小熊。

有一次，萨莫伊林又领来了一位膀大腰圆的人，他壮实得如同用鼓胀起来的、钢铁般的肌肉铆接的柜子，此人浅色头发，身穿一件缝补过的海魂衫。他是偏远的苏呼米马戏团的摔跤手，姓扎察连内，一个性格沉稳、从善如流的人。此外，扎察连内有一个最难得的优点——他阿布哈兹语说得很好，因为他娶了一位阿布哈兹姑娘。

摔跤手同意和我们一起去主峰。他特别了解阿布哈兹，马上就画出了最为可行而精确无误的路线轮廓图：穿过梅尔赫乌利村和采别利达村，沿着荒无人迹的加尔戈梅什峡谷，前往雄伟的马鲁赫山山脚下的阿姆特赫尔-阿赞达高山湖泊，然后朝稍微偏向克卢霍尔山口的西北方向走。

我津津有味地仔细听着所有这些地名，预感到会有一场美不胜收的悠闲的远足。

一些山峰的名字听起来好像我们转换到了南美洲。特别让我吃惊的是一座名为阿瓜人的山峰。阿瓜人山——阿空加瓜山，这里有一种处女地的意味，如同尚未被人类的斧头触动过的森林。

　　我病后身体虚弱，但却感到很幸福。我似乎感觉，我第一次经历了夙愿得偿的持久喜悦。我回忆了一下自己的生活，随即确信，这的确如此，而且直到目前为止，我所有迷人的旅行常常局限于房间的四壁之内。

　　幸福始于约定从苏呼米出发的那天清晨。我被此起彼伏的鸟鸣声吵醒。

　　或许是数百只，更确切点说，是数千只鸟儿五彩缤纷的羽毛在闪闪发光，鸟儿轻轻翻动着枇杷树、金合欢和白杨树浓密的叶子。我和绝大多数人一样，不能理解这个忙碌的空中群体，不能理解它们的这些上下翻飞，也搞不懂它们的迁徙、彼此的追逐和跳跃抖动。

　　当时除了麻雀和燕子，其他鸟儿的名字我几乎一个也叫不上来。不仅是我，除鸟类学专家之外，还有很多人也不了解鸟类。当时我对这一喧闹的飞舞世界的理解是纯粹表面上的。

　　我们仿佛是被蒙上双眼，生活在广袤而神秘的大自然之中。我们了解的只是些它的偶然片断。

　　大概从那时起，我开始更加坚定地积累知识，不过却是不加选择地积累。我不是循序渐进地来做这件事。主要是根据知识的优美度和适用度来收集它们，以便在谈话或写作中炫耀一下。

　　是的，在离开苏呼米的那个早晨，我被叽叽喳喳的鸟鸣声吵醒了，起身走近窗前。

　　花园里的空气如玻璃般冰冷。也如同映在玻璃上一样，花园里散落了一地透明的树荫。房子周围的所有空间都弥漫着清晨的水的气味。我似乎感觉，这一味道融合了各种气息，有叶子、树皮、山上的积雪的气息，有沿着峭壁从高处飞泻而下的溪流的气息，还有薄荷和葡萄酒的味道。所有这一切都汇合成一种味道——一种苦涩而又令人兴奋的味道。那是亚热带海滨清晨的气息。

喧闹的声音、清晨、那喷薄而出的霞光、鸟儿高声的婉转对唱、摇摆的湿漉漉的树枝、由空中慷慨地倾泻下来的空气，和各种味道——所有这一切无疑都是一种幸福，不过是缓慢的、平静的、真实的幸福。

这幸福不可能背叛我，因为它是在我浑然不知的情况下存在着的。

阿姆特赫尔-阿赞达湖

我们早早地从苏呼米出发了,当时路上的尘土还没有被晒得燥热。就在这尘土里,散落着凌乱的、如意大利美女般的深红色玫瑰硕大而厚重的花瓣。

在几乎时隔四十年后的今天,那条我们三个人走过的路,当然已经整个发生了变化,我们大概没人能马上再认出它来。可能只有山峰还保留着往日的轮廓,但即使对此我也没有完全的把握。

大自然的变化具有瞬间蔓延于四面八方的特性,犹如投入水中的石子在水面上激起的层层涟漪。所以,我也想在此简略地把这条路和去湖区的全程记录下来,记录下它当时以何种面貌呈现在我们面前。

我难以回答我为什么要做这一切。力求在我们的记忆里保留下永远逝去的东西,是人的一种最强烈的愿望。这种情况下,我听命于它。

刚开始,我们沿着山间小河克拉苏里的岸边行走。小河冲出峡谷,仿佛缓了口气后,沿着鹅卵石浅流漫出河床。小河时而这里,时而那里,在碧绿的水流中旋转着酷似鸵鸟羽毛般的带状泡沫。水流撕破了羽毛，但羽毛随即又一次出现，且比以前更加蓬松。

过了梅尔赫乌利村，我们取直道，穿过闷热的玉米种植园。没有一缕清新的气流能穿透这沙沙作响的玉米围墙。

就在近处，似乎就在玉米花穗的正上方，在暗淡了的天空中升起弥漫着一层淡蓝色烟雾的大高加索山脉的冰峰，这里却感觉到越发闷热了。在那里，在远方，感觉得到冰峰透彻心肺的凉爽。浑身是汗的我们，一边咒骂着干旱，咒骂着尘土和脚下灼热的黏土块儿，一边向冰峰直冲过去。

只是快到傍晚时，我们才走出玉米地的迷宫，来到大路上，我们趴到一条流水潺潺的河边，贪婪地喝起冰冷的河水。河水凉得使我的上下颌抽搐起来。

摔跤手带了一个玻璃杯。带玻璃物品参加这样的远足是不理智的。不过，显然他没有其他的杯子，便随手带上了一个。

摔跤手在水流中如此用心地洗净杯子，以致玻璃在他的手里发出咯吱咯吱的响声，他舀了杯水，于是我们看到，这只透明的杯子与山泉水比起来有点儿晦暗，不很干净。

我从未见过这样的水，比空气还干净。在这水里能感受到天穹之上人迹未至的某个空间。这道泉水源自我们头顶上方的高处，在那里，云朵仿佛不动声色地从晶莹的冰峰中飘浮而出。

这种水在山顶长时间呈晶体状态。压力日益挤压着晶体。它们变得比钻石更加晶莹剔透。然后这些被压成厚冰层的晶体，变成冰川从山顶倾泻下来，并在大地的边缘遇到最早开放的番红花和雪绒花之后，慢慢地融化，开始向低处奔流，汇到翻滚涌动的黑海里。

怎么给你们讲雪绒花是长成什么样子的呢？很难讲。总的说来，它们就像一些小星星，一直到脖子都裹着白色的绒毛，仿佛只有这样才不至于碰到冰而被冻僵。

有时我特别希望能遇到一个谈话对象，可以与他无所顾忌地谈谈诸如雪绒花或柏树球果的气味这样一些话题。

遗憾的是，日常生活中我没有遇到过这样的交谈者。他们只在书中才有。也许，关于这些话题，最细心和最愉悦的交谈者是我们近乎病态的友人亨利希·海涅了。

当然了，他总是以讽刺手法作为掩盖自己浪漫主义的外衣，以此避免傻瓜的口哨和嘲笑，而根据其权威性的意见，地球上比人还要多的正是这样的傻瓜。

我这样想着，躺在山间的小河（看上去这已经不是克拉苏里河，而是另一条河了）岸上，陶醉于惬意的慵懒。我和我的同伴们没有任何继续前行的愿望。

我们更喜欢躺在干爽的鹅卵石上，仰望天空。而天空仿佛也因我们的凝视而高兴，变幻着空中游戏，各种各样色彩暗淡的层层云雾掠过天穹——时而是银色底调的淡紫色，时而是橄榄绿色，时而是粉红色，酷似一种近似宝石的石头的颜色——大家都知道有这样的石头，却少有人见过它，它好像叫作变石[1]。

我们好不容易抵达了采别利达村最靠边的一栋房子。村子仿佛潜伏在枝繁叶茂的绿色山丘之中。

---

1 变石，也称亚历山大石，古称紫翠玉。

我们在破旧的木板露台上过夜。稍微一动，露台就摇晃起来，像一辆干燥的大车吱呀作响。

玉米地里的胡狼哀嚎了一夜，而在黎明时分月亮升起时，它们的呜咽则变成了忽高忽低的嚎叫。

守夜的阿布哈兹老人走近露台，他带着达吉斯坦被征服时期[1]使用的长筒火枪。他在台阶附近的圆木上坐了一会儿，抽了一会儿烟，然后问我：

"人为什么要头脑发热呢？从早到晚？你知道吗？我生来就是一个有福之人，你明白吗？我带着狗在这里做了二十年的看守，从来没跟任何人吵过嘴。为什么要争吵呢？你争吵——别人就会让你不开心，就会打你的狗。我舍不得它，它瞎了一只眼。它叫阿哈赫！"

我惊诧于这种奇怪的狗名，问道：

"你还有别的亲人吗？还是没有？"

"没有。有过妻子，有过女儿。两个人都很漂亮。她们去苏呼米了。她们有什么必要在这片玉米地里耗费自己的青春！我老了，看见没？"守夜人借着月光指给我看他紧身外衣上的补丁。"你去马鲁赫山？"他漠然问道，"你头脑发热了吧？马鲁赫山有雪崩。你要在那儿找人吗？"

"你在这儿看守什么？"

"看守很多东西。每一块菜园，每一栋房子，每一棵玉米。人们倒头大睡——我给人们守卫着。我要转好大一块地方。那里，听见了吗？从有响声的那个地方到这里。"

---

[1] 指达吉斯坦1813年并入俄国前后的时期。

他用手画了一个大大的半圆。我仔细倾听。远处有哗哗的流水声,而流水声对面也有水的响声,但是声音小一些,仿佛是前面那个流水声的回声。

"瀑布,"守夜人说完站起身来,"整夜响着。上帝吩咐它们干活,它们不敢不作声。爱生气的上帝,脾气暴躁。为什么要生气呢?我们干活,听他的话,他却一会儿降下战乱,一会儿让烟草害病,一会儿又送来一群坏孩子。他做得不好!头脑发热!做得不公正。"

老人吧嗒一下嘴唇,走了。一条毛茸茸的黑狗慢腾腾地跟在他身后。黑狗每走一分钟就会蹲坐下来,狂怒地梳理出毛发里的跳蚤。

我已经睡不着了。

时隔多年,我回忆起那一天,特别令我兴奋的是,我当时第一次在群山深处看到如飘雨般寂静而芬芳的黎明。

大高加索主峰冰雪覆盖的山巅上,太阳刚探出头,却已霞光万丈。光芒照到房子古老的窗户上,如同使其燃起五光十色的彩虹,玻璃随之映照出有些奇异的早晨,玻璃上的这个早晨与身边刚开始的早晨只是稍稍有点儿相像。

我之所以称它奇异,是因为它很像文艺复兴时期的画家画在他们圣像画上的那些早晨。在这些圣像画里,小男孩手拿细细的拐杖放牧着酷似小云朵的羊羔。远处的群山似乎是用彩色的纸板剪切出来的。枝繁叶茂的树木像是葡萄藤。水从玩具似的山上流下,如同凸起的梯形瀑布。个别花朵在最令人意想不到的地方钻出地面。独角兽站在林间空地上,金色的独角闪闪发光,恍如复活节点燃的蜡烛。圣母从衬衣里露出奶头发暗的丰满乳房,侧身温柔地俯向胖乎乎的婴儿。

像我描写的那种奇异的早晨,我感觉只存在过一瞬间,因为这一瞬间我睡着了。

我醒来时,摔跤手和萨莫伊林已经在篝火上煮好了茶。

扎察连内在采别利达村有个认识的医士,是一个希腊人。

我们在他摇晃的房子里度过了一天。不知为什么在采别利达村,不仅是我们过夜的露台,还有很多房子都在晃动,而且不时发出轻微的干裂声,仿佛地震刚过。显然,这是由于破旧的原因。

医士的妻子是一位肥胖的、睡眼惺忪的俄罗斯女人,她招待我们吃了一顿有巨型葡萄干的手抓饭。

医士的小房子好像一个带有秘密小抽屉的小匣子,或是堆放着各种可笑的破烂东西的储藏室。

只有孩提时我见过像医士家这样窄小的环境。

在巨大的、酷似装甲舰的铺着毯子的沙发附近,放着一张圆桌,圆桌上蒙着深红色的丝绒桌布。

一些甲虫把这块桌布蛀出了纵横交错的道道儿。它们为此把绒毛都连根吃掉了。

如果细看,桌布上被咬出来的道道儿会使人想起尘土飞扬的山岭间的羊肠小路。

桌布上静卧着几本巨大的、厚厚的画册。医士酷爱一件事,就是从各个地方——从旧杂志和报纸上,有时甚至从书上——剪下那些最有趣的图片,然后把它们贴到画册里。

医士最常粘贴的是各种"王室人物"的照片,特别是放荡不羁的英国国王爱德华七世的照片,还有演员和海军将军的照片。他对华丽的海军制服及他们希腊旧舰队的热爱令人感动,这种爱是无法遏制的。沙发上方挂着著名的"阿韦罗夫"号巡洋舰的石印画,这艘巡洋舰是希腊不知从智利共和国还是秘鲁共和国花很便宜的价钱买来的。但一般来说这并不重要。

啊，这艘"阿韦罗夫"号巡洋舰！那些年我在敖德萨看过多少幅它的精美图画！从它的烟囱里总是冒出骇人的滚滚浓烟，几十面白蓝两色的希腊国旗飘扬在战舰各处，只要能插上旗子的地方就有国旗飘扬。

"阿韦罗夫"号——海洋之威——高傲地承载着它那年久失修的装甲钢板。每一个懂战舰的人，甚至在战舰的艉柱[1]劈开的海浪中颠簸，都会感到得意。

关于"阿韦罗夫"号我已经写过几次。这是我的嗜好。我会不知疲倦地歌颂这艘巡洋舰，因为它是一个弱小民族独立的象征，也是它抗击各种掠夺者进攻的象征。

这些掠夺者的漫画也被医士贴进了画册。他们是：瘦削的"山姆大叔"，他留着山羊胡子，身穿美国星条旗纹样的西装背心；肚子上带有英镑符号的、矮胖的约翰牛；神情沮丧的、大鼻子的阿卜杜勒·哈米德；戴着弗里基亚帽的迟暮的交际花——法兰西。

有的画册只有风景画，或者只有像考尔巴赫[2]这样笨拙的德国画家的家庭题材石印画。我总是觉得这些画散发着一股婴儿尿布的气味。

最后，还有一本裸体美女的版画画册——上面那些慵懒的美女有着安详的大眼睛，有的双腿交叉坐在巨大的月牙儿上，有的从聚宝盆里往外撒播鲜花，有的羞怯地遮住胸部，宛如在天鹅炽热的目光注视下的勒

1　艉柱，船尾端，从船底到艉肋板，连接两侧外板和龙骨的构件。
2　威廉·考尔巴赫（1805—1874），德国画家，晚期浪漫主义画派和学院画派的代表人物。

达[1]，有的正在沐浴，有的在梳理头发，有的正在逃脱羊人萨梯里[2]的追逐，还有的用弯曲的双手击打铜钹翩翩起舞。

不过，这本画册放在一旁的书架上，被羞答答地盖在一沓报纸下面。

此外，墙上挂着许多石膏盘子，上面画着成熟的樱桃和梨。

我好像是在金斯[3]的一本天文学书中读到的，在大自然的宏伟现象面前，令我们赏心悦目的地表植被——只不过是可怜的霉菌。

突然间，医士的这个小住所连同其破旧的物品、画册和灭臭虫药水的气味，在面对一片直冲云霄的辉煌群山时，我确实感到它们就像霉菌。群山耸立，俯视着在峡谷中蠕动的小人儿，还有他那位无精打采、睡眼惺忪的妻子，以及他那个来不及打理的世界。阳光只要再强烈十倍，就可能一瞬间把这个世界变成气味令人作呕的灰烬。

午饭时，医士——他叫亚尼——就我们去阿姆特赫尔-阿赞达湖之行发了言。他俨然一位旧式演说家，说话带有反问、激情和颤抖的嗓音，或者用摔跤手的表述是，"拨动心弦"。

"啊，亚历山大！"亚尼感叹道，"苏呼米盛开着月桂树！它们让你彻夜难眠。你渴望发现！荣耀！为什么？你有心爱的家——可爱的妻子玛格丽特和儿子帕霍姆，难道你还嫌不够吗？"

"你最好告诉我们去阿姆特赫尔湖的路！"摔跤手生气地回答道，"关于玛格丽特，你不说我也知道。"

医士忧伤地摇了摇头。

1　勒达，希腊神话中斯巴达国王廷达瑞俄斯的妻子。宙斯为她的美貌倾倒，化为天鹅与她幽会。
2　萨梯里，希腊神话中酒神狄奥尼索斯的侍从，耽于酒色。
3　金斯（1877—1946），英国物理学家、天体物理学家。

"正是这样！"他自责道，"我自己亲手把人推上了危险之路！我亲手！"

"那里有什么危险的事？"萨莫伊林问道。

"那里可能会有逃兵，"医士用不祥的声音回答道，"他们从战乱时起就滞留在这里。他们成帮结伙，在山里游荡。"

医士转向摔跤手说：

"我可警告你了！我去洗手！你听清了我说的吧？"

"好的，你去洗吧，洗吧！"摔跤手温厚地说道，"别把这儿当成艺术剧院。穿上衣服，把我们送到出发的小路上吧。"

医士叹着气，把我们带到了采别利达村外的山毛榉树林处，告诉我们怎么走。他说，一公里后小路就到了尽头，接下去我们必须按照树上砍下的记号走。

我第一次看到成片的山毛榉密林。这是一片阳光充足的树林，却像拜占庭的大教堂那样庄严。或者，它也许更像高大的树干组成的无尽的柱廊，树干仿佛被裹上了一层发绿的麂皮——好像是一个沿着山坡展开的某个青苔斑驳、凉爽宜人的集会场。

我们步行了两个小时，享受着我们周围的一切——森林的枯枝落叶层散发出的略微刺鼻的气味，在潮湿的落叶间寻寻觅觅的阳光，远处莫名其妙的轰隆声。或许，这是从高处落下的崩石的轰鸣声，又或许，这是奔腾而下的雪崩的回声。

树上砍下的记号把我们带到了狭窄的加尔戈梅什峡谷。

摔跤手突然皱起眉头。我们步子慢下来。摔跤手吩咐我们好好地环视四周，边走边寻找遇到麻烦时可以藏身的地方。能遇到谁，他没有说，但我们都明白,他指的是斯万人[1]。

不过,根本无处藏身,除非在成堆的风折木或山毛榉粗壮的树干后面。此外,据萨莫伊林说,藏起来也无济于事,因为山民甚至看得见三百步之外落在草茎上的苍蝇。

峡谷越来越窄。我们提心吊胆地走着,不时四处张望,大概正因为如此才没有及时发现来人,当他们离我们只有二百步左右时,我们才发现。

他们迎面走上来,像猞猁一样谨慎地迈着步子。他们的脚下没有一根树枝发出咔嚓的响声。他们总共四人。每人肩上都挎着短筒枪。只有一个走在前面上了年纪的人手拿着步枪。

"镇静!"摔跤手轻声说道,"像在滨海街散步一样。"

距离缩短了。逃兵们平静地注视着我们。我现在才明白,我们当时脸上的笑容肯定又做作又慌张。只有摔跤手是镇静的,但他的右眼皮也在微微颤抖。

前面的人停下来,摘下步枪,两手把它端在胸前。他拦住我们的去路。步枪看起来像是一根拦路杆。

我们停下来。逃兵们也停下来,但他们没人靠近,仿佛让自己和上了年纪的头目之间保持一定的距离。

大家都没有说话。最终,上了年纪的人继续端着枪,用刺耳的、好似鹰叫一样的尖嗓音问道:

"俄罗斯人在这里做什么?"

---

[1] 斯万人,居住在格鲁吉亚大高加索山脉南坡的民族。

"我们去阿姆特赫尔-阿赞达湖。"摔跤手答道。

他掏出一包香烟递给头领。

但后者没有接烟,只是用黄色的眼白瞟了香烟一眼,问道:

"为什么要去阿姆特赫尔?"

"打猎。"摔跤手沉着地答道。

"哎——呀——呀!"头领摇摇头,他的喉咙里有东西呼哧呼哧响起来。我没有马上明白,他显然在笑。"为什么你要骗人、说谎呢?那你们的枪呢,猎人们?"

"完蛋了!"萨莫伊林医生小声对我说。

我们没带任何枪。本来当时在苏呼米可以搞到滞销的左轮手枪,但是摔跤手强调说,不带枪走路更安全些。

摔跤手笑了一下,对头领说了什么。后者眯缝起眼睛,久久地打量着摔跤手,然后又打量我们每一个人,仿佛在斟酌怎么处置我们,然后才回答摔跤手。

"他提议,"摔跤手毫不在乎地对我们说,"在这棵被伐倒的山毛榉上坐下来抽支烟。"

我们坐到被伐倒的山毛榉树上。我们每个人身边都坐下一个山民。

我问头领他在哪里学会了那么地道的俄语。

"在战场上……在野战师[1]……"

坐到我身旁的小伙子,有着那种仿佛刚来到世上般的天真好奇的眼神。他连嘴巴也微微张着。所有东西都能引起他的关注,直至我平底皮

---

[1] 野战师,成立于1914年8月,全称"高加索土著骑兵师",第一次世界大战期间由原免服兵役的高加索穆斯林山民组成。

鞋上的鞋带。

小伙子把我仔细检查了一番，掏出了我制服侧面衣袋里的一包烟，把它放到了自己的衣袋里。

然后他转了转我手指上的订婚戒指，赞叹地吧嗒几下嘴，亲切地微笑着，小心翼翼地摘下戒指，也放进了自己的衣袋。

他难以用一只手摘下戒指。因此他这时让我拿着短筒枪。

大家都不说话。然后逃兵们强迫我们站起身来，用他们硬邦邦的双手拍打了我们好长时间，大概是想找到藏在衣服里面的武器。他们什么也没有找到，然后开始交谈商量，不时不满地看我们一眼。

搜查时，他们拿走了摔跤手的打火机，拿走了萨莫伊林的老怀表。我们装食品的背包他们没动。只有一个人懒洋洋地踢了它们一脚，显然是检查一下，免得后悔。这时他轻蔑地说了句什么，于是所有的山民突然彼此愤怒地大叫起来，似乎一场械斗即将爆发。

他们彼此抓住对方的胳膊和胸脯，抢起枪托，发着呼哧呼哧的声音，又突然喊出什么急切的话，显然是一句让人不能忍受的侮辱的话，因为每一次这样的叫喊都以齐声的怒吼而告终。

在这番争吵中，他们丝毫没有在意我们。他们在狂怒中会碰到、推撞到我们，仿佛我们根本不存在。

上了年纪的头领坐在圆木上，抽着烟，不时地挠挠胸脯，似乎没听到这场莫名其妙的争吵。然后他慢腾腾地站起身来，走到那个拿走我订婚戒指的小伙子跟前，抓起他的短筒枪，威严而简短地说了什么。小伙子气得脸涨得通红，不过还是慢慢地把手伸进衣袋，掏出了戒指，把它递给了头领。头领还没收了打火机和手表，用手掂量着所有这些东西的重量，然后揣到怀里，对摔跤手说：

"你想去哪里都行,不过不能回来!"逃兵们马上安静下来,排成纵队,紧跟着他走了。

我们莫名其妙地站在那里。

"这是什么意思?"萨莫伊林问道。

"这就是说,"摔跤手说,"他们暂时放我们去阿姆特赫尔,不过不让我们回来。他们在这儿附近监视着。没有别的路。"

我什么也没明白。如果他们想抢劫甚至是杀死我们,那么他们完全可以现在就这么做。

"最好什么也别想,"摔跤手建议说,"我不止一次时来运转。现在也会成功的。到了湖上我们再议。不过我们走路还是要小心。你们尽量让山毛榉的树干挡住自己,以防背后射来子弹。"

我们穿过峡谷,从森林的悬崖上看到了马鲁赫山。它在空中闪闪发光,宛如镶在花岗岩框里的蓝色金刚石。

让我感到震惊的是,周围的一切都是由宏伟和无限渺小的事物混合而成,与此同时这两者都同样美——无论是远处积雪如巨大的飞檐悬挂其上的马鲁赫山冰脊,还是近处新生的山茱萸灌木丛上的小花。这些灌木丛从山岩的裂缝中探出身来。

我们周围密集地生长着庞大的植物群体,有山药材、千峰草、毛茸茸的橙色小花、织针一般长短的针叶树丛,这一切都被太阳晒得暖洋洋的,散发着树脂温柔的芳香。

遭遇逃兵的紧张几乎要了我们的命。我们直接跌坐到厚厚的青苔上,跌坐到森林中酷似巨大祭台的岩石上,躺了两个小时左右,没有任何继续走的愿望。

对和平安宁的自然与人性的残酷共存的思考,一生中有过数次在我的脑海里萦绕不散。

第一次想到这一点时我很震惊,对人产生了极度的愤怒,那是在一九一九年的波列西耶,我目睹了一个十岁左右的小男孩被匪徒杀害。当时小男孩坐在长满穗状花序的乌日河岸上,用自制的胡桃木鱼竿钓鱼。太阳在他的上方闪耀着,暖风徐徐吹拂着空中舒卷的白云。

属于卑鄙的匪首斯特鲁克的一支卑鄙部队的土匪,从河对岸发现了小男孩,一边大声狂笑,一边把他当成靶子瞄准射击。

当地的森林猎户害怕土匪,因此似乎是替他们辩解,说是那些"小伙子"当时喝多了。不过,一个喝醉酒的人会变得连最肮脏的畜生也不如,对于人来说没有任何辩解的理由。

我永远不会忘记那个长着雀斑的死去的男孩被太阳晒热的头发——可爱的、似乎晒得褪色的、稚气而又柔弱的头发。我没有看男孩的脸。但我生命中的这一天,我一直到死都会记得。我不敢向任何人讲起他,即使是我的妈妈,以免给她的生活带去忧伤。只是现在我才第一次说起这件事。

就这样,躺在去阿姆特赫尔路上的森林里,我在想,五个土匪[1]不知为什么想杀我们,或许,还会真的杀了我们。这一想法让我感到厌恶和愤怒,一如当时在乌日河边的感受。面对大自然的所有快乐、所有兴奋瞬间烟消云散。

唯一渐渐使我感到安慰的是那些提醒我大自然存在的各种现象——某些粘到我唇上的芳香的叶片,抑或是细小的山泉,它犹犹豫豫、小心

---

[1] 前面提到一共四个逃兵,疑为作者之误。

翼翼地穿过茂盛的草丛,唯恐在前往岩石中深深的积水坑时迷失方向,泉水在岩石中汇聚成了一方蓝色的小湖。

只要看到这一切,并凝神观察,和平就会降临(如古人所喜欢写的那样)于人类躁动的灵魂。

在山下静卧着一片蔚蓝色的清澈水域。水上漂浮着褐色干枯的枫叶。叶子汇成一支舰队,而且行动步调非常一致:仿佛按"齐步走"的口令转动方向,一旦微风吹过,它们则如脱锚一般突然间乱了阵脚,然后,你追我赶,向湖心游去。湖心的水闪耀着酒精燃烧时的那种光芒。

紧挨着湖岸边,几只长着玻璃珠般欢快小眼睛的黑水鸡在游来游去。

左边,一座森林贴紧花岗岩的峭壁拔地而起,它如此神秘,带给我们的感受就好像它是在远处出现的。我们身后有岩屑簌簌落下的响声。而右边,我甚至害怕看过去,——那里,阴郁的、神秘莫测的马鲁赫山仿佛一直冲上云霄,然后停住,整个山体似乎紧张到从血管里发出洪亮的呻吟声。

有一个地方,显然是从冰洞里,射出一股宽广的水流,从空中飞泻而下,伴随着巨响落入湖中。

那就是阿赞达河。它从冰川方向流过来,变成瀑布汇入湖中,又在我们脚下山岩林立的沙滩上涌入地下,消失在脚下,同时让我们扔到水中的一切——每一个小树枝和每一张小纸片——打着漩涡,把它们都塞进了地下可怕的深渊里。

听摔跤手讲,向南十二公里处,阿赞达河再次冲出地表,泡沫飞溅,好像由于遭遇突如其来的阳光而眯缝起眼睛,慌忙奔向黑海。

河水下面的石头微微颤动,彼此撞击着,似乎在试试看谁的叮当声更持久一些。

我不敢凝神观望马鲁赫山。我似乎开始觉得，峰顶上的冰层也像河流一样在运动，而且随时都可能变成冰雪的瀑布轰然砸向整个世界。但我还是不时地望望马鲁赫山。它吸引着你，使你不得不去看它并猜测它的秘密，这秘密或许隐藏于峡谷的阴影里，也可能隐没在高山草地的微风吹拂之中。

我还不清楚，马鲁赫山可能会有怎样的秘密隐瞒着我们，不过有时候我已经能辨别出山岩上粉色的地衣，辨别出缓慢移动的阴影——它们偷偷地靠近峰顶，以便熄灭光线。我还能听得出烟雾沿着马鲁赫山坡翻腾而下时发出的隆隆声响。后来我意识到，这不是烟雾，而是山体滑坡的粉尘。

马鲁赫山一整天都屹立在我们对面，如同某位威严巨神的青铜宝座，酷似古希腊神话英雄赫拉克勒斯或阿特拉斯的折角盾牌。当然，马鲁赫山会像阿特拉斯那样，用自己的肩膀举起整个地球。

傍晚时分，马鲁赫山由青铜宝座变成刺得人眼睛发痛的天然金块，金块如此之大，想必在月亮上都能看得见它的光泽。

"现在，"扎察连内对我说，"您就享受这寂静中的生活吧，沉默、观察和思考。回到苏呼米您就会变成另外一个人。您自己都认不出自己来。"

我吃惊地看了一眼摔跤手。我没想到他会说出这样的话。此前我似乎感觉他这人呆头呆脑，不够聪明。

不知为什么我总有一种想法在脑海中萦绕不散，那就是要记录下湖区发生的这个事件的整个过程，尽管实际上什么事件也没发生。不过还是……

还是从我们不得不攀住树根和黄杨木灌木丛，沿着陡峭的山坡下到湖边开始说起吧。

当时我第一次得知，极小的黄杨木竟能轻而易举地承受住一个成年人的重量。它酷似我们的越橘小灌木丛，而且长着同样小的皮革状叶片。

湖岸边被冲积成一条狭窄的沙滩，布满了从山上滚落下来的巨石。

有一个地方，巨石落下来时形成了一个严密的、狭长的山洞，山洞的出口直接伸向水边。我们就在这个山洞里搭建了临时住处。

山洞看起来异常舒适。显然，这是因为它能遮挡住风雨和山体滑坡。

在山洞里我们多多少少可以安静地吃饭。谁也不会打扰我们。

第一天由于没有经验，我们把食物散放在岸边，放在摊开的风衣上。立刻从水中走出来一只小黑水鸡，它直接蹒跚着向我走来，哼哼了一声，啄走了我手里的一块面包。我夺下了它的面包，它便开始同我搏斗，有几次拧痛了我的手指。

随即从岸边又蹒跚着走过来几只完全未受过惊吓的黑水鸡。

从那时起我们吃东西就小心了，而且把食品背包藏到了石头下面。不过只要我们开始吃饭，黑水鸡照例还会聚集在我们周围。它们挤在一起，推来搡去，试图挤到离我们更近的地方，彼此踩着对方的爪子，啄掉对方的羽毛。

我们抓它们时，它们拼命尖叫，但也只是在我们的人没抓住它们的时候才叫。只要我们把抓住的那只黑水鸡放回地面，它马上就又开始爬到我们的膝盖上，抢走我们手里的任何食物。

这让我们很欢欣。

"想必，"扎察连内若有所思地说道，"只有在天堂里动物才会如此自由自在。"

从那时起，只要我们一出现在湖边，黑水鸡就守候在我们临时住处的岸边——它们尽量不远游，以免错过觅食的机会。

但并非所有的动物都表现得如此温厚和信任人。我们在湖边也有敌人——胡狼和小山熊。

胡狼是最放肆和最机敏的动物。

第一天夜里，它们偷走了我们的白铁壶，并把它往山里拖，却不慎掉落了，铁壶伴随着叮叮当当的响声滚落到湖里。

我们及时醒来，抢救出铁壶。壶身由于撞到石头形成了几个大凹痕，不过还好，没有漏水。我们为此感谢命运。不然我们没东西喝茶就完蛋了。尤其扎察连内会很糟糕。他可以喝一整天的茶，一边晒着太阳，怡然自得地眯缝着眼睛。

"多好的空气啊！"他说着，并大声地深呼吸，"不是空气，而是托诺-邦盖[1]牌灵丹妙药！"

第二天夜里，胡狼"匍匐着"爬到我们身边，并企图从萨莫伊林的脑袋下面拖走食品袋子。为防万一，我们把食品袋放到脑袋下面，但结果是，这也无法让我们免遭偷窃。我们于是决定夜里派人在篝火旁轮流值班。

第一天夜里值班时，摔跤手打了个盹，醒来时发现，胡狼正四腿蹬地，从石头下面拖一袋熏鱼。

当时我想出了一个自己感觉很妙的对付胡狼的方法。我在岸边找到一根长长的枯木杆子。当轮到我值班时，我坐到篝火旁，把杆子放在旁边。扎察连内和萨莫伊林都睡着了。我也假装睡着。我甚至还发出轻微

---

[1] 托诺-邦盖，是英国小说家赫伯特·乔治·威尔斯的小说《托诺-邦盖》中一种假药的名字。

的鼾声。

这天夜里我第一次看见胡狼是如何爬的。"哎呀，太有趣了！"你们会说。但作为见证人，我敢肯定地说，这对某个人来说或许有趣，但其实大多数时候这是令人厌恶，甚至让人感到可怕的。

胡狼在火光中慢慢爬近，好像影子，好像微微活动的褪了色的幽灵。

我小心地把杆子的一端伸入火中。胡狼瞬间愣了一下，然后重新开始爬。

爬在最前面的是头狼。我在篝火的反光中已经能清清楚楚地看到它。它的耳朵紧贴着头部，一张带麻点的脸龇着牙，以防不测。

我等头狼爬近篝火——篝火旁放着一根香肠做诱饵，在它爬到距篝火有一杆子那么远时，我快速抽出篝火里发红的杆子，用它去打那个头狼。

头狼先大叫了一声。在它凶狠的叫声里我甚至听出了我们人的语言："哎呀，见鬼！"然后它跳了起来，但不是向前跳，而是向后跳，奔向山里，带走了全部狼群。空气中散发出一股毛发烧焦的味道。由此可以得出结论，我烧燎到了胡狼的皮毛。

扎察连内和萨莫伊林醒了。他们对我的机智大加赞赏。我似乎感到，此时他们甚至在奉承我。我准备为自己的发明感到自豪。但假如我知道，在我惩罚胡狼之后我们会遭遇到何种难以忍受的后果，那我当然就不会做那种草率的尝试了。

胡狼们爬上附近的岩石，齐心协力绝望而愤怒地嚎叫起来，在这种嚎叫声下根本谈不上什么睡眠。他们报复了我们，嚎叫了两昼夜。

熊要比胡狼危害更大。它们想出了一个巧妙的办法，让我们迁出湖区。从那时起，我们便被熊以某种方式围困住了。如果说我们能安然无恙，也多亏了我们一贯的警惕。

从早晨开始，熊就埋伏在上面陡峭的悬崖边，而且把脑袋探下来，监视我们的行踪。

如果我们当中有谁忘了危险，从下面的湖边走过，当他经过熊的下方时，它们就会向他推石头，导致山石崩塌。尘土飞扬，巨大的石块跳跃着轰然滚下，碎石子射向四面八方，呼啸着钻入水中。萨莫伊林就是在一次这样的山石崩塌中差点儿丧命。

我们企图赶走熊，但我们没有武器。吹口哨和咒骂对它们根本不起作用。

这很令人恼火。我们无法在岸边自由走动，只能在山洞的遮蔽下活动。

有时扎察连内失去了耐心，用低沉的声音辱骂它们，并用拳头威胁它们。作为答复，山熊们活跃起来，好奇地探出脑袋，又推下新一轮的山石。

但命运最终还是替我们报了仇。一只小熊向悬崖下边探出身来过多，一失足，如同一个毛茸茸的黑球从我们眼前疾速落下，伴随着巨大的拍水声"咕咚"一下摔到水里，它短促地吼叫了一声，沉入水中，永远地消失了。显然，它被淹死了，可怜的家伙。

山熊们在悬崖上一直坐到傍晚时分，离开后就再也没有回来。同伴的失踪吓坏了它们。显然，它们把这一点归咎于我们人类的阴谋。

在靠近岸边的蓝莹莹的湖水中，静卧着象牙白色的平坦的大石头。

有一个地方这种石头特别多，我从一块石头跳到另一块石头上，几乎可以跳到湖心去钓鱼。湖里面的一些石头附近，水已经很深了。

有一次，我从石头上掉进水里，感觉到冰川湖水带给我的难以忍受的灼痛的寒冷。脚马上抽筋了，仿佛有人开始快速地把我紧绷的吱嘎作响的脚筋缠到了一根织针上。似乎，脚筋马上就要绷断了。

尽管湖水钻心地凉，但石头上却很热——湖边向来无风。有如精制的玻璃（或许更准确些说是水晶）一样的倒影是如此的完美无缺，你根本分不清哪是湖岸和群山的倒影，哪是真正的湖岸和群山。

仿佛身边有两个高加索。一个直冲云霄，而另一个则伸展到我们脚下光芒四射的深处。在这一深处的底部悠闲自得地漂浮着与空中同样的羽状云朵。

当我每次把带有铅坠的钓线投入湖中时，就会把这个世界完美融合的状态给打碎。

偶尔有好似紧绷的肌肉那般强壮有力的淡水鲑咬钩，或者是一条鲻鱼急速拉直钓线跑开，摆了一下尾巴，像拉断蛛丝一般把钓线拉断。

这真是一件奇妙的工作——在液体的蓝宝石中垂钓，而且让自己的双眼饱览这周围的一切美景——从平坦石头上裂缝形成的花纹图案，到由一小束干枯枫叶扎成的浮漂。鱼咬钩时，叶子就折叠成扇子状慢慢沉入水里。

我钓鱼一直钓到傍晚时分。我常常在大石头上赶上落日。有一次，由于一种意外的景象，我不由自主地大叫起来。当我从浮漂上抬起眼睛时，我突然看到了冰川上太阳的倒影，仿佛血染一般。

我不由自主地大喊一声，并生气自己没能忍住。不过，燃烧的天空气势太宏伟，云雾太神秘，马鲁赫峰顶冰层闪烁的光辉太耀眼了。

总之我在生活中还是很幸运的。几乎每一天我都能听到和看到某种新鲜事物。而你知道得越多，就会觉得越有趣，生活就会变得越神秘，无论这看起来有多奇怪。

落日时分，在高加索主峰的山脚下，我看到了地球上最壮观的景象之一——那种彩色的光芒在空中流溢，感觉像是在这个海拔高度我们的眼睛出现了超强的能力：比在山谷的深处、在草原和在海岸线上能看得见更多的色彩。

不过我还是毫不遗憾地期待着落日开始消逝。因为我知道，在远处微波粼粼的海面映照下的暮色中，隐藏的美景不少于山中日落时的美景。

然后一切都归于平静，一切都燃尽了。寂静降临在篝火旁，久久地凝视着最后几块炭火渐渐蒙上一层雪青色的灰烬。常常有星星划空而落。

第六天，我们的食物吃完了，我们便离开了阿姆特赫尔-阿赞达湖。

摔跤手确信，我们在采别利达村会再次遭遇逃兵，而且这一次我们不会轻松过关。因此，我们决定直接越过加尔戈梅什峡谷旁边的山峰去苏呼米。

我们没有地图，不过摔跤手保证，会把我们领到阿赞达河在地下穿行十二公里后又重新冒出地表的地方。接下来必须沿着河岸走，一直走，就会看到梅尔赫乌利村。

这十二公里我们走了一整天。返回苏呼米时，我们已被晒得黝黑，灰头土脸，饥肠辘辘，磨破了双脚，却感到很幸福。

在苏呼米，我感到昏昏沉沉，闷热而孤独。

我不在的这段时间里，雅卢小姐把隔壁空房间租给了一个浅色头发的人，他是商务部门的一位会计师，姓科特尼科夫。

这位明白事理的人身上的一切，用医生的话说，都是苏呼米人所"忌讳"的。首先是他脸上长着雀斑，他不停地眨巴着有些发红的患白化病的小眼睛，眼睫毛也是白色的。他喜欢唱"我想有一位小女婿，让他穿上讲究的胸衣……"这首歌。他用尖细的、带有口哨声的普通男高音唱着。

闲暇时,他在花园的香蕉树下喝茶。他脖子上搭着一条绣着几只小公鸡的毛巾。他不停地用它擦着自己汗淋淋、涨红的脸,清清嗓子,重新唱道:"穿着讲究胸衣的小女婿,细细的手杖握在手里……"

在高加索,从科特尼科夫的举动看,仿佛这里不是苏呼米,而是某个波舍霍尼耶[1]。什么也引不起他的兴趣——无论是大海,还是热带植物,无论是高山,还是阿布哈兹人以及他们的性格与风俗。他喜欢回忆他自己出生的莫洛加城[2]。几乎他所有的故事都是从同一句话开始:"就在我们的莫洛加小城,我的老妈妈,尊敬的阿波利纳里娅·弗罗洛夫娜,规定了严酷的秩序……"

科特尼科夫的出现让我马上感到很无聊。时间仿佛停滞不前了。它像一块用坏了的表一样毫无意义,尤其在会计没完没了的哼哼呀呀的小曲伴奏下:"玛莎到森林里散步去,要给自己找一个小女婿……"

后来,科特尼科夫的妻子从俄罗斯来了,她和他完全一样,矮小,小翘鼻子,满脸粉红色雀斑。她走进房子,还没来得及脱下大衣,就问丈夫:

"你们这里鸡蛋怎么卖?"

我立刻就不喜欢科特尼科夫和他的妻子了,当然,这不公平。同时我也明白了,接着在苏呼米住下去完全没有意义,我在此也无事可做。

我决定继续走,去巴统。《海员报》的打字员吕西安娜定居在那里。她在敖德萨嫁给了画家西尼亚夫斯基,然后从忍饥挨饿的敖德萨跑到了

---

[1] 波舍霍尼耶,俄国雅罗斯拉夫尔州的北部城市。
[2] 莫洛加城,位于莫洛加河流入伏尔加河的入口处,位于雷宾斯克水库的南面。

巴统。她给我写信说，巴统被宣布为"免税口岸"，城里充斥着"奢侈品"——糖精、粗大的面包圈、女士吊袜带和皮鞋带。"万不得已时，"吕西安娜写道，"还可以嚼袜带。"

除了吕西安娜外，巴统的泽廖内角上还住着巴别尔及其妻子叶夫根尼娅·鲍里索夫娜和妹妹梅丽。

而我则在孤寂的苏呼米埋头苦干，为一份无聊的小报校对简讯。

我对自己特别生气，没买票就坐上"伊里奇"号去了巴统。

夜幕降临了。阿布哈兹海岸笼罩在迷雾之中。我躺在船尾的旗杆附近，把大衣和一个小枕头垫在头下，小枕头里塞满了苏呼米的烟草（阿布哈兹烟草是禁止携带出境的）。

突然透过呛鼻的烟草气味，一股从岸上吹来的空气带来了玉兰和含羞草的幸福味道——一股令人神往的漂泊的味道、小亚细亚的味道、漆黑的灌木丛的味道，同时也是伸手不见五指的温暖之夜的味道。我的心抽紧了。又一个地方离我而去，大约是永远地离去了，我在这里留下了一部分自己的思想和时间。

几年之后，当我来到这座城市作短期停留时，我已经认不出它了。它变成了一座人口众多、郁郁葱葱、装点时髦的疗养胜地。街道上散发的已经不是玉兰的香味，而是排气管中排出的废气的味道和烧焦了的女人头发的味道。

而现在我躺在甲板上想着，苏呼米的古风永远地结束了。

大概，这种生活中最后一个感人的事件就是遇见了米哈伊尔·伊万诺维奇·加里宁[1]。

　　加里宁乘坐轮船途经苏呼米，下岸只待了几个小时。滨海街挤满了全城的人——绚丽的人群熙熙攘攘：有戴着围巾帽的，有穿切尔克斯袍的，有留着白色长胡子的，有的人挽着袖口，里面露出五彩的内衬，有的人佩带短剑，身穿金色镶条马裤。

　　当小艇载着加里宁驶离轮船开始靠岸时，朴实的苏呼米警察局长骑着烈马沿着滨海街跑过，朝人群喊道：

　　"漂亮的人，往前站！"

　　人群中快速运动起来。不过没有传出一声叫喊，也没有一声咒骂。

　　真的，就在我们眼前发生了近乎奇迹的事情：人群仿佛自己选出所有漂亮的人，并把他们推到了前面——长着鹰钩鼻子的小伙子们、银发的旧派老者们和说话带着喉音、羞怯得满脸通红的姑娘们。

　　警察局长第二次骑马从人群旁经过，然后喊了一声："衷心感谢！"接着他的马踏着小碎步，跳起舞，侧转竖立的耳朵，简而言之，姿态优美地炫耀了一番，向码头走去了。码头上，笛子和鼓组成的乐队奏起了好似山石崩裂一样轰响的乐曲，该乐队即所谓"萨赞达利"[2]乐队——世界上最能吃苦、以悲壮著称的乐队。

1　米·伊·加里宁（1875—1946），俄国革命家，苏联党务和国务活动家。
2　萨赞达利乐队，流行于阿塞拜疆、亚美尼亚、格鲁吉亚及伊朗和近东一些国家的演奏团。这种乐队在外高加索地区通常用三弦或其他民间乐器演奏。

在平坦的港口

夜里我醒来了。"伊里奇"号停靠在一个平坦的港口。我似乎觉得，港口的灯火如同油盏一般漂浮在水面上，——在低处闪着亮光。

我忘记了，"伊里奇"号去巴统的途中应该拐进中转港波季。

四周看不见城市的任何迹象。后来我得知，从这个港口到波季还很远。

空中稀稀拉拉落起了雨点——温暖如凉茶。不时从某处传来酸橙的味道。

我毫无缘由地感到一股忧伤涌上心头，如此强烈而意外，我甚至有些惶恐。

当然，我知道这种忧伤的原因，只是不想承认这一点，因为我对此无能为力。

忧伤由来已久，根深蒂固。它源于长期的孤独，而且是莫名其妙的孤独，因为我本性是一个开朗之人，喜欢玩乐，完全无意于那种阴沉的反省。我想如春天采摘丁香一般成抱地采摘生活，想让我的日子永远不重复，而对我来说，这世界上存在的所有非凡的人、国度和事件已足够多。

不过，生活并非因我的过错（过错显然是有的，只是我当时不明白）成了今天这样——既有多彩的经历，又有缤纷的事件，既有四处漂泊，又有周围无数有趣的人——这一切都被赐给了我，绰绰有余，只是生活没有把亲人、我爱的人和爱我的人赐给我。

我有过妈妈和加莉娅，但我却被抛到离她们如此遥远的地方，我们的通信是如此稀少和简短，就仿佛隔着宽广喧嚣的河流难以发生共鸣，在雾气弥漫的海岸难以分辨彼此一样。

没有一天，我的心不因这种与亲人的隔绝而感到刺痛，没有一天，我不因懊恼这种离别而产生对自己的怨恨，并发出大声的哀叹。

我无法克服自己的贪婪。"我积累这一切是为了什么？"我问自己，却从未有过答案，因为由于某种连我自己都莫名其妙的内心的召唤，我在下意识地积累生活。

谜底只是在我接下来开始写作的岁月里才浮出水面。

贪婪迫使我不断地寻找新地方、新的人、新知识、新感想、新事物，并不由自主地离自己刚刚过去的生活越走越远。

过去的生活虽然并不久远，但与此同时我却感觉它仿佛特别遥远。例如，沉静的波季港的这一夜与在喷泉区遭到部分破坏的别墅里的那一个傍晚——当时巴格利茨基在朗读勃洛克的诗歌，我似乎感觉得到这二者之间绵延无尽的岁月。我感觉时间仿佛有重量。它会坠得你双臂发疼。

我在苏呼米经历了特别强烈的孤独感。或许，是因为在那里我处在最近几年已经熟悉了的记者和作家圈子之外,处在最近一段时间在敖德萨经历过的那种非凡的状态之外。那种状态可以被称为我们生活中的初春的感觉,很模糊地接触到新艺术和新文学的第一感觉。或许,这种比较有点过于矫饰,或者其中缺乏足够的意味,但我的感觉就是这样的。

蓬勃的春天即将来临。构思在诞生,力量在壮大,生活经验在积累,如同一轮红日即将从山脊喷薄而出,天才的语言也一定会在某处突然爆发。

当时我就是这样想的,并感到很幸福,因为有了这种期待。期待驱散了忧伤。当然不仅是期待,还有其他许多东西,甚至是那些纯粹的小事。例如,在一个我从未打算去的港口,在轮船空无一人的甲板上,在这样一个漫长的雨夜。

"人不能独处,"我想,"无论如何也不能。否则他会死掉的。"

船离岸了。防波堤那边的海浪轻轻地涌起了泡沫。高高的灯塔将自己不自然的白光冷漠地投射到被惊动的水面上。

一名水手走过来,牵着一条小白狗,毛茸茸的小可怜,他把它拴到离我不远的长椅上就离开了。

小狗抖成一团,它的爪子不时地拍打着甲板。

我给它解开绳子,它趴到了我的腿上。刚开始它还轻轻呜咽,后来叹了口气,舔了舔我的手。

"不仅是人,"我想到,"甚至连狗也不能独处。不能!"

我睡着了。睡梦中我听见我头部上方计程仪的叮咚声,它在测算走过的里程。

巴统的声音和味道

巴统的小酒馆和咖啡馆非常之多。

所有的小酒馆和咖啡馆的玻璃门都晃动着。每一次推门都会发出吱吱嘎嘎的响声,而且响声会持续很久。

门不断的响声混合着铜板的响声。双眼凹陷的干瘦铜匠用这些铜板打造土耳其小咖啡壶,并给它们铆上长长的把手,把手也是铜的。

就在这里,在狭窄的街道中央,马路上铺着新地毯,一些泼辣的茨冈小姑娘击打着旧铃鼓,跳着舞,大声歌唱着。

根据一个可靠的特征可以认出新来巴统的人:他们怕把地毯踩脏了,尽量绕开它走。不过很快他们便得知,地毯照着街道的宽度铺满,就是为了尽快消除地毯的新鲜感和花哨刺眼的、还没有消退的颜色。这时候,外来人便开始与巴统当地人一起津津有味地踩脏地毯。

被市场上的喧闹声激怒了的马尥起蹶子,也发出叮叮当当的声音——它们的脖子上挂着一串铃铛。

不过巴统不止由声响构成。它还包含许多东西，比如，烤羊肉串刺鼻的煤烟……不过在转向这些东西之前，我们先把声响说完。

总之，在巴统，尤其是在叫作努里的土耳其市场上，千变万化的声响会把您震聋——从山羊的咩咩叫声到卖玉米人"热乎玉米"的拼命叫卖声，从邻近清真寺宣礼人[1]诵念宣礼词忧郁的呻吟声到小酒馆窗外木笛的尖叫声，以及喝醉酒了的客人催人泪下的歌声。

不过，特别美好的是巴统的雨声和轮船的汽笛声。

巴统冬季的雨唱着不同音色的曲调。雨下得越大，它在排水管里发出的声音就会越高亢。轮船的汽笛声多半是单声调的男中音，特别是有着黄色烟囱和桅杆的外国油轮。我是在秋冬交替的雨季来到巴统的。雨几乎不停地下，使光线变暗，使整个白天都沉浸于温暖的、几乎是炎热的昏暗中。这昏暗少有间歇的时候。

直到多年之后我又重新来到巴统（现在它已经叫巴图米），但那时已经是初夏，于是我第一次看见巴统绚丽、茂盛的植物和它最纯净的蓝色天空。

轮船不时鸣笛，缓慢驶进风景秀丽的油港贫民窟，紧挨着小酒馆、仓库、简陋的小房靠岸停泊，桅杆和索具高高地悬挂在喧闹拥挤的滨海街上方。它们仿佛一群巨大的钢铁鲸鱼被冲到岸边。

在我的想象中，轮船烟囱和桅杆的黄色是可以与阿拉伯沙漠或者索马里沙漠的沙子，以及和这些轮船必经的红海联系起来的。

偶尔，"外国佬"号驶进巴统港时，旗杆上挂着黄旗。这意味着，

---

[1] 伊斯兰教清真寺内按时呼唤信徒做礼拜的人。

轮船在来巴统的途中驶进过沿岸其他港口，而那里霍乱、天花、鼠疫、痢疾等流行病从未停息过。这种船通常被带到锚地进行检疫，人们采用硫黄烟熏船舱，对船进行消毒处理。

至于气味，压倒一切的是羊肉呛人的油烟味。这一点很令人遗憾，因为巴统其他的气味都比这一油烟味令人愉快得多，不过，别的这些气味却很少能透过它传出来。

这种刺鼻而粗糙的油烟味使喉咙刺痒难受，它的一点好处就是使人们想起巴统的羊肉串，——这大概是高加索最好的肉串。

羊肉通常是串到钢扦上用木炭烤，撒上伏牛花粉或是肉桂粉，放上香葱，然后就着刚出锅的大饼，就着白葡萄酒吃。我觉得，在我的一生中还从未吃过比这更美味的东西。

位居第二的是刚煮好的现磨咖啡的味道。咖啡豆被放到土耳其造的研磨机里研磨，研磨机是铜质的，像小炮弹壳那样。这些研磨机的外表装饰着模压花纹。花纹有时描绘的是《一千零一夜》中的情节。

这些研磨机把咖啡豆变成了最精细的粉末。

咖啡的味道同时还引起了我关于东方和西方的想象。东方和西方国家同样都散发着咖啡的味道。

说到古老的欧洲，在心理上，它根本离不开热腾腾的咖啡和那些常伴随着咖啡香气的味道——轮船烟囱里冒出的烟的味道，早晨酥脆的面包的味道，茴香的味道，开败了的玫瑰的味道，以及烟草的味道。

每逢清晨，我常在半睡半醒之间梦见欧洲是一片遥远的海岸。在淡红色泡沫飞溅的拍岸浪那压低的波涛上方，岸上各个城市里破旧的玻璃窗不时闪现着微光。

拍岸的海浪涌起来，然后轰鸣着冲上沙滩。细小的水珠落到悬铃木的叶子上,就在这花园凉爽的氛围中,显露出一座仿佛既熟悉又陌生的城市。于是我猜想这是哪座城市:是安科纳[1]还是奇维塔韦基亚[2],是波尔多还是鹿特丹?

巴统对初到俄罗斯最南边境的我来说,是一座非同寻常的、充满异域风情的典型东方城市。

巴统沾上了咖啡、葡萄酒和橘子的香味。直到两三个月后,我的那种异国情调的浓烈感觉极其酸涩的味道才开始逐渐减弱,我才看清其背后这座城市的真实生活。在这里,那种绝不同于外省色彩的文化生活永远不会停息,港口也是如此,它像一个巨大的聚光器,将巴统所有的工人吸引到自己周围。

当时,有很多载着橙子和橘子的小帆船从附近的土耳其——从里泽和特拉布宗(在巴统叫特拉比松)——来到巴统。芳香的柑橘如金字塔般堆放在小帆船的甲板上,颜色各异,酷似复活节的彩蛋。

我常会看见同一幅画面:土耳其老人半靠着用草席遮盖的橙子,轻轻吧嗒着嘴,喝着浓香的咖啡。

传播咖啡香气的不仅是小帆船,还有岸边细碎的卵石。卵石上覆盖着一圈咖啡渣。在这一圈咖啡渣上醒目地摆放着一块块的橙黄色的撕碎的橘子皮。

每逢傍晚,小帆船主们坐在橙子堆上,面向东南麦加方向祈祷,他们高举双手,额头贴到冰冷的橙子上。

在麦加所在地的方向,升腾起还没有被星星之火划破的雪青色迷

---

[1] 安科纳,是意大利中部滨亚得里亚海的港市,马尔凯大区的首府和最大的港口。
[2] 奇维塔韦基亚,意大利中部城镇,罗马的主要港口。

雾。小帆船主们相信,在这迷雾背后流淌着蔚蓝的天堂之河——"万河之河"科夫塞尔河。

我也愿意相信这一点,但我的认识再也无法回到我的童年时代。

当时我荒唐地认为,我获得的每一个新思想和一点一滴的知识,都是对整个文化总结的一个贡献。

是的,巴统和巴统港散发着橘子、石油和水藻的味道。

大量的水藻挂在港口的木桩上,呈墨绿色,像一绺绺黑色的头发。尽管水藻不断地被海浪冲洗,它却没有因此颜色变浅,也没有失去它的药味。

在离港口稍远的市中心,尤其是在酷似新加坡或孟买散步之处的滨海林荫道上,散发着玉兰腻人的香气,而在市郊,在去巴统郊区的巴尔茨哈纳的途中,在西尼亚夫斯基家的住处,从落满尘土的、带刺的篱笆墙里散发出野蔷薇的香气。

"这不是妈妈"

吕西安娜和米沙·西尼亚夫斯基——这对夫妇在巴统的码头上接我。随后气喘吁吁的巴别尔也跑来了。他住在市郊的泽廖内角,他是乘坐近郊火车来巴统的。

西尼亚夫斯基夫妇在巴尔茨哈纳租了一间用玻璃封闭起来的露台。我和他们住在一起。

我们的共同生活就这样开始了,特别无忧无虑,尽管我们命悬一线。无论是西尼亚夫斯基还是我,都没钱,况且我还没有"固定的工作",只有大胆的计划。

我希望我能在巴统成功地办一份像《海员报》这样的海事报纸。

我只是有些怀念《海员报》。当时,我已经完全被报社的工作所吸引,吸引我的还有它紧张的节奏,它快速的运动,它与沸腾的、片刻也不停息的人民、全国、全欧洲、全世界的生活的密切接触。

革命后传入我们意识中的新思想,使我们大家甚至已经自命为先进一代的代表者。

我希望在巴统创办一份，如我当时所说的那样，"自己的"报纸，这是因为，从加格拉[1]到巴统的黑海海岸归格鲁吉亚海员联盟管理。这些海员当然梦想能有一份自己的报纸。不过，暂时除了我和海员联盟委员、爱沙尼亚人尼尔克谈过此事外，事情没有任何进展。

我来的那天上午，米沙·西尼亚夫斯基从胶合板柜子里拿出一瓶伏特加。白色的标签上画着一头温厚的母牛，上面写着，该伏特加是由巴统阿尔捷米雅·鲁哈泽工厂生产的。吕西安娜煎了一条比目鱼。我们就着橘子吃掉比目鱼，喝了鲁哈泽的伏特加，感到很幸福。

我们身边的一切都让我们体验到幸福的情绪——最主要的是由于意识到我们位于亚热带地区，这里下着温暖的雨，天空被温暖的（已经十月了）乌云遮蔽得严严实实，大地上一整天都笼罩着暮色。在暮色深处，黑海缓慢而又庄严地翻滚着，海浪几乎涌到我们露台的门口。

我们身边有载满了暗紫色"伊莎贝拉"葡萄的大车驶过。这种葡萄，我当时似乎觉得，有一种西班牙的味道。

巴尔茨哈纳河水打着卷，沿着我们家栅栏后面的石头奔跑而过，把黄色的、紫红色的葡萄叶子带到大海里去。大地上散发出手工酿制葡萄酒的味道。

饭后我们喝着咖啡，抽着苏呼米的烟草，回忆敖德萨，生活真是从未有过的美好。特别是闻着拍岸海浪的味道，海浪在无声的雨中喧嚣。

米沙·西尼亚夫斯基身材高大，有些忧郁，好嘲笑人，有一语破的

---

[1] 加格拉，格鲁吉亚城市。

的幽默感，他想出了一个好工作。他在自家露台的墙上贴了一张广告，声称可以按着照片放大画像，甚至可以做成彩色的。

令他吃惊的是，客户不仅来自巴尔茨哈纳，甚至还来自马欣乔乌尔和巴统市区！

客户像孩子一样天真。他们把米沙的工作视同一种无法理解的奇迹，视同上帝的礼物。收到画好的肖像，他们小心翼翼地拿着，啧啧称赞，摇着脑袋，毫无怨言地付上一个土耳其里拉（巴统当时苏联的钱币还很少，而格鲁吉亚的临时流通券不值钱）。

一个里拉够我们花三天。不过，不久，在巴统确实创办了一份海事报纸《灯塔报》，我也开始赚钱了，于是我们在破败露台上的生活有了一些富足的迹象。衡量是否富足是以橘子、香烟和罐装浓缩咖啡的数量来计算的。

有一次，努里市场上的修鞋匠、上了年纪的希腊人亚尼向米沙定做自己母亲的画像，而且还要彩色的。

我仔细看了照片，搞清楚了，这是他妈妈于一八八〇年在希腊的沃洛市照的照片，她是一位罕见的美女。她很像德拉克洛瓦的《自由引导人民》油画上的那位头戴弗里吉亚帽、召唤人们参加巷战的高傲的姑娘。

摄影师梅塔克索斯（沃洛市的）获得的许多奖章的图案都画在这张相片的背面，这把我逗乐了。

我甚至仿佛看到了这位脚蹬高跟鞋、打着领结、衣着花哨、满脸粉刺的矮个子希腊人。为了让这些外省人的脑筋开开窍，并迫使他们不吝花钱，这位希腊人当然也像在巴黎当地一样前所未有地殷勤待客，为戴着柠檬黄羊皮手套（也像在巴黎一样）的顾客摄影。

工作时，米沙喜欢编造一些有关自己顾客的荒唐故事，常常是关于他们生平的故事。

吕西安娜在院子里的火盆上做青鱼的鱼子酱和萨齐温[1]（我们现在甚至有钱做萨齐温），她不时抻平胸前接缝处绽线的短上衣，为萨沙编造出的这些照片故事增添一些自然主义细节。

"你忘了说，"她喊道，"你的这位美男子梅塔克索斯穿着粉色的衬裤，像新娘羞红了脸一样的颜色！这条衬裤比他穿的尺码要肥出一倍，于是他用生锈的别针把裤子扣紧！"

有一次，我们在做这种活计时正巧被巴别尔赶上。他立即加入了游戏，并以非同寻常的准确性讲述了梅塔克索斯是一位怎样的傻瓜。

我们吃完了萨齐温，喝完了一瓶带着"奶牛"标签的伏特加，此后，摇晃的木板露台在我看来是谈话、说笑和海边熟睡的最好去处。

我们大家当时对未来充满了信心，对自己的时代充满了新奇感。

甚至连竭尽全力抽打着墙壁的瓢泼大雨也似乎加入了我们的谈话。

而当我喝得略微过量时，我似乎开始觉得，雨在偷听我们的谈话，并在旧打字机上打下我们所说的一切，于是这记录最终变成了一本有趣的书。

谈话不妨碍西尼亚夫斯基工作。他把"妈妈"的肖像画得如此成功，确实到了让人难以割舍的地步。尤其漂亮的是金色的眼睛和微微张开的嘴。他的画让人似乎感觉，这个希腊女人的胸脯轻轻起伏着，她的双唇散发出芬芳的气息。

"这样的画像，"巴别尔说道，"要四里拉都不为过。米沙，您自己

1　萨齐温，格鲁吉亚地方特色菜，加香辣核桃调味汁的一道肉菜。

看吧,别失算了。"

第二天早晨,米沙去给顾客送画像。我和他同去。我们盘算着向鞋匠要三里拉,最后定下来要两里拉。

上了年纪的鞋匠亚尼住在一处破旧的、仿佛是剧院的院子深处。在那里,希腊的孩子们狂叫着跑来跑去。那些丰满的希腊女人,将强壮的胸部抵在窗台上,趴在窗口看着我们,笑着讨论我们的外貌。

鞋匠亚尼坐在院子里简陋的自家门口。嘴里塞满了木钉。他吐出钉子,对我们说了一句"卡拉梅拉"[1]。

米沙不慌不忙地拿出画像,没有放手把它递给鞋匠,而是把正面朝向他。

这时发生了最伟大的奇迹,只有崇高的艺术,只有与像波提切利、拉斐尔和代尔夫特的弗美尔这些人类最杰出的大师的创作实力相当的绘画才能创造出来的奇迹:亚尼看了一眼画像,痛哭起来。

我们听到背后传来趴在窗台上的希腊女人们激动的叫喊声。

尽管我对米沙的艺术的钦佩程度并不亚于鞋匠,但我并未失去理智,从侧面推了一下米沙,轻声说:

"要三里拉。"

我们等着亚尼平静下来。但他久久地用围裙擤着鼻涕,哽咽着,用袖子擦眼睛。

他背后站着一位矮小的,黑得像烤焦了的黑麦面包皮的妇女,她呆呆地看着妈妈的画像。这是亚尼的妻子。只有她一人没表现出兴奋。

---

[1] 希腊语的问候语。

最后，米沙在尊重亚尼孝顺情感的同时，决定提醒他，我们在等他，我们要收他三里拉。

亚尼当时就开始摇晃起来，像穆斯林做乃玛孜[1]或是异教徒牙痛时那样，双手抱住脑袋，呻吟起来，恶狠狠地抱怨道：

"这不是妈妈！这根本就不是妈妈！你们什么也得不到，因为你们欺骗了一个可怜的人！"

我们一时间惊惶失措。整个院子笼罩着那种耳朵里嗡嗡响的寂静。院子里的人都等着事态的进一步发展。

"怎么不是妈妈？"米沙震惊之余问道。

"不是妈妈！"亚尼喊道，并用鞋楦子敲打了一下凳子。木钉四处飞散。"我的妈妈很老了，花白头发。我清清楚楚地记得她。她死的时候，我七岁，而我的大哥已经五十岁了。而你做了什么？你画了米拉玛莱饭店里一个演奏竖琴的小姑娘。呸——呸！拿走你的画像，你也走吧！还要三里拉。这幅画你只能得到三个菲格[2]，骗子，而不是三里拉！"

亚尼向米沙作了三次轻蔑的手势。这一点实在让人无法忍受，也不可能不加惩罚地放过他。

米沙气得脸通红，他抓住亚尼的衣领，让他站起来，然后用轻轻的、却让全院的人都能听得见的声音说道：

"你怎么回事？塞给我一张你妈妈十六岁的照片，却想让我给你画出一个百岁老太太来？！马上付钱，还是想让我把你的魂魄都抖出来！"

"这不是妈妈！"亚尼重又尖叫起来，开始在米沙的手里拼命扭动身

---

1 即礼拜，伊斯兰教每日的五功之一。
2 表示嘲弄或轻蔑的手势，手握拳，拇指从食指和中指间伸出。

子，企图脱身。

尽管形势严峻，且面临一段时间没饭吃的威胁，我还是靠在干枯的桑树树干上，哈哈大笑起来。

这时，米沙放开了鞋匠，转身朝向窗口，对着像一串串葡萄挂在那里的住户大声喊道：

"希腊公民们！伟人的后代们！你们如何看待这件岂有此理的事?!"

人们立刻群情激昂。所有门窗里的几十个声音喊道：

"亚尼，清醒一下吧！这是你的妈妈！跟你妈妈一模一样！傻瓜！她真是你妈妈！马上付给人家钱！听见了吗?"

几个只穿着西装背心的男人跑到院子里来，他们摇着亚尼的肩膀喊道：

"你给我们丢脸，亚尼！你不感到害羞吗！这完全是你妈妈！我们将会很愉快地每天看见她。那么漂亮的希腊女人！啊，多漂亮啊！快付钱就没事了。付钱！"

"三里拉?"亚尼困惑不解，声音嘶哑了，他用发红的眼睛环视大家，"不给！"

"好！"希腊人喊道，"两里拉。两个！然后就让他们这两个年轻人好好地走吧！"

亚尼把两里拉扔到了桌子上。米沙拿起了钱，我们在楼里住户友好的送别声中离开了。

半个小时后我们才弄清楚，其中一个里拉是假的。

总之，巴统流通的假里拉要比真里拉多。因此在巴统形成了一个惯例，就是付款时在里拉上写上自己的姓名，以便塞假币者能被找到。

不过，所有的里拉都被写得密密麻麻，常常是再也没有落笔之处。有时人们甚至分不清钱的面值。特别是在所有这些众多签名中还会碰到至少一个用变色铅笔签的名字，由于下雨或主人滴上了汗水，签字变得模糊不清。

不过，我们当时根本顾不上要求鞋匠给我们签字，我们挥了一下手就走了。

家里召开了一个有吕西安娜参加的苏维埃会议。米沙说，他若再去做一次扩照片的事，就让他受四次诅咒。他一生都梦想成为类似皮拉内西[1]那样的建筑艺术师，想以同样的风格工作，并将其做到尽善尽美，而不是为大鼻子的东方鞋匠和他们的妈妈画肖像画。

吕西安娜说，米沙是一个人品极好的小伙子，不过他们接下来怎么生活呢？

我突然冒出了一个幸福的想法。我在光顾小酒馆"列采式巴布利亚"时产生了这一念头。

这一用彩笔歪歪扭扭地写在一块纸壳板上的名称有些神秘，而且为确定其起源，我们需要对其进行语言考察（或如米沙所说的，需要做"挖掘工作"）。

帮我们破译小酒馆招牌含义的是巴统诗人恰奇科夫——一位文雅之士，不过也是一位颇为颓废的骑士，当过骑兵少尉。他在市场上认识了吕西安娜，从此便连续不断地、虚情假意地双手紧贴胸口追逐她。他的手上戴着沉甸甸的黑色琥珀念珠。

恰奇科夫在写关于自己骑兵往事的未来主义诗歌。我记住了其中的几首。有一次，在巴尔茨哈纳，他骑坐在椅子上，用马鞭敲打着漆皮护

---

[1] 乔·巴·皮拉内西（1720—1778），意大利雕刻家。

腿，给我们朗诵了一首诗：

> 阿波罗和各位缪斯不足为道！
> 我自己就是穿马裤的阿波罗！

总之，他是位善良、勇敢的老好人，尽管是个吹牛大王。他喜欢给我们讲他据说是在波斯的摩苏尔市度过的童年。对此他在诗中赞叹道：

> 赞美你啊，麦斯林纱一般的摩苏尔，
> 早已化为灰尘的我的祖先的栖身之地！

恰奇科夫毫不费劲地破解了小酒馆的名称。

"巴布利亚，"他说，"这是鲱鲤或是小鲱鲤的当地叫法。黑海最美味的一种鱼。'列采式'的意思是'希腊式'。这样，你们自己现在已经猜到了，整个名称就译成这样：'希腊式鲱鲤鱼'。上述的小酒馆就是以这道菜闻名的。"

有一次坐在这家小酒馆里，我发现，在我桌子上方的墙上贴着从报纸上剪下来的凯末尔－帕夏[1]的画像。在凯末尔的周围，好像是一个孩子用不自信的笔迹画上了一串虞美人花环。

我认为，米沙应当改画凯末尔－帕夏的肖像画。首先，巴统当时有相当多的土耳其人。其次，城里既没有凯末尔的肖像画，也没有他的照

---

[1] 凯末尔－帕夏（1881—1938），土耳其革命家、改革家、作家，土耳其共和国的缔造者。

片。最后，没有必要把心思都花在那些发黄的照片上，然后还得和爱争吵的亲属们打交道！凯末尔-帕夏在巴统大概没有亲戚。

巴统的土耳其人认为凯末尔是他们的民族英雄，但未必能在城里哪怕找到一个亲眼见过他的人。

米沙同意了。刚开始，他画了凯末尔的侧面像，并把它送给了"希腊式鲱鲤鱼"小酒馆的主人。

凯末尔肖像画一事的成功，正像人们说的，完全在意料之中。订单从四面八方接踵而至。吕西安娜制定了一个价目表：墨色侧面像——一个里拉，正面像——两个里拉，彩色像——三里拉，凯末尔骑在黑马上的画像——四里拉，最后，凯末尔策马踏过战场上被杀死的敌人尸体的画像——五里拉。

当时正好是希腊—土耳其战争，这场战争也捎带着涉及巴统。不过关于此事稍后再说。

米沙画凯末尔是如此熟练，已经可以闭着眼睛画了。富足的生活重又回到我们巴尔茨哈纳的露台上。

不过，那时我已经开始编辑海事报纸《灯塔报》，并搬到了城里。"寄宿之家"——专门给没赶上自己轮船的水手住的宾馆——分给了我一个房间。

海岸住所

几乎世界上所有的港口都有所谓"海岸住所",它是专门为让没赶上自己轮船的海员暂住而准备的。这些住所的别名叫"寄宿之家"。这是一种介于小客栈、啤酒馆、醒酒所和妓院之间的住所。

巴统也有一个这样的"寄宿之家",不过却以残缺不全的形式存在——没有明显的啤酒馆和妓院的特征。

当"加格拉-巴统海岸海员联盟"在政委尼尔克的强大压力下(我则对尼尔克施加压力)终于决定出版自己的海事报纸《灯塔报》时,在"寄宿之家"给我这个编辑分了一个房间。不过他预先通知说,这个房间同时也是编辑部。我对此完全满意。

"寄宿之家"是一栋旧的两层楼,正面都包上了屋顶用的曲面铁皮——以防巴统的暴雨,因此整个楼都锈成了红色。房子位于紧靠海边的海岸上。冬季狂风天气时,风扬起四溅的海水,如瓢泼大雨般噼里啪啦打到窗户上。

除我之外,"寄宿之家"的二楼还住着浅色头发的美男子兼运动员尼尔克和他的妻子——一个胆怯的、体态丰腴的爱沙尼亚女人。

其余的房间住的是没赶上自己轮船的海员,主要是希腊人和美国人。

因为海员掉队只能是"由于醉酒",所以"寄宿之家"住户的构成也是相当单一的:就是一些酒鬼,声音嘶哑,而且好寻衅惹事。

我们绝不会因他们而痛苦,因为他们通常在巴统郊区的某些酒馆里通宵胡闹。当他们返回"寄宿之家"时,几乎从未顺利回来,而是阵亡一般随便倒在哪里,多半是在大门口。在那里,有名的巴统劲雨淋不到他们。

因此,"寄宿之家"的夜里静悄悄的,甚至可以称得上安静祥和。大厅里彻夜亮着一盏光线暗淡、酷似神灯的小绿灯。只有港口红褐色的大老鼠迈着沉重的脚步跑过走廊去厨房水龙头那里喝水。水龙头坏了,在滴水,含铁的冰冷水滴不时变换着滴落的速度。

房客只在上午较晚的时候出现。清醒之后,他们闷闷不乐地洗脸,检查身体上的青斑,清洗脏衣服,掷骰子玩,时不时地还会因手法卑劣打起来。

这时高大的尼尔克会从自己房间里走出来,穿着熨平的喇叭裤和干净的海魂衫。他平静地从口袋里掏出闪光的钢质手枪,去制服打架的人。

水手们对尼尔克绝对服从——或许是因为他总是神秘地微笑着,玩着手枪,说:

"你们白费卡路里,大海的漂泊者们!"

他会根据打架人的国籍,用不同的语言说出这些话。它们特别起作用。

除了尼尔克夫妇和我之外,"寄宿之家"还住着清洁工纽霞。在房客面前她装作又聋又哑,只要某个水手企图纠缠她,她就开始用那种含混不清、同时又震耳欲聋的牛叫声大笑起来,这笑声甚至在滨海街都听得见。尼尔克马上带着钢质手枪跑出自己的房间。水手快速溜走,撤退了,庆幸自己轻易地摆脱掉"聋哑女巫"。

在楼下的楼梯下面住着一位库尔德人——擦鞋匠。从他那青色的波纹状的胡子里,甚至从他马栗子大小、哀怨的棕色眼睛里,都散发出鞋油的气味——一种松节油和地板蜡的混合气味。至少我是这样感觉的。

库尔德人温柔得像只鸽子。顺便说一句,他从不高声说话,也是像鸽子一样温柔地小声嘟囔着。

库尔德人喜欢讲他那简单的生平。其生平主要是由频繁的屠杀和为躲避这种屠杀而漂泊于小亚细亚的经历组成的。"爸爸被土耳其人杀了,"他叹着气嘟囔说,"妈妈也被土耳其人杀了。弟弟也是土耳其人杀的。现在世上只剩下我一个人。"

库尔德人几乎没有活儿干。一天的大部分时间他都在打瞌睡或吃饭。饭后,他长时间地舔着自己油腻腻的手指头,吧嗒着嘴。在他的这一举动中有一种《圣经》般朴素的成分,如同游牧民族凄凉的歌曲。

在"寄宿之家"还住着一只长毛黑狗,它有着一双过于专注的黄色眼睛。它叫莫诺玛赫。如果不是它,我们大概就会被前所未有的凶恶且肆无忌惮的大老鼠吃掉。

夜里这些老鼠嗑穿了我房间里的一块厚厚的地板,但不像通常那样在角落里,而是在房间的中央。

清晨时,所有巴统的老鼠都去港口后面的小溪那里饮水。"寄宿之家"的老鼠也不例外。它们排成一长列从阁楼上沿着我窗户外面的窗框向下爬,并费劲儿地跳到邻近工棚的屋顶。我醒了,但我厌恶得再也睡不着了。老鼠们愤怒的吱吱叫声让我心惊肉跳。

许多石头房子里建有带铁门和猫眼的壁龛。当老鼠们成千上万聚集成群去饮水时，警察和守卫藏在这些壁龛里躲避它们。一旦陷入老鼠群就会有致命的危险——它们能把人撕成碎片。

巴统港口主任，一位温文尔雅、体态精瘦的校官，决定一举消灭老鼠。通常老鼠排成密密麻麻源源不断的一列通过街道，有时甚至叠成两层——在街道变窄、街道的两岸之间容纳不下老鼠洪流的那些地方。

根据港口主任的命令，人们从傍晚开始在所有的院子里安置好消防水泵。只要老鼠一挤满街道，水泵就开动起来，开始向老鼠身上喷洒煤油。

但这并未阻止老鼠们的运动。后面的老鼠挤向前面的老鼠，被激怒了的老鼠们将街道挤得水泄不通，在原地忙乱得晕头转向。这时人们向老鼠投掷燃烧的麻屑。

老鼠们被活活地烧着。它们尖声叫着乱窜起来，然后冲回港口自己的洞穴。这时突然发生了一件无论是港口主任还是消防队员均始料未及的事情：着火的老鼠一下子钻进了仓库、货栈里，于是半个小时之后，巴统的港口燃起了一场大火。

大火烧了两天才被扑灭。轮船驶离码头。港口被军队封锁。十分温文尔雅的港口主任为这场火灾付出了几年自由的代价。

唯一让我对巴统的生活感觉扫兴的就是老鼠了。不过，所有港口的命运都是如此。到最后你对此事也就不再关注了。

"寄宿之家"也有自己无可争辩的优点。首先是房子离港湾只有二十步，正好在那个木板已有一半腐烂的老码头对面。

土耳其的小帆船和我们的纵帆船就停泊在这个码头上。更经常在码头停泊的是纵帆船"三兄弟"号和"列夫·托尔斯泰"号。它们从苏呼米运来桃子和烟草,从图阿普谢运来走私的伏特加酒。

闲暇时,我会带上自动钓鱼竿,从自己的房间直接下到码头,在小帆船的船尾下面钓一会儿鰕虎鱼和小鲱鲤鱼。有时甚至还会有鲈鱼和梅花鲈咬钩。

深秋不很炎热的太阳照耀在有些混浊的绿色水面和小帆船彩色的船尾。小帆船的船主们把自己的小船打扮得如同新娘一样。一些人甚至用铜把船缘包起来,用白垩把铜面擦得锃亮。船尾总是涂着厚厚的颜料。

实际上,每一艘小帆船的船尾都是一幅图案装饰画,或者像现在人们所习惯说的,抽象艺术作品。我无意对这一艺术进行过多的争论,但每个花花绿绿的船尾都酷似无内容的地毯图案,上面有梦幻般的花朵和各种曲线构成的色彩鲜艳的弧形图案。

我没有试着去理解土耳其小帆船主人的这些绘画。它们只是在太阳下反射出耀眼的光,投在人们的脸上和胳膊上,而且欢快地,甚至有些喜气洋洋地倒映在水里。这时倒影和水下发生的一切连接起来,透过长着方形花瓣的蓝色及金色的花朵,锯隆头鱼和水母懒洋洋地漂浮着,它们对此毫不在意。

有一次,吕西安娜和巴别尔及其妻子叶夫根尼娅·鲍里索夫娜来到码头。巴别尔不时无缘无故地笑起来,仿佛是为自己辩解,他说,生活在这个世界上,呼吸着焦油和海水的味道有时是很令人愉快的。他把自己苍白的、略有些肿胀的双手伸出来晒太阳。

叶夫根尼娅·鲍里索夫娜悬空双腿,挨着我坐在码头上。我把自动钓鱼竿递给她。她耐心地等着鱼咬钩,并凝视着海水深处,水母在那里呼吸着,摇来晃去。她红棕色的浓密厚重的头发倒映在水中。她说,她很疲倦,哪里也不想去了。巴别尔那时正准备从巴统搬到梯弗里斯。

鱼没有咬钩，叶夫根尼娅·鲍里索夫娜沉默了一会儿，又说道，她只想住在泽廖内角上，在热带树林的深处有他们的家，在那里可以读书，一直读到头昏脑涨。既然没有新书（巴统当时出现的唯一的苏维埃新书是塔拉索夫-罗季奥诺夫[1]的《巧克力》），那么至少可以重读契诃夫的所有作品，甚至是博莱斯拉夫·普鲁斯的作品——反正读谁的都可以。

巴别尔不时偷偷地看一眼叶夫根尼娅·鲍里索夫娜。我是第一次注意到他脸上茫然若失的表情。这表情完全是那种孩子式的。我甚至感到，巴别尔的嘴唇颤抖起来。她和他的内心发生了令人不安的变化，我也开始感觉不舒服——过去的幽灵，我青春时期家庭的不幸突然很不合时宜地浮现了。我想，世上没有比亲人之间的和谐更幸福的事情，也没有比爱情的消逝更可怕的事情，爱情的消逝——对相爱的任何一个人来说都是不公正的，是难以言明的，但它却不知不觉顽强地潜入生活。

他们离开了，而我还久久地坐在码头上，忘了去拉一下自动钓鱼竿。

一艘像铁路桥那么长的、有着樱桃红色的烟囱、鲜黄颜色的巨型远洋油轮，以钟表的分针移动的速度从我身旁驶进石油港口。我看见它的船头上写着"尼农"，而稍低一点儿写着第二个名称："勒阿弗尔[2]"。

我很珍惜在"寄宿之家"靠近大海的生活。

从这里看得见港口和大海上发生的一切：所有进出港的船只，所有穿梭于巴统和波季之间白沫翻滚的激浪，所有色彩斑斓的落日，它们像白云浮雕的展览或昏暗与光明的展览，还像火焰与烟雾、白银与鲜血、

---

[1] 亚·伊·塔拉索夫-罗季奥诺夫（1885—1938），俄苏作家，参加"锻冶场"文学团体，"拉普"组织者之一。
[2] 勒阿弗尔，法国北部海滨城市。

赤金与不知名小鸟羽毛的展览。

晚霞如同远处火山骇人而并无危险的爆发。经过它们时，飞行员极其平静地驾驶着飞机，根本不担心被烧伤或被窒息而死。相反，日落时的空气纯净而清新：黑夜凉爽的叹息已经轻轻触碰到这空气了。

我蜷缩着静静地坐在那里，以免错过不同的闪烁的色彩，并感受到某种朦胧的欣喜。我解释不清这一点，但我似乎感觉晚霞酷似灵感的爆发（如果灵感能够获得可见的形态的话）。我当然同意，生活在这一片古老的土地上是十分美好的，这里有腐烂的木桩和晚霞，有洋甘菊花和轮船机器里蒸汽的咝咝声响。

当时，在巴统，诗歌仿佛扼住了我的脖子，牢牢地使我成了它快乐的俘虏。从那时起，我再也无法，也不愿挣脱它的双手，不愿哪怕片刻忘掉它的声音。

这声音从远处传来，却如此清晰，仿佛就在眼前。它由东南西北不同方向传来，异常纯净，如同海水的召唤，如同来自一切地理空间和饱含于大地之中的魅力的召唤。

当时还没有原子弹，黑色的死神还没有威胁大地。大地、水域和空气不受人类暴力的控制。意识没有受到原子恐惧的压迫。

我仿佛感到，还在巴统那里，我就听到了从前装饰在船头的涅瑞伊得斯[1]的声音——那个每逢夜里便会惊扰普希金的"温柔且慵懒"[2]的声音。

在大海上渐渐暗下来的雾霭中，我的面前出现了高大的船头和捆绑着索具的船首斜桅，还有那个少女温柔的侧影，还有驶向海岸的旧式船

---

1 涅瑞伊得斯，希腊神话故事中的海中女神。
2 出自普希金的诗《夜》(1823)。

头上同样温柔的涅瑞伊得斯的躯干像，它们都会使人联想到无限丰富的梦想和爱情的力量。

遥远国度动荡不安的气息随着涅瑞伊得斯飞翔而来。对我来说，仿佛心儿承受不住这些醉人的思想和无人分享的幸福，这是一种自由的、奔放的、几乎是不现实的，而与此同时又完全现实得如同马路上的任何一粒石子的存在感。

有一天，"寄宿之家"传来了海上遥远的炮击声。

尼尔克马上带着自己的钢质手枪和望远镜跳到了阳台上。

慌乱的气氛迅速在港口传开。人们从所有的塔楼和指挥桥楼上朝大海张望，向安纳托利亚海岸方向看去，耸着肩，不知发生了什么事。

从那里传来了短促的大炮的轰鸣声，烟雾中火光冲天。

所有的迹象表明，海上发生了交战。但是谁和谁呢？这一点完全不清楚，难以猜测，有些像儿童历史小说的开端。

滨海街已经被封锁，不放任何人过去。

我和尼尔克一起从阳台上看着这场不明就里的战斗。如果这是向我们进攻，尼尔克说，那么为什么巴统的古老要塞没有动静呢？

"谁能进攻我们呢？"我问尼尔克。

"谁想进攻就进攻呗，"他特别冷静地答道，"从英国到洪都拉斯共和国。不过不是什么进攻，因为没有一发炮弹在我们岸边爆炸。炮弹的落点都在海上的某个建筑物附近，好像是海上浮动马戏团。"

"您的玩笑可真奇怪。"我说道。

"您自己看吧。"尼尔克把望远镜递给了我。

我勉强看到，在遥远的海面上有一个像大乌龟似的东西，而离它稍远一点儿——是两艘驱逐舰的轮廓。

一切迹象表明，驱逐舰袭击乌龟，而乌龟在还击，它懒洋洋地从自己的内部喷出浓烟和甚至看似恶臭的烟雾。但驱逐舰并不在意这一点，继续直接向浓烟深处射击。

"它正在全速往这儿奔来。"尼尔克说道，而与此同时，一声钢铁的轰鸣震动了群山和城市。炮弹在我们头顶呼啸而过，射向大海的远处。

"炮台！"尼尔克大喊一声，"我们的要塞！现在全都明白了。"

"明白什么了？"

"明白了，某些外国轮船驶进了我们的领海，我们的要塞不让他们靠近。"

接下来的海战情形如下：驱逐舰掉转船头，驶向大海，而乌龟举起白旗和其他一些莫名其妙的旗子，继续平静地缓慢驶近巴统，在港口入口处抛锚泊船。这时我们才看清它，并开始逐渐搞清楚发生的事。

乌龟是一艘旧的土耳其浅水重炮舰（按俄罗斯的海事术语叫——岸防装甲舰）。这是一艘吃水很浅的扁平炮舰，它已经生锈了，上面配有旧式大炮，一个烟囱已经被射穿。

当浅水重炮舰抛锚停泊后，它缆索上的各种旗子马上掉落下来，仿佛睡着了一般。烟囱里也不再冒出滚滚浓烟。我们的汽艇立即快速驶向浅水重炮舰。

然后港口拖船驶近浅水重炮舰，漫不经心地把它拖进港湾，拖进港湾深处最僻静的角落里，浅水重炮舰在那里紧紧停靠在古老的、被盐水侵蚀了的铸铁码头。

此后大约十分钟的时间里，浅水重炮舰上的所有缆具都被盖上了洗干净的水兵内衣，多半是海魂衫。沉睡的战船如同浮动的洗衣店。显然，它一劳永逸地结束了战斗。

尼尔克去了"海军机关",一个小时后带回了关于浅水重炮舰的所有信息。

当时正在进行希腊——土耳其战争。不知怎么(对此谁也解释不清),战争爆发时,两艘希腊驱逐舰正在黑海上。这两艘敏捷的驱逐舰立即向唯一的土耳其浅水重炮舰展开了战斗行动。而这艘浅水重炮舰根本来不及躲进博斯普鲁斯海峡强大的炮台掩护之下。

驱逐舰沿着整个黑海追打老态龙钟、病恹恹的浅水重炮舰,不让它喘息。最终将其追赶到巴统附近的海上死角,并且在打得热火朝天之时,竟然全速闯进了我们的领海。

巴统要塞开炮阻止他们,并将其赶出海岸,而浅水重炮舰升起向我们寻求庇护的信号,同意解除武器被我们拘留。

确实,浅水重炮舰上的大炮被拆除了。按照国际法,全体舰员应该弃船上岸,在岸上一直待到战争结束。但全体舰员不急于上岸,据说是由于懒惰。

确实,通过望远镜看得见,土耳其人在甲板上吃手抓饭,喝咖啡,掷骰子,织补自己破旧的制服,互相捉头上的虱子,或者把穿着厚厚红袜子的双脚跷到舱盖上,安然入睡。

有时,在水手长一顿怒吼之后,全体舰员开始打扫甲板。尘土在浅水重炮舰上空升起,如同行将熄灭的火灾的烟尘。

而有的时候,全体舰员竟唱起歌来,更确切些说——他们敲着鼓,缓慢地唱起某首低沉威严的歌曲,显然是军歌。它与水手沮丧的、无所事事的样子完全不相符合。

恰奇科夫对这首歌很着迷,认为它是战斗诗歌的典范,把它译成俄语,在吉他断断续续的和弦伴奏下演唱:

> 太阳驻留在群山之上,
> 露珠正在山谷里融化。
> 我们仍在前进,而穹苍
> 在我们的头顶沉沉悬挂……
> 我们都依守圣训而前进,
> 我们的目光威严,无畏,
> 我们都是穆罕默德的子孙,
> 我们勇往直前,此去无回……

不过,我们对浅水重炮舰没有关注太久。它很快就被淡忘了,后来战争结束,它便消失了,大概是去了黄得像赭石一般的安纳托利亚海岸的某个港口。

战俘乌里扬斯基

《灯塔报》是用"波士顿"印刷出来的。这是一种小型印刷机,它是用脚踏启动的。工作人员用力踩踏板,然后印刷机就如同牙医的座椅,随着轻轻的嗒嗒声掷出一张张信纸大小的印张来。

这种开本被称作纪念册开本。它确实不超过女士诗歌纪念册中一张纸的大小。

从这些简短的技术说明中,你们自己可能就会明白,如果要把罗斯塔社的电报,所有的海事新闻、文章、特写,甚至是短篇小说都塞进这份报纸中,是多么艰难。这份微型的《灯塔报》谈论得非常多的是关于小亚细亚各民族的团结问题,巴统好像就属于这一亚洲地区,至少属于近东。

这一任务很合我们《灯塔报》全体工作人员的心意。我先前对东方文学的热爱不经意间得以真正展现。看似遥远的一切,比如某个发生在巴卜[1]的半宗教半政治性质的运动,就变得好像是近在身边的事。昨天的神话变成了报纸上的辩论。

由于开本小、版面拥挤,在《灯塔报》占主导地位的是简短的电报式写作风格。

难怪名叫理查德(他长着翘鼻子,来自梅利托波尔市[2])的唯一一位年轻的排版工和印刷工说:

"这不是报纸,而是彩纸屑!"

理查德腰间别着一个褪了色的"纳甘"左轮手枪的皮套,尽管他没有左轮手枪,也不可能有。该手枪皮套对理查德来说就是他想象中剽悍的标志,也是他经常与警察发生争执的根源。

最终理查德的手枪皮套被没收。从那时起,他不再放肆无礼了,而是安静下来,开始若有所思。

这是我第一次遇到除武器之外对什么都不感兴趣的人。带着枪——用他的术语来说是"炮"——是他生活的唯一目的和乐趣。有时他扔下工作,到"寄宿之家"的编辑部来找我,生气地把便帽扔到桌子上,绝望地说:

"我要去警察局工作,我以老爸的名义发誓!他们会给我一把带枪托的手枪。一英寸[3]厚的橡木板十步开外就会被射穿。棒极了,美极了,神气极了!"

这就是那种民间所谓灵魂被水汽代替了的人。不久,我就轻松地摆

---

1 巴卜,叙利亚的城市。
2 梅利托波尔,乌克兰南部城市。
3 1英寸等于2.54厘米。

脱了他。我从小就不喜欢武器。我似乎觉得，它总是蒙着一层凝固的人血。那些摆弄武器并炫耀它们的人会引起他人的反感，更让人反感的是他们本人常常胆小怯懦，傻里傻气。

理查德走后，负责给报纸排版和打字的是一位萎靡不振、完全失聪的青年人。排版工送他一个古怪的契诃夫式的外号"渴睡"[1]。

《灯塔报》很快就出现了一系列工作人员。坦率地说，他们每个人都值得讲一讲。

第一个来编辑部的是一个瘦得像竹竿、饿得脸色铁青的人，他自称在彼得堡的《言论》报[2]做过校对。他做了两年德国的俘虏，回到俄罗斯后，又由不得他做主，来到了巴统。他姓乌里扬斯基。在他那件破旧透风的短外套的袖子上，缝着一块所有战俘都有的黄布条。

很难搞懂，一个准备去梁赞母亲那里的人，怎么就会没去成却来到了巴统。

"很简单。"乌里扬斯基坐在编辑部的厨房餐桌前，咽着口水，给我解释说。桌子上放着刚出炉的无盐白面包，一块香肠，还有一把表层剥落了的搪瓷茶壶。"很简单，"他重复说，"我们这帮人碰到了大麻烦。刚开始，他们一天有好几次让我们从军列上下来，招募我们去进匪帮，威胁我们去当替死鬼，然后彻底把我们从取暖车厢上赶下来：'愿意去哪儿就去哪儿，哪怕去哪个老奶奶那儿也行，只要不碍手碍脚就行。你们自己徒步去想去的地方吧，就这样你们还得说声谢谢呢，感谢没有强迫你们去打仗。''跟谁打仗啊？'我们问。每一次回答都不一样，而且相当

---

[1] 源出契诃夫的短篇小说《渴睡》。
[2] 《言论》报，立宪民主党人的机关报，1906—1917年间在彼得堡出版。

含糊:一会儿和格里戈里耶夫[1]打,一会儿又和马赫诺打,一会儿和加利西亚人[2]打,一会儿还要和某些'土匪头目'佩列普柳伊-卡舒巴以及辛济佩尔打。这时,我们彻底明白了自己苦难的处境。战俘中有人提出一个口号:'加入谁都可以,只要能给份口粮就行!'一部分人加入了打仗队伍,整个这一趟军用列车上只剩下三个像我们这样不知所措的人。我们决定还是向东挺进,回家。我们一直绕来绕去地走,为的是绕过容易发生爆炸的危险的地方。

"刚开始,我们被迫慢慢地往北走,然后又开始被迫返回西南,突然像有一股力猛地把我们直接推到了顿河和顿河西南的季霍列茨卡雅站。在那里,我们还是被抓去干活了,并被送往图阿普谢。而从图阿普谢到巴统就是咫尺之遥了。只有我一人来到这里,同志们都掉队了。

"现在我不明白的主要问题是——我在哪儿?是在旧俄国还是在苏维埃俄国?还有我到底是个什么人?我有生存的权利还是我已经是死人了,只是因为警卫的疏忽我还在这个地球上游荡?我跟您说这些,是因为我必须搞懂正在发生什么,而且我必须找到自己不是被人射击的靶子而是人的感觉,近三年来我一直感觉自己是个靶子。为此我需要一份工作。所以我就来找您了。我读了'寄宿之家'门上的招牌就来了。"

他说得轻声细语,却坚定不移,不过没有抬起眼睛——一直看着自己破烂的破球鞋。他脸上和胳膊上的皮肤暗淡无光,而且皮肤由于渗入到毛孔中的煤粉而显得灰暗。

---

1 尼·亚·格里戈里耶夫(1894—1919),曾为沙俄部队军官,后为乌克兰反布尔什维克部队首领。
2 加利西亚人,或译加里西亚人,居住在西班牙西北部的少数民族。

"您在哪里过夜?"

"在货运站。在空闲的货车车厢里。"

"您等一下。"

我去找尼尔克。我要和他谈一下,得让他允许乌里扬斯基在"寄宿之家"过夜。

尼尔克立刻就同意了。他是个随和、善良的小伙子。他唯一的重大缺点就是关于卡路里的长篇大论。尼尔克把所有东西,甚至一杯茶都换算成卡路里。他简直迷恋卡路里,并坚信,他会强迫自己的机体每天产生同样数量的卡路里,不允许它们忽上忽下地摇摆,因此他至少能活一百岁。

我返回编辑部,惊讶地看着乌里扬斯基——汗珠不断地从他那胡子拉碴的面颊上流下来。桌子上空无一物。我既没有发现一个面包渣,也没有发现一片香肠。

我装作什么也没有发生。但乌里扬斯基当然明白,我一天的可怜的口粮突然而神秘地失踪不可能不被发现。他的脑袋和双手颤抖着。

我最担心的是,千万别做出什么伤害乌里扬斯基的尴尬事。

我带他看了过夜的贮藏室,但他拒绝在其中过夜,说他已经习惯了新鲜空气,并因此更喜欢货车车厢,好在巴统的秋天很暖和。然后他说,他想为《灯塔报》写一篇关于巴统海港的简短的艺术随笔。我同意了。

两天后乌里扬斯基给我送来了这篇随笔。他用蓝色的铅笔把它写在铁路运单的背面。随笔的文本内容和运单的图表混在一处,让人根本分辨不清写的是什么。我给了乌里扬斯基几张纸,让他把随笔誊清一遍。

然后我读随笔,而乌里扬斯基则一边气喘吁吁地就着干硬的面包喝放了糖精的茶,一边不时斜眼看看我。

随笔使我想起了库普林最优秀的散文。它新颖，明快，富于生动的细节。难以相信，这是乌里扬斯基的第一篇文学作品，尽管他发誓，这确实如此。

我发表了随笔，付了乌里扬斯基稿费，从那时起他几乎天天待在编辑部，帮我做所有的事。他甚至学会了排版，当"渴睡"累得倒下来时——他常常是这样，乌里扬斯基便替他用脚踏转动"波士顿"。

乌里扬斯基写得很轻松，但写得很好。我，后来连巴别尔和弗拉叶尔曼[1]（他很快就出现在巴统的街道上）都喜欢他借助外部特征、以不易觉察的特点塑造人物性格的手法。

例如，他在一篇随笔中描述英国油轮"船货"号船长。他给这篇随笔题名为《麦金托什》。实际上，他在随笔中详细描写了他在这艘船上看到的一件新的麦金托什雨衣。不过他把麦金托什雨衣的所有属性——冰冷，摸起来有些发黏，散发着消毒剂的味道，发出窸窣的响声，不很舒适，像阴雨的天空一样灰暗——都转嫁给了这件麦金托什雨衣的主人，即"船货"号船长。

他的脸，乌里扬斯基写道，仿佛是从一块麦金托什雨衣布上裁剪下来的，让人觉得他的皮肤如青蛙般细薄、冰冷、湿滑。船长眼睛的颜色与麦金托什雨衣的颜色没有区别——所有不列颠式的乏味、内心的平淡和冷漠都反映在这双空洞和百无聊赖的眼睛里。这双眼睛不会对什么感到惊奇，也不会因为什么而欣喜。

与船长及其麦金托什雨衣一同漂泊四方的是多年的寂寞，这种寂

---

[1] 鲁·伊·弗拉叶尔曼（1891—1972），俄苏作家。

寞就像一架标准计时钟,用乌鸦叫声一样不多的几个英语词汇计算着时间。在漫长的一天的航行中,船长就好像用计算器一样,只是单调地来回摁这几个词。

我不敢保证对乌里扬斯基写作手法的转述绝对准确,不过就总体特征来说就是如此。

乌里扬斯基令人不由得肃然起敬。他从不说不该说的话,看得出来,在整个被俘期间他默默承受了巨大的痛苦,积累了观察的经验,也积累了太多的愤怒。

在与《灯塔报》合作的第二个月的一天,他大清早就来了,他眼睛看着别处说,一个小时后他要离开巴统去巴库,他姨妈住在那里。

"我不能总待在一个地方,"他声音抑郁地承认道,"令人厌烦!"

"您怎么去?"我问道,"准备步行去巴库?"

"还能怎么样!我已经从马里乌波尔[1]步行到了巴统。我总共被枪毙过三次。只不过三次而已。巴库我也一定会走到的。"

于是他便消失了,这才会发生两年之后的事:他突然出现在莫斯科,那时他正处于从穆罗姆去列宁格勒的途中——又是从某位姨妈到另一位姨妈那里,又是步行。

我开玩笑说他有许多姨妈,他微微一笑,说道:

"有什么办法呢?真的是这样。我边走边想象着,可爱的列宁格勒老太太——格拉菲拉姨妈和波莉娅姨妈(她们住在普里亚什卡)见到早已杳无音信的我该有多高兴,她们会端上简单的晚饭,小房子的玻璃

---

[1] 马里乌波尔,乌克兰东部城市。

窗因点起茶炊而蒙上一层水汽,无花果树荫下吱吱呀呀响的沙发在我看来是多么舒适,取代疲倦的将是多么美好的睡梦,不过梦中我将听见涅瓦河上轮船的汽笛声,将期待着清晨,那时,一次又一次,却总是仿佛初次一般,一下子在我面前展开的,是世界上最壮观的涅瓦河畔的全部美景。"

"是的,"我被他这种压抑的激动所感染,说道,"是的……涅瓦河畔——有半个世界的使馆,有海军部大楼,有阳光,宁静……"[1]

"我记得您在巴统的'寄宿之家'朗诵过这首诗,"乌里扬斯基笑着说,"好吧,祝福您。后会有期。"

但我们再也没有见过。一年后我收到了从乌克兰奇吉林市寄来的一个邮包。邮包里是乌里扬斯基的一本书。书名好像叫《被俘生活笔记》,出版于列宁格勒。

从封面的题词中我明白了,乌里扬斯基重又漂泊全国,现在大概又在寻找某位乌克兰姨妈。

这本书写得清新,有力,我还要说,写得毫不留情。

不久我在莫斯科买到了乌里扬斯基的一本新书——《长绒上衣》,费定为其写的前言。从该前言中我得知,乌里扬斯基不久前在列宁格勒死于伤寒。

乌里扬斯基刚开始写作就显示出大作家的风范。十分令人伤心的是,此人还没有来得及摆脱战俘的生活,好好休息一下,在绝对的孤独中写出自己卓越的书,现在却突然死了。令我同样感到伤心的是,想到

---

[1] 引自奥·艾·曼德尔施塔姆的诗《彼得堡诗行》(1913)。

他心爱的黑海海风——他亲切地嘲讽般地称其为"微风"——再也不会吹拂到他的脸上了。

灯塔看守人

我们热爱灯塔护航的灯光，却很少仔细打量过它。

仔细观看灯塔灯光的只有值班员和舵轮手，他们会探究它闪光的秘密。因为在同一片大海上，所有灯塔发光的方式和闪烁的方式都不相同，仔细观察它就能根据这些特征判断这是哪座灯塔，了解船的方位。

巴统的灯塔就这样成年累月地亮着，却很少有人关心它的看守人斯塔夫拉基的生活。尤其是从城内向灯塔看去，无法看清灯塔的灯光。灯塔的光是投向大海方向的。

斯塔夫拉基是灯塔业务方面的行家。他是给《灯塔报》编辑部送来文章的第一人。（他这篇文章讲的是某种新型的灯塔电灯。）

斯塔夫拉基坐了半小时就走了，给我们大家——巴别尔、乌里扬斯基和我——留下了令人厌烦、厚颜无耻的印象。

他黄色的脸颊上竖着一根根花白的硬短髭，而红肿的眼睛则说明最近几天喝了很多瓶带"鲁哈泽和母牛"标签的伏特加酒。

他衣着随便,全身皱皱巴巴,估计几天来都是和衣躺在床上的。

他因抽马合烟而经常咳嗽得很厉害。这时泪水就会顺着他那坑坑洼洼的面颊流下来。

他不喜欢巴别尔以及他那双锐利的眼睛,有一次他凶巴巴地对我说:

"他干吗要看着我,这个戴眼镜的!我痛恨盯着人看的家伙。一个人类灵魂的捕捉者!而我的灵魂里有什么——连魔鬼都不知道。他也不会了解的。我敢打赌。也许,我是个老贼?或者杀人犯?或者倒卖女孩的人贩子?按规定的价格收费。或者是最讨人喜欢的老爷爷?让他绞尽脑汁琢磨吧。"

另一次他对我说:

"做一个灯塔的看守人,必须完全忘记过去。这样您才永远不会错过点灯的时间。"

"还有灯塔没被点亮的情况?"我问道。

"只有看守人死了,"斯塔夫拉基答道,并微微一笑,"或者疯了。如果这时候就只有他一个人在灯塔里,也没有人来替换他,不管是妻子,还是女儿。"

"而您有家吗?"我问道,随即便感觉我做了一件连我自己都觉得莫名其妙的、有失分寸的事。

他毫不客气地、生气地说道:

"如果您,年轻人,想保持与他人的交往,就不要干涉别人的事情。拿出一张纸,在上面写下所有不应因无聊的好奇而涉及的话题吧。"

"粗鲁,"我说道,"会对您的名誉不利。"

斯塔夫拉基从短呢上衣的口袋里掏出一个盛花露水的小扁瓶,送到嘴边喝了几口,然后微微眯缝起眼睛,看了我一眼,用教训的口吻对我说:

"您说得倒高雅。看在我们年龄差距的分上，您也该放得恭敬一些。而至于说到名誉，那么您怎么知道，我有名誉？或许，没有过，没有，也不会有。我没有，您也没有。总之——什么叫名誉？让我们有幸见识一下，在您的传单上为加格拉-巴统海岸的海员们写一篇这种主题的文章吧。那时我们或许就明白了。"

这时乌里扬斯基走了进来。

"向您致敬，克里格斯格方盖内[1]！"斯塔夫拉基朝他的方向顺口说道。"瞧，比如说，"他转向我，"我和您都认为这位青年人诚实，只不过是因为我们一点儿也不了解他。诚实——就是无知。"

"廉价的知识分子的大道理，"乌里扬斯基平静地说道，"酒鬼的哲学！"

斯塔夫拉基慢慢从桌子上拿起一个伏特加酒的空瓶子，把它转来转去，仔细察看了酒瓶的标签，突然快速地抡起酒瓶砸向乌里扬斯基。我抓住了他制服上衣的袖子。他挣脱之后，转向敞开的窗户，使尽全身力气把瓶子扔到隔壁屋顶上的烟囱上。瓶子碎了。玻璃碎片叮当作响，沿着屋顶四处飞溅。

"我瞄得很准，"斯塔夫拉基说，"甚至过准。"

他迅速转身走了出去。

"疯子！"我说。

"不，"乌里扬斯基回答我说，"不是疯子，而是个恶棍。"

我表示反对，但乌里扬斯基不想与我争论。

当我抓住老头制服的袖子时，听到了撕裂声——大概是破旧的制服

---

1 德语"战俘"一词的俄文发音。

上衣禁不住拉扯，被撕破了。现在我有些不好意思了，我撕破了这个不幸的人的制服上衣。我打算追上他去道歉。

几天后，我去了一趟恰夫卡，然后乘汽艇返回巴统。当时已是傍晚。黄昏时分的大海总是沉入无边的黑暗，似乎在寂静深渊的边缘，汽艇的马达惊恐地轰轰作响。灯塔低悬在一片沉寂的水面上，仿佛是一个人最后的避难所。

灯塔的一扇窗户里闪着微弱的灯光。而在它之上，灯塔灯光闪着得意扬扬的凶光，仿佛向黑夜的自然力提出挑战。

我想起了斯塔夫拉基。他独自一人待在灯塔，会想些什么呢？是否会回忆起如枯萎的野花般的青春往事？抑或不止一次地阅读某一本书，从中为自己屡遭失败的生活寻求安慰？

我重又可怜起这位老人来，但到第二天清晨这种怜悯就结束了——出人意料地、可怕地结束了。

原来，巴统灯塔看守人斯塔夫拉基正是于一九〇六年三月在别列赞岛上杀害施密特中尉的那个黑海舰队的中尉斯塔夫拉基。

就在我乘快艇从灯塔旁驶过的那天夜里，斯塔夫拉基于黎明时分被逮捕并被移交法庭。

受某种内心的要求和厌恶感的影响，我收集起编辑部里斯塔夫拉基的文章手稿并将其付之一炬。如果可能的话，我会烧掉自己这只曾握过斯塔夫拉基手的手。无论如何，我将编辑部里那把旧的铁腿花园长椅扔到了走廊里，因为前中尉斯塔夫拉基曾在上面坐过，我又拖进了几只凳子代替长椅。

我不知道，哪位作家，哪位伟大的人类灵魂的专家能描写斯塔夫拉基这颗肮脏的灵魂，谁能追踪此人大脑和内心当中卑鄙行径的曲折之路。或许,巴尔扎克?或是陀思妥耶夫斯基?

"不对。"我想。每逢夜里我便难以入眠,感到窒息,因为就在这个房间里,不久前这个人还在这里坐过。直到现在,我似乎仍然感觉黑暗中散发着这个又酗酒又抽烟的人呼出的酸腐气息。"不,不能是陀思妥耶夫斯基!当然,他能写他,但他绝不愿去做这件事。绝不!原因是,人们一接触到斯塔夫拉基,他们的内心就会遭受痛苦,人类之善的火焰会永久熄灭。"

他这一生就是一系列卑鄙的背叛。这种背叛是由一系列小事发展起来的:渴望肩章上再多一颗星,渴望在女性面前炫耀,对一切权威——从看门人到皇帝——有着奴性的畏惧,贪图无所顾忌地享受富裕的、无忧无虑的生活,如同吸吮松鸡的鸡腿那样贪婪地吸吮生活,以及,靠强暴俊俏的女佣来替代爱情。当然,如果这一切都没有危险的话。

斯塔夫拉基与施密特一同毕业于海军武备中学。整个中学时代他们都坐在同一张书桌后面。所有这些年里斯塔夫拉基都因嫉妒施密特而备受折磨。

他嫉妒他的高尚、勇敢和自我牺牲的能力。他嫉妒他将会成为一名英雄、演说家、领袖。

他知道,施密特能做到这一切,而且施密特的这些素质,如果生活愿意的话,会使他扬名世界。

那时,马克西姆·高尔基曾说过人就如同盲目的蛆虫[1]的话,于是斯塔夫拉基痛恨这位"伏尔加河的流浪汉",因为后者似乎洞察了他这位

---

[1] 出自高尔基的诗歌《马尔科的传说》(1903)。

辉煌的海军士官候补生的良心最深处,并轻蔑地转身而去。

当斯塔夫拉基和施密特于武备中学毕业告别时,施密特对斯塔夫拉基说:

"米沙,你的内心没有一根芯轴[1]。"

"不,有!"斯塔夫拉基生气地说道,"你这是什么习惯——窥探别人的内心?!"

"即使有,"施密特补充说,并认真地看了斯塔夫拉基一眼,"那也不是铁的,而是橡皮的。小心,别栽到什么泥潭中去。趁现在还来得及。"

"这是我自己的事情!"斯塔夫拉基挑衅地说道,"至少,我不会像你现在准备做的这样,去和一个妓女结婚,只为拯救她,并和她一起为她悲哀的过去流泪!"

"够了!"施密特愤怒地说道,"每个人都有自己的路要走。我只能祈求上帝,让我们的路永远也不要再相遇。"

他们就这样分手了,这才有了执行枪决的那天两人在别列赞岛上的重逢。

从该受到诅咒的远方草原的某个地方,散发出阴沉冰冷的曙光。施密特和水手们被赶下船,被带到一排埋在泥土里的柱子前。

指挥执行枪决的是中尉斯塔夫拉基。

当施密特走过斯塔夫拉基身旁时,后者跪下来说道:

"请原谅我,彼佳,如果可能的话!……"

---

[1] 指坚定的原则。

"站起来，米沙！"施密特没有停下脚步，说道，"别故作丑态！你最好告诉自己的人，让他们瞄得准一些。"

斯塔夫拉基心里想什么呢？显然，无非是希望尽快摆脱施密特，摆脱这一良心的责备。但从这一刻起，施密特已经妨碍了斯塔夫拉基的生活，使他不再感觉自己的生活是稳定和顺利的了。

斯塔夫拉基站起身来，急忙抖去裤子上的尘土，他尽量不去看施密特，而是躲在水手们背后，仓促地、有些无所顾忌地结束了射击。

直到施密特脸冲下倒在地上，一个卑鄙的想法一直折磨着斯塔夫拉基，即，施密特是否知道，斯塔夫拉基是黑海舰队唯一一个自告奋勇同意枪毙施密特的军官。所有的军官，甚至是最臭名昭著的君主主义者，都断然拒绝做这件事。

不久，斯塔夫拉基发现，他的同事们都想方设法尽量不和他握手。

从那时起，他尽量低调地工作和生活，开始避免接触人，一直在塞瓦斯托波尔住到革命前，然后逃离了那里，在孟什维克领导期间开始做巴统灯塔看守人。就这样，在苏维埃政权成立之前他一直是看守人。

但我发现，我不得不在一些章节重复一下施密特中尉的悲伤故事。我曾经写过这件事，所以，如果有某些重合，恳请读者原谅我。散文，宛如生活本身，伟大而多样。有时需要从旧的散文中抽取一整段，把它们镶进新的散文里，以赋予其充分的生机和活力。

在斯塔夫拉基的案件中，有一个奇怪的情节：谁也无法了解，为什么他被逮捕前一直使用自己的真名，为什么他没有在革命之后立刻更改自己的姓名。当侦查员问到斯塔夫拉基这件事时，他答道：

"无论我使用什么姓名，反正你们都会找到我的。越早越好。你们寻找的时间太久了！"

这一回答甚至窘住了侦查员,他问道:

"就是说,您对发生的事表示遗憾?"

"这不关您的事!"斯塔夫拉基回答说。

他讲述的口供很少,却很准确。

他的最后一句话简短,却震惊了所有参加庭审的人。

"总之,"他低沉地说道,并轻松地叹了口气,"谢天谢地,这场拉锯战结束了。狗就该死得像狗一样!"

甚至连法官都哆嗦了一下,定睛看了斯塔夫拉基一眼。他垂下双眼站在那里,专心扯着他短呢上衣撕破的衣袖上的一根线头。再也没说一句话。

这件事使我们大家大为震惊。我们明白,斯塔夫拉基给所有的人提出了一个复杂的心理之谜,但我们谁也无法破解它。可以认为这是——如西尼亚夫斯基所说的"后悔",或是如乌里扬斯基所说的"荒谬的做作",或是如我所想的"绝对的、由来已久的内心空虚",这种空虚每天、每时都在刺痛他,使他的生活变成了苦役。

就这样我们没有谈出任何结果。巴别尔和全家人一起去了梯弗里斯。灯塔继续在海面上闪烁。

很久以后我才得知,斯塔夫拉基有一个年轻的妻子。斯塔夫拉基被审判和枪决之后她就失踪了。而且斯塔夫拉基不是一个人住在灯塔,而是和妻子在投机分子朋友们的陪伴下生活着。巴统刚建立苏维埃政权时,这些朋友就逃离了灯塔。当时,斯塔夫拉基已经自称是无政府共产主义者。

有一种情形总让我吃惊不已:我们历经生活,完全不知道,甚至也无法想象,在我们生活的每一小块土地上,已经发生过并且正在发生着多少巨大的悲剧、产生着多少人类的美好行为,有多少痛苦、英雄主义、卑鄙和绝望。我们对此竟没能预见到。

而与此同时,我们了解到每一小块这样的土地都可能会将我们带入一个人与事的新世界,这些人与事在人类历史或在伟大的、不朽的文学史册中当之无愧地占有一席之地。

例如,谁也不会想到,巴统的灯塔与施密特中尉之死这一重大悲剧有关。

只是有时在无边的秋夜里,当大海在盛怒中将一排排疯狂的、不知疲倦的海浪推向海岸时,灯塔周围的黑暗似乎比任何地方的黑暗都更加浓厚。黑暗中有一种沉重而绝望的成分。

它让人渴望离开这样的黑暗逃到温暖的房间,那里可爱的孩子们微张着嘴熟睡着,被灯火的光晕映衬出的世界呈现出一片祥和的生机。

这个头发蓬松、因甜美的睡梦而舒缓一口气的小男孩,或者这个不知为什么在睡梦中哭泣的小女孩,几年之后会成为叛徒、恶棍、杀人犯,会枪杀无辜的人,对他们进行刑讯,强奸人类自由的思想,号召各民族人民互相仇恨,并为自己罪恶的权力欲和极端的贪欲而挑起战争——如果有人这样说,谁又会相信呢?

谁也不会相信这一点,不过却很可能错了。这对于一颗不幸的、经受了成千上万的艰难困苦却仍然诚实的心来说是最痛苦的。因此,我认为唯一重要的是将所有善良的人联合起来。此外,还要创作饱含良知和真理的文学作品。

为此需要生活、工作、遭受痛苦而坚贞不屈。

施密特经历了很多的背叛,或按老式的说法,是命运的打击。

在争论激烈时,斯塔夫拉基责备施密特出于虚假的人道主义考量而去娶一个妓女。

施密特的青春岁月在某种程度上正赶上著名的"到民间去"的运动,当时号召拯救"堕落的"女性,并与人民一起共同经受他们生存的所有艰难困苦。

年轻的施密特常去舍尔古诺夫[1]及其同志们的民粹派组织那里。作为一个充满热情的人,他赞成果敢的行动,而不是夸夸其谈。因此,他确实和一个妓女结了婚,希望能拯救她。

但从最初的几步开始,他们共同生活的路就发生了偏斜——施密特的妻子甚至不识字。施密特教她阅读,教了很久,却成效甚微。就这样,他没能引起她对读书的兴趣。

她给施密特生了个儿子,儿子完全不像父亲。不久,施密特把所有的东西都留给了她,和她离了婚。他被枪杀后,她竟利用施密特留在她那里的东西做起了投机生意,在反动报纸上刊登广告:"出售施密特中尉的制服上衣""出售施密特中尉的大提琴"。

这是伴随着施密特生活的背叛行为之一。

但最恶劣的、最卑鄙罕见的,当然是斯塔夫拉基的背叛。

最后,施密特生活中发生了一件仿佛是杜撰的,却异常痛苦的事。曾几何时,我根据施密特中尉的姐姐的讲述以及一些旧材料写过这个故事。现在这一故事看起来已有些不同。

接下来就是故事的梗概。

……基辅的一个夏日。酷暑。栗树打蔫的掌状叶子。年轻的海军军

---

[1] 尼·瓦·舍尔古诺夫(1824—1891),俄国革命民主主义者、政论家、文学评论家。

官施密特刚下火车,停留在基辅,他需要倒车。他来自多瑙河,途经此地去塞瓦斯托波尔。

我作为基辅人,清楚地知道,基辅的夏天有多无聊。施密特也感受到了这种无聊。这种无聊是,当所有房子里传来"家庭午餐"的味道时,你却似乎感觉生活中可能发生的一切乐趣都退回到一万公里之外。只有手摇风琴在晒得发烫的院子里走调地奏出类似口哨声的、令人生厌的德国歌曲:"奥古斯丁,奥古斯丁,啊,我亲爱的奥古斯丁!……"

去哪儿呢?原来,基辅有赛马。施密特来到赛马场。他很走运:赛马场位于佩切尔卡,在市内高地上一个温暖的、令人感到忧伤的荒僻地带。

在赛马场上,施密特发现了一位在他印象中堪称美貌绝伦的年轻女子。他是一个浪漫主义者。他在生活中常常只能看到他希望看到的东西。

他一眼就爱上了这个女人(如同他会爱上全球所有的漂亮女人那样)。不知为什么他坚信她是西班牙人。为什么呢?因为她深邃的炯炯目光和低沉悦耳却略带矜持的笑声。女人笑着,她的喉咙像唱歌的小鸟那样微微颤抖着。

西班牙……他极目远眺过巨石林立的西班牙海岸,远处深邃蔚蓝的大海如一把利剑将海岸与天空切断。

我在这里可以写很多事情,但我答应过写一个简短的故事,我会约束我自己。

施密特在人群中跟丢了西班牙女人。他感到这是一场灾难,尽管在内心深处他明白,没有找不到的心爱女人。

傍晚,他坐上了去塞瓦斯托波尔的火车。在这里我的年龄使我相对于大多数读者来说有一些优势。因为在那个年代我已经去过很多地方,清楚地记得,当时的车厢和火车看起来是什么样子。

试想一下，车厢里用铁灯笼里点着的硬脂蜡烛来照明。火舌如此有力而以花样繁多的姿态跳跃着，每一节车厢都仿佛是一个影子剧院。各种各样的影子聚集起来，一会儿出现，一会儿消失，人的面容宛如水中倒影般变得摇摆不定。难看的人完全有望被当成美男子，而美女也可能被当成女巫。

火车上，施密特的对面坐下了一位女士。他颤抖了一下，挺直身子，轻轻地在自己面前挥了一下手，仿佛要挥去忙乱的影子，突然像是有人用一双小手揪住了他的心——是的，是她，赛马场上的西班牙女人。他自己也不得不相信是上帝亲自把她带到了这间昏暗的二等车厢。

他们开始聊起来。女人去达尔尼察，基辅郊区一个有老松树和沙滩的别墅区。

火车去达尔尼察需要运行三十分钟。在这段时间里施密特向这个女人许诺了自己的一生，并欣喜地向自己承认了意想不到的爱情。

他们交换了地址，女人下了车，神采飞扬，这股爱情旋风让她变了样子。因为大约每一个女人，当她得知她成为一场突如其来的爱情的理由时，她一定会展现出青春活力，如同罕见的春天的黎明。

后来施密特就到了塞瓦斯托波尔。动荡的一年。因革命而异常紧张的舰队。与基辅女人忙乱的通信。信中的施密特自由奔放，充满激情，女人则卖弄风情，单调乏味。施密特没有发现这一点。

作为演说家和领袖，施密特的名字已经风靡全球。他的勇敢和对人民的忠诚使千百万人在心中对他产生了热爱。

这是一种荣耀！这是一种伟大！

突然爆发了起义，鲜血染红了塞瓦斯托波尔海湾的海面，施密特的两封电报，听起来如可怕的呐喊和哀求。

一封电报发给尼古拉二世:"黑海舰队拒绝服从您的大臣的命令,并要求召开宪法会议。舰队指挥官施密特中尉。"第二封电报发给她,基辅女人:"速来!我们可能永远也见不到了。"

起义被粉碎了。施密特遭到逮捕,被送往安静的奥恰科夫小城,并与几名水手被移交军事法庭。施密特的姐姐安娜·彼得罗夫娜·伊兹巴什前来奥恰科夫探望他。他请求姐姐去基辅,找到那个基辅女人并把她带来奥恰科夫:死前哪怕见她最后一面,他也会死得轻松一些。

姐姐处于绝望之中:施密特只剩下最后几个小时,而她却不得不离开,为弟弟对一个陌生女人的爱而浪费时间。

姐姐来到基辅,并从基辅女人被蒙在鼓里的丈夫那里得知,她现在不在城里。安娜·彼得罗夫娜对她的丈夫把一切都说了。施密特的魅力及其名字的力量是如此巨大,基辅女人的丈夫马上和安娜·彼得罗夫娜一起前往波尔塔瓦州的一个偏僻的地方,找到了妻子,劝说她去施密特那里。

施密特被允许与这位女人见了面。她走进他的囚房,他瞬间向后躲闪了一下。因为走进囚室的是那个女人,那个他在摇曳且暗淡的烛光照耀下的昏暗车厢里见过的女人,却绝不是那个他为之写过热情洋溢的书信的女人。尽管如此,他还是对她表示不尽的感激,感谢她为他最后的几个小时带来的快乐。

多年之后的一九三五年冬天,我在塞瓦斯托波尔遇到施密特的姐姐安娜·彼得罗夫娜·伊兹巴什。

从她住的"北方宾馆"的房间里看得见炮兵湾——正好是施密特与小儿子一起从起了火下沉的"奥恰科夫"号纵身跳入水里泅渡的地方,当时驱逐舰将他们带回,送到"罗斯季斯拉夫"号战舰上。施密特在那里被捕。

当时灰蒙蒙的雾霭正笼罩在塞瓦斯托波尔的上空。这场大雾加重了塞瓦斯托波尔街道的空旷荒凉之感。这些街道只有在傍晚时分才热闹起来,那时全体船员离船登陆。而正午时分的塞瓦斯托波尔如深夜时分一样静悄悄,空寂无人。

我的面前坐着一位矮小清瘦、神经有些紧张的老太太,她深陷柔软的扶手椅中,面带异常慈祥的笑容,有着年轻人般的浓眉。

她讲着施密特,称他为彼得鲁沙,在她的印象中,他显然还小,如果不是没长胡子的中等军校的学生,至多也只是个海军士官候补生。

"他一生醉心于事业,不看重自己。"按她的观点,这就是她弟弟的主要特点。"他就是为别人活着,像爱小孩子一样爱水手们,常被骗得很惨,却从不允许自己陷入绝望和忧郁之中。他十分热情而敏感。他整个人凭着热情生活,仅凭热情生活。年轻时,我也有点儿像弟弟。他热爱读书、诗歌,特别是拜伦的诗歌——他读拜伦的原作,喜欢音乐、孩子和航海事业。不知为什么他特别喜欢灯塔。他留下了一整套世界上特别出色的灯塔的版画和照片,甚至偷偷梦想成为灯塔看守人,但一定是在远离都市的灯塔上。'去他的,'他说,'哪怕是在塔尔汉库特海角也行!白天带枪去草原上打猎,或者悠闲自得地挖掘灯塔附近的古墓。据说,它是西徐亚人的墓地,里面埋葬着很多器具和箭镞。白天挖墓,被太阳晒得黝黑,我的肺里饱含着当地树脂草的芳香,而傍晚时分,洗完淡水澡,坐在灯塔室里的灯笼旁读书。手拿着铅笔,不慌不忙地阅读,带着对每一本书的各种各样的思考进行阅读。我数着日落、日出、过往船只的灯火,并把它们记录到值班日志中去。

"'每逢夜里我会睡得很警觉,凝神谛听风是否敲打着信号钟,发出丁零零的响声。而在风暴天气里，因为海浪咆哮，因为气势磅礴的大海的汹涌澎湃，因为像日珥一样升腾的滔天浪花，因为海鸥的啼叫，我会感到震耳欲聋——你注意过没有，风暴天气时，海鸥总是这样尖叫，像用针去刺穿混浊的空气？这有多美啊，阿尼娅！'总之，他是个最温和善良的人，亲人们都无法想象，他会成为起义的首领。"

当安娜·彼得罗夫娜准备回列宁格勒时，我在舒适的小火车站送她。车站的月台上，在离快车闷热的车厢两米远处，几棵有三抱粗的白杨树在沙沙作响。尚未被秋风扫落的干枯树叶的味道弥漫在空气中，甚至淹没了旅途上人们已习以为常的煤烟和油的味道。

现在我回想起，在这些白杨树旁我迎送了多少人啊，它们从某个时候起已经成为我生活的无声的见证者。

在我的意识中，这些白杨与格列恰尼诺夫[1]那首愁肠百结的浪漫曲有着难以捉摸、莫名其妙的联系："她不会忘记的，一定会来，会抚爱，拥抱，会相爱永久，并戴上自己沉重的婚礼花冠。"

为什么在塞瓦斯托波尔车站我想起了这首浪漫曲，我不知道。在它的歌词中，暗含着某种令人神往的期望，期望着哪怕是昙花一现的幸福爱情，期望着摆脱孤独。我常常感到孤独——惶恐而沉重。

令人惊奇的是，在最近一次战争中，据说，塞瓦斯托波尔车站的白杨竟完好无损。

---

1 亚·吉·格列恰尼诺夫（1864—1956），俄国浪漫派作曲家。

快乐的旅伴

在巴统的大街上,我常会碰到一个穿着敞开的旧大衣的矮个子。他比我矮。根据他的眼睛来判断,这是一位快乐的公民。

对所有个子比我矮的人我都有一种好感。我只是觉得,如果世上有这样的人存在,我会活得更轻松些。虽然时间不长,但我不会再为我的身高感到羞愧。

还在小时候,我那位慈悲心肠的姐姐加莉娅为了安慰我,想出了一个靠不住的理论,说几乎所有矮个子的人都才华出众。加莉娅举出了很多例子:普希金、拿破仑、莱蒙托夫、狄更斯、仲马、弗鲁别利、叔本华。

不过,一提起屠格涅夫、克里斯蒂安·安徒生、莫泊桑、契诃夫和高尔基这些著名的身材高大的人,加莉娅的整个理论就被推翻了。

我很愿意与矮个子的人交朋友,不过却瞧不起那些企图靠特殊的服装样式和高跟鞋来增加自己身高的人。比如,我承认诗人巴尔蒙特的才华,却不喜欢他时髦的、几乎与女士高跟鞋一样的半高腰皮鞋。有一次,我看见他穿着这双皮鞋在基辅作关于"诗即魔法"的报告。

有一个经常在巴统跑来跑去的矮个子，腋下总是夹着一把伞。他大衣的口袋里塞满橘子，另一个口袋里则不时闪现着鲁哈泽工厂生产的伏特加瓶颈的光泽。

这个矮个子从不离开雨伞的情形，使人想起巴统闻名于世的豪雨。

俄罗斯没有哪座城市有如此大的雨量。难怪法国海员给巴统起了个外号叫"小便池"："梅尔·努瓦[1]的小便池。"

夏天时，这里通常下着滂沱大雨，大雨将水流倾泻到屋顶上，带着轰隆巨响。但这样的倾盆大雨并非巴统的特色。

典型的、只有巴统才有的雨是从西方来的，连绵不断、单调乏味，仿佛有人给它上了发条。乌云密布的天空从西方一直压向城市——随时会垮塌的天空把所有的光芒都熄灭了，就连正午时分的巴统也沉入灰蒙蒙的昏暗之中。雨仿佛从昏暗中发出潺潺的响声，飞溅着，沿着所有的排水管道蜿蜒而下，汇入了浪花汹涌的大海，融入其中并把海水搅浑。

在雾霭之中，一艘艘轮船仿佛受了风寒似的发出不满的怒吼，湿漉漉的甲板闪着暗淡的光。轮船灰色的、红色的、黑色的和黄色的船舷上微弱的亮光仿佛是遥远的太阳的余晖。它似乎提醒说，只要一改变风向，整个巴统瞬间便会在第一缕阳光的照耀下，在人们的眼前闪烁起来，宛如一堆淡蓝色的玻璃。空中升腾起肉眼可见的温暖气流，晒热了的街道和房屋也会散发出蒸汽。于是，美人蕉——巴统房前小花园里最引人注目的花——在阳光下会呈现出葡萄酒一样的血红色。

---

1 法语"黑海"的俄文发音。

巴统的雨可以持续数周。我的皮鞋从未干过。如果不是这种情形会引起疟疾发作,我也早就不把它当回事了。

仍有很多好的方面与这雨有关。首先,是有些刺鼻的、略带小鲱鱼味道的空气。其次,几千只排水管在全城配合默契地演唱着庄严的清唱剧。最后,是灰蒙蒙的弱光和白天点亮的电灯。这种雨季里的灯光似乎特别舒适,它有助于阅读,甚至有助于回忆诗歌。

于是我和那个矮个子一同回忆诗歌。他姓弗拉叶尔曼,而名字则在不同的生活场合叫法不同:鲁维姆·伊萨耶维奇、鲁维姆、鲁韦茨、鲁瓦、鲁沃奇卡,最后还有基路伯[1]。这最后一个外号是米沙·西尼亚夫斯基想出来的,因此除他之外,谁也没用过它。

在我的编辑部房间里,我们有时几乎是彻夜回忆这些诗歌,直到清晨时分才躺到狭窄的单人床和木质沙发上——虽然饥肠辘辘,却感觉很快乐。

而当回忆起这些恐怖的诗句时,怎么可能保持平静?

> 但当死去的土星,午夜
> 在东方升起——晦暗如铅……
> 造物主啊,是你的事业,
> 却充满了残忍与凶险![2]

这些带有不祥意味的诗歌,会使另一个年龄段的人,比我和弗拉叶

---

[1] 基路伯,九级天使中的第二级,司智慧。
[2] 引自布宁的诗《土星》(1907)。

尔曼更成熟的人陷入忧伤的沉思。而对于我们来说，它们只是鲜明的形象和强有力的语言的范例。这些诗歌不知不觉充实了我们巴统的夜晚。

我与其说是看到了，不如说是感觉到了，多层云、积层云，如同从下面被撕成碎片的、像座座群岛的碎层云，它们被小高加索山脉滞留于巴统上空。在无限高远的宇宙空间的某处，土星在云团之上闪烁，它那浅灰色的光芒照耀着云雾缭绕的大地之上懒洋洋蒸腾而起的庞大堆垒。后来我们还读了其他一些有如重新喷薄而出的太阳一般清晰、明快的诗歌：

    生活，希望的诡计，让我疲惫不堪
    当交锋中我的灵魂对它们退让，
    无论白昼黑夜我都会闭上眼帘，
    然而有时候忽间神奇地豁然开朗。
    仿佛秋日明亮的闪电照耀，
    这之后平常的夜却变得更加黑暗，
    只有繁星闪动着金色的睫毛，
    在空中，宛如发自心底的召唤……[1]

我向来喜欢诗歌，不过它们还从未像当我在巴统时那样，如此自然地走进生活中来。

诗歌失去了语言的本质，成为一种生活现象，就像雨，就像人的声

---

[1] 引自费特的诗《生活，希望的诡计，让我疲惫不堪》(1864)。

音,就像饱受雨夜折磨的驴子的叫声,就像诞生与死亡。

陪伴我们度过所有这些"诗歌之夜"的,都是不绝于耳的夜雨的嘈杂声,偶尔也有潜入港口的海浪的喧嚣。

淅淅沥沥的雨声异常强烈地烘托出一些诗行,因此我们就会反复吟诵它们。

这是其中的一组诗行:

> 茉莉花犹如飞蛾的双翅
> 飞上黑色的常春藤蔓。
> 时间过得醉人而漫长,
> 石头上半已磨损的连环韵诗
> 在唱着无词的歌曲。[1]

还有第二组诗行:

> 我感到寒冷。晶莹剔透的春天
> 给彼得波尔披上绿色的绒毛……[2]

还有第三组诗行:

---

[1] 引自薇拉·英贝尔的一首无题诗(1913)。
[2] 引自曼德尔施塔姆的诗《我感到寒冷。透明的春天》(1916)。彼得波尔,彼得堡的雅称。

> 沉默的草原变成青色——于是
> 高加索用银色的花环将它拥抱。[1]

或者，还有最后第四组诗行：

> 请回来吧，惠廷顿，
> 啊，惠廷顿，请回来吧！[2]

  这最后两句诗对我产生过强烈影响，尽管其中没有任何特别之处。这显然是因为有一次，巴统港口驶进了一艘挂着英国国旗的肮脏的、上面没有乘客的轮船，它是为"索西弗罗斯"公司送货的。它的船舷上用白色的油漆写着熟悉的名字"惠廷顿"。

  不知为什么这艘货船引起了我的恻隐之心，它如同一个淋透了雨水、因恶劣天气而冻得发抖的失败者。但在古老的英国，那里仍有人等着它。在某座昏暗的沿海的小城里，一颗女人质朴的心病态地跳动着，这颗曾经的美人儿的心过早地衰老了。她在等着一位沉默无语的丈夫或是儿子的返航，他就是乘坐这艘缓慢而羞涩的"惠廷顿"号轮船去远航的。

---

[1] 引自莱蒙托夫的诗《纪念亚·伊·奥多耶夫斯基》(1838)。
[2] 引自巴格利茨基的诗《惠廷顿之歌》(1923)。狄克·惠廷顿 (1350—1423)，英国商人，曾三次担任伦敦市长。传说狄克·惠廷顿是个贫苦的孤儿，来到伦敦做帮厨，因难以忍受厨师的虐待，决定离开。在回家的路上，他听到伦敦圣玛利亚教堂的钟声敲响了，好像在对他说："回来吧，惠廷顿；当市长，管伦敦。"狄克转身回去，最终担任了三任伦敦市长。

弗拉叶尔曼完全是无意中出现在《灯塔报》编辑部的。报纸需要俄罗斯通讯社（罗斯塔社）的电报。有人告诉我，为此需要去找罗斯塔社驻巴统的记者弗拉叶尔曼并与其商谈。

弗拉叶尔曼住在有一个华丽名称的"米拉玛莱"宾馆。宾馆大堂的墙壁上画满了颜色暗淡的壁画，有维苏威火山和西西里岛柑橘园的风景。

我见到弗拉叶尔曼时，他正以"笔耕殉难者"的姿势坐在那里。他坐在桌子后面，左手抓着头发，右手快速地写着什么，同时摇晃着一条腿。

我马上认出他就是那个衣袂飘飘、个子矮小的陌生人，他经常如此在我的面前消失于巴统街头烟雨蒙蒙的远处。

他放下笔，微笑着，善意地看了我一眼。写完了罗斯塔社的电报之后，我们马上谈起了诗歌。

我发现，他房间里那张床的四条腿分别立在四个盛水的盆里。原来，这是摆脱蝎子的唯一办法，宾馆里的蝎子到处乱窜，使房客们惊恐万状。

一位戴着夹鼻眼镜的矮胖女人走进房间，用怀疑的眼神看着我，摇了摇头并用尖细的嗓音说道：

"我同鲁维姆一个诗人在一起就够麻烦的了，他这又给自己找到了个伙伴——又是诗人。这对我来说纯粹就是受罪！"

这是弗拉叶尔曼的妻子。她两手一拍，笑了起来，接着马上在煤油炉上做起了香肠煎蛋。

直到我们一起吃了早饭，并喝了整整一大杯鲁哈泽伏特加，她才放我走。

我喝了这杯伏特加，对它不同寻常的特性感到惊讶：我的脑袋仍十分敏捷，我似乎觉得，飘荡在我脑海中的所有想法，就像巴统林荫道上刚刚开放的玉兰花那般既清新，又亮丽，甚至仿佛有一种黏糊糊的感觉，像刚涂过油漆的小帆船。

这是一种美妙的感觉。我和弗拉叶尔曼去了《灯塔报》编辑部，我们走路有些不稳，而且无缘无故地发笑。路上，我们碰见西尼亚夫斯基夫妇——吕西安娜和米沙，我们拉上他们和我们一起去。遗憾的是，巴别尔已经去了梯弗里斯，不然，我们会步行去他的泽廖内角，把他也请到我们这里，还有叶夫根尼娅·鲍里索夫娜，还有梅丽，此外还有诗人恰奇科夫。我们本来还可以在这遥远的边境建立第一个文学联盟——苏维埃诗歌与散文的第一个基层组织。

米沙·西尼亚夫斯基又搞到了一瓶鲁哈泽伏特加酒。我们在编辑部边喝边唱：

> 在白头的卡兹别克[1]
> 永远沉睡的地方，
> 是我爷爷的故里，
> 是他亲爱的山庄。
> 爷爷粗犷而剽悍，
> 身材匀称如羚羊。
> 他的心灵如此强健。
> 却伤重死于疆场。

---

[1] 卡兹别克山峰，格鲁吉亚境内大高加索山脉最高峰之一，海拔5033米。

当我们唱到副歌合唱部分时,尼尔克走了进来,用他那激昂的、名副其实的主持人的腔调随着唱起来:

> 我们有传说,也有童话!阿贾人!
> 还有我们高加索的风俗!阿贾人!
> 我们像盟友般把酒一饮而尽,
> 为了我们的生活如手足之亲!

尼尔克走进编辑部之后,莫诺马赫用爪子挠了几下门,也跟了进来。它也加入了我们全体的欢乐之中,并吞掉了几块香肠,吞咽时发出的巨大声响,仿佛是启开密封严紧的瓶塞。一切迹象表明,狗对于参加聚餐这样的事情是很有经验的。

甚至当外号叫"百搭[1]"的美国水手寻着房间里给人无限遐想的喧闹声走进来时,欢乐的气氛仍未消退,他已喝得烂醉如泥,却表现得平心静气。他吐了一地板后,完全忽视我们的存在,脱下西服上衣,把它卷成筒,放到墙角的地板上,一句话没说,躺下就睡。他一直睡到早晨,离开时像来的时候一样,什么也没说,很安静。

从那时起,弗拉叶尔曼一天要跑来编辑部数次。有时他也留下过夜。

所有最有意思的谈话都发生在夜里。弗拉叶尔曼讲了自己的生平,我当然很羡慕他。

弗拉叶尔曼是莫吉廖夫省城一个贫穷的木材生意经纪人的儿子,他

---

[1] 纸牌游戏中可以与任何牌搭配的牌。

刚挣脱家庭的束缚，就投身于革命和人民生活的中心。他被裹挟到全国各地，从西到东，他只在鄂霍次克海（拉姆海）岸边做过停留。

远东的战事如火如荼。日本人占领了滨海边疆区。游击队同日本人进行了无情的、忘我的战斗。

弗拉叶尔曼加入了在阿穆尔河畔尼古拉耶夫斯克的特里亚皮岑游击队。这个城市就习俗来说酷似克朗代克[1]市。

弗拉叶尔曼和日本人打过仗，忍饥挨饿，与部队一起在泰加森林里迷了路，他们徘徊游荡，寻找出路，他身上制服接缝处下面的皮肤全都布满了血道和伤痕——因为蚊子只在接缝处叮透衣服，从那里可以把它最尖细的嘴刺进密实的针眼里。

阿穆尔河酷似大海。水面上烟波浩渺。春天时节，城市周边的泰加森林开满了百合。随着花开，你会突然不经意间对一个不爱你的女人产生伟大而沉重的爱。

我记得，在巴统那儿，当听完弗拉叶尔曼的讲述之后，我切身感受到了这种残酷的爱，如同感受自己所受的创伤。

我看见了一切：既有暴风雪，也有烟雾笼罩的海滨的夏天，既有温柔的吉里亚克人的孩子们，也有马哈鱼群，还有长着同小姑娘一样惊讶的双眼的小鹿。

我开始劝说弗拉叶尔曼把他讲过的一切都写下来。弗拉叶尔曼没有立刻同意，不过他开始写起来的时候还是很高兴的。从本质上来说，就对人与世界的态度来说，就锐利的眼力和发现别人无论如何也发现不了

---

[1] 阿穆尔河畔尼古拉耶夫斯克，又称尼古拉耶夫斯克（庙街），俄国远东城市。克朗代克市，加拿大西北部城市。

的事物的能力来说，他当然是位作家。

他开始写作，且相对快速地写完了中篇小说《在阿穆尔河上》。后来他将其更名为《吉里亚克人瓦西卡》。小说被刊登在《西伯利亚星火》杂志上。从此以后，又一位年轻的作家步入了文学创作领域，他与众不同的特点是敏锐的洞察力和一颗善良的心。

现在每逢夜里我们不仅聊天，还阅读和修改弗拉叶尔曼的小说。

我很喜欢这篇小说：其中置入了很多那种可以被称为"空间的气息"或者（更准确些说）"广阔空间的气息"的感觉。我还在少年时代就产生了对广阔的空间的渴望。随着岁月的流逝，它没有消退，而是越发强烈起来。我看到的土地越多，就越希望看到更多的新地方。至今对我来说任何一个全新的远方，都如同一望无际的蓝色远方，一个在其黑暗之中隐藏着新奇事物的伟大之谜。

从巴统时期开始，我们的生活——弗拉叶尔曼的和我的生活——多年来一直彼此相互充实，我们一直并肩前行。

我们是靠什么相互充实的呢？显然，是靠自己对生活、对周围发生的一切事物的好奇心，是靠对诗意盎然而又复杂繁难的世界的接纳，是靠对大地、对自己的国家、对自己的人民的热爱，这是一种用成千上万条最细小的根须深深扎根于意识中的与血肉相连的爱，一种质朴的爱。如果说植物的根须能够穿透它们所生长于其上的大地、土壤，吸收土壤中的水分、盐分、重量，以及它的秘密的话，那么我们也正是以这样的方式来热爱生活的。我在这里说"我们"，是因为我坚信，弗拉叶尔曼对待大自然的态度与我一样。

我越来越强烈地感觉到，我像一棵大树或一棵小草一样是自然的一分子，这令我感到欣慰。

有时，我躺在某个杂草丛生的湖岸或河岸的斜坡上，倾听大地的声音。人们通常认为大地是无声的。但透过这种无声传来了极微弱的潺潺声——类似于细长如金线的混沌不清的声音。这是地下深处的某个地方，地下水不断渗出，然后穿过土壤流到湖里。

每当这时，我都感到十分快乐。

主要方向

有人选择了生活中的主要方向,并迫使自己有意识地抛弃其他方向,仿佛其他方向都是次要的。

但这个主要方向常常产生于生活本身,更确切些说,产生于某一个人生命的自然过程之中,而且往往与他抽象地想象出来的那种方向不相符合。

我记得,我用了好长时间把我的生活推向主要方向——写作,却收效甚微。我想,我应该狭隘而无情地,甚至是以禁欲的方式,使我所有的精力和时间服从于这一目标,一个小时都不偏离,直至生命的最后一天。

幸运的是,我按照臆想维持的这一状态持续的时间不长,不久我就意识到,对于作家来说,专注于为人类服务这一崇高目标的自由自在的生活,比迂腐地关心自己的创作要重要得多。而书籍是作为这种生活的必然结果出现的。一定会出现的。

是的，有一段时间我想使我的生活服从于所有有计划的安排：有计划地探索所有经历过的事情的意义和内容，根据人的品质，预先确定对待他的态度，把一切都简化为合理的、准确的行为。

"只有这样，"我让自己相信，"才可以达到自我完善并在群体中成为一个真正的人。"

但无论我如何努力去追求这一行为的理想状态，它都会溜走，并被"每日的当务之急"挤掉。我成了生活的俘虏。我难以抗拒它的自由进程，直到一个美好的巴统的上午，我突然放弃了自己与自己的交锋。

这件事就发生在米沙·西尼亚夫斯基将我的哲理推论斥为"讨厌的论调"的上午。

这的确是一个美好的十月的上午，当时在巴尔茨哈纳（我来品尝吕西安娜煎炸的著名的小鲱鲤鱼），西尼亚夫斯基居住的露台附近，潮湿的地面落上了一层红彤彤的野蔷薇的硕大花瓣，花瓣上撒满了如玻璃珠串一样的大颗露珠。

身边的大海明亮起来，白净、温暖，如刚挤出来的热气腾腾的鲜牛奶。安纳托利亚海岸薄雾笼罩，但土耳其山脉仍透过薄雾发出黄红色的光芒。

我对米沙阐明，我的思想是，生活应服从于事先预定的目标，不然毫无意义，而且人应该强迫自己毫不退缩地朝着这一目标前进。

米沙吃着小鲱鲤鱼，眯缝起眼睛，不时看看我。一切迹象表明，他开始生气了。

"讨厌鬼！"米沙突然平静并坚决地说道。

"谁是讨厌鬼？"我问。我的心因预感到不快而哆嗦了一下。

"什么是谁？是你！你就是讨厌鬼，当然，如果有人相信你这文理不通的高论的话。你这是第一次公开发表它。你要明白,八年级中学生,请不要给自己的脖子套上枷锁。这是你的突发奇想,大概是疟疾造成的。你得的是印度疟疾,它用瑜伽哲学的细菌伤害了你。你要自由轻松地活着,而且越轻松越好。不要把你的生活推向那种你臆想出来的无聊的范式。这一切都是胡言乱语,你根本就不需要它,就像狗不需要侧兜儿一样。'要相信生活',正如那些老朽、老作家庄重地说过的那样,而你同样也会达到自己的目标。"

"达到什么目标?"

"我主耶稣啊!"米沙喊道,"或者你已经改变主意,不想当作家了?少发议论,这不是你该做的事,而要多看,多激发你的好奇心!"

米沙还从未如此生气地和我说过话。

我相信了他。显然,我早就想听到有人说这些话。我强加给自己的纠缠不清的重负消失了。我突然感到,"伊莎贝拉"葡萄纤细如线、寒冷彻骨的味道透过干裂的窗框缝隙钻进了露台,小心地逗弄我的嘴唇,使它发痒。我笑了起来。

"怎么回事?"米沙惊恐地问道。

"没什么。嘴唇发痒。我三天没刮脸了。"

"头一次听说,嘴唇会因此发痒。"米沙嘟哝了一句,怀疑地看着我,"柳霞,你听到他说什么了吧?"

"哎呀,科斯托奇卡[1]!"吕西安娜喊道(她在花园里的火盆上煎完了最后一条小鲱鲤鱼),"你撒谎的时候一点也不自然。不过,去他的!

---

[1] 科斯托奇卡,作家帕乌斯托夫斯基的名字康斯坦丁的爱称。

我反正还是爱你。"

我坐在西尼亚夫斯基家里时,一直闻到时而跑近、时而飘远的"伊莎贝拉"葡萄的味道。它让我不得安宁,直到我往下走到房子后面的小葡萄园,看见了葡萄叶阴影中的被太阳染上一层淡淡金黄色的一串串沉甸甸的紫葡萄。它们从木头支架上垂下来,饱含着紫色的葡萄汁。

我摘下一串吃了。明净的天空中,热辣辣的阳光四射,但我突然感觉,一股透骨的寒气越来越急速地钻进这温暖当中。仿佛有人不断地往沸腾的溶液中浇入冰水。最终冰水胜利了,它淹没了最后的热流,然后像突然中风一般,突如其来的寒战向我袭来。我跟跟跄跄地回到露台,躺到了被阳光照得发热的地板上,幸福地呻吟起来。

"嘿,这下好了!完了!"米沙绝望地说,"疟疾!第三次发作。又是因为'伊莎贝拉'。柳霞,得把我们所有暖和的东西都压到他身上。"

"没有用的。"我嘟哝了一句。

我已经感觉到,我似乎被焊接到了厚达两公里的巨型冰块的内部,我马上就要变成冰柱,什么也救不了我。

就这样我突然得了热带的黄热病。从那时起,我每天都要发作。

黄热病是在英国人占领外高加索时期由印度士兵——西帕依[1]——带进巴统的。

这种病我得了好长时间,连续几年,只有在俄罗斯中部森林地区时我才摆脱掉它。不过,从巴统时期开始,只要品尝一下"伊莎贝拉"这类紫色的野果,或是喝一口这种葡萄酿制的酸涩的葡萄酒,我马上就会

---

[1] 西帕依,18世纪到1947年英国驻印度军队里雇用的当地人。

打寒战。

当我回忆起我努力灌输给自己的那些人为的、完全陌生的想法时，回忆起被米沙·西尼亚夫斯基讥笑过的想法时，我也会无意间感到发冷。

我在巴统生活的最后几个月，就是在那种由疟疾引起的朦胧而虚幻的状态下度过的。疟疾发作伊始，当发冷转为燥热时，我的头脑清新、明晰，我无力驾驭自己的想象。它像一只飞入房间里的小鸟，乱窜一气，直到精疲力竭、折断翅膀，跌落到地板上。这时寂静和昏暗马上就会降临，然后会出现同一个黏糊糊的、长长的、乏味的形象，这个形象整夜重复出现，直到清晨，每隔几分钟出现一次。我无法捕捉到它。这与其说是一个形象，不如说是一种感觉。它绵延伸展，如同黏稠糖浆的拉线。我的手指粘在糖浆上，于是我担心，这个黏稠的糖浆可千万别落到嘴里，落到嗓子里，可别让我窒息而死。

我开始胡言乱语，抵抗讨厌的糖浆编织的罗网。每逢此时，夜里，隔壁房间的尼尔克就会走进来，给我的脑袋敷上一块湿毛巾，然后说，我没有足够的卡路里来战胜病魔。

我呻吟着。回答我的是窗外大海的呜咽，而尼尔克坐在桌旁卷纸烟，用口哨吹着歌曲：

啊，我的双轮马车——
就是"美国女郎"[1]！
而我这个小姑娘

---

[1] "美国女郎"，一种赛马的二轮马车。

是个冒充的假内行!

到早晨我浑身是汗,我的头发湿漉漉的,疟疾直到傍晚之前没有再打扰我,全身乏力和清新的空气使我感觉身体轻飘飘的。

现在我想起,那种故意要创造一种合理生活的无聊想法正好就是在我疟疾最初发作的那段时间里深深吸引了我。这些想法一直不断地重复,这让我饱受折磨。我痛恨它们。我似乎感觉,它们像鱼胶一样黏人。鱼胶用一层灰色的、令人讨厌的薄皮遮住了一切。

我确信,任何水——无论是咸水,还是淡水——都不能洗去这层薄皮,于是我向尼尔克要一把剪刀,以便刮去我自己身上的这些令人讨厌的想法。

不久,我夜里疟疾发作时,弗拉叶尔曼替换了尼尔克。他同样给我头上敷上散发着橡胶味的冰袋,并递水给我喝。

而到早晨一切又都过去了。只剩下心跳和乏力。一整天,我就这样吞咽着没有装在胶囊里的奎宁,喝亚甲基蓝药水,耳朵聋了,双手也颤抖起来。

弗拉叶尔曼吓坏了,带来了一些医生和"民间大夫"——长着鹰钩鼻子的阿扎尔老头儿。他们用浸泡着辣椒和鸡蛋黄的酒精和灰色的粉末来医治我。我吃了粉末感到恶心。原来,这是晒干的蜘蛛磨成的粉末。

我赶跑了所有的老头儿,接着只吃奎宁,然后疟疾开始逐渐退却了。但周围的一切在我看来似乎都显出病态的夸张,这种感觉持续了很长时间,色彩时而过于鲜亮,时而像肉冻一样浑浊。

几千发信号弹

巴统继续让我吃惊不已。正如索尼娅·弗拉叶尔曼所说的,这座城市仍然处于"该死的过去残余势力"的控制之下。关于这种残余势力我已经写过一些。这里又开始实行"新经济政策",于是乱哄哄一大群的"新经济政策的私营企业主"及其金发女郎进驻巴统,这里实行诱人的"自由港"政策,换句话说——与国外进行免税贸易。

在滨海街的各个角落里,甚至在最拥挤的尘土飞扬的犄角旮旯里,都开办了外国公司的办事处——"索斯弗罗斯""约翰·维特尔父子公司""劳埃德·特里埃斯蒂纳""帕克"及各种其他公司。其中大部分都是投机公司。

他们出售糖精、香草粉、女士吊袜带、打火石、纸牌、避孕套、压制成饼的年久发霉的无花果、染发剂、干瘪的油橄榄和假珠宝。他们收购黄金和货币,不过只是秘密交易,为了掩人耳目,他们也销售水果干和手工制品。

这些公司的代理商,无论哪国人,都像亲兄弟般彼此相似。多数情况下,这是些黑头发、黑皮肤、善于钻营的青年人。他们戴着沉甸甸的琥珀念珠,穿着五颜六色的袜子和尖如梭子的漆皮鞋。他们抹上发蜡的头发宛如黑色的凸镜，照出的物体都走了样，主要能照出吊在天花板下的电灯。

恰奇科夫称这些青年人为黎凡特人[1]和腓尼基人的后裔。他们所有的人俄语都说得相当好。不过，恰奇科夫却比较喜欢用俄语–希腊语–法语–格鲁吉亚语混合的方言和他们解释事情，他甚至还试图用这种方言来写打油诗。

恰奇科夫决不放弃他对吕西安娜的那种骑士崇拜，他有时从腓尼基后人那里搞到唇膏或者睫毛膏，便特别殷勤地献给吕西安娜。

吕西安娜试过了所有这些诱人的物品，公开嚷道，这是卑鄙的假货和真正的臭狗屎。但这些话却不会让恰奇科夫感到震惊。

吕西安娜说话用词无所顾忌。我们对此已经习惯了。我们，其中也包括颓废而优雅的恰奇科夫，似乎感觉，她在表达自己的意思时就像一位公爵夫人或是皇家剧院的女主角。

有一次，恰奇科夫把当地的一位女诗人弗洛拉带到了《灯塔报》编辑部，然后又带到巴尔茨哈纳。这位高个子、面色苍白的可爱姑娘走路时有些驼背，像根芦苇，她朗读的诗歌有些像安娜·阿赫玛托娃[2]的作品。

弗洛拉属于那类对诗歌充满了抑制不住的狂喜的女诗人。听着古米廖夫、勃留索夫或者巴格利茨基的新诗时，她虔诚地双手合十，而且她的眼角会涌出泪水。她会偷偷地拭去泪水。

她和做教师的妈妈住在一起。她身上笼罩着一种纯洁的光环，这光环散发着"克西蒂亚斯及合伙人"（雅典）化妆品公司的紫罗兰的香味。

---

1 黎凡特人，黎巴嫩人和叙利亚人中的部族。
2 安·安·阿赫玛托娃（1889—1966），真姓为戈连科，俄苏女诗人。

刚开始弗洛拉有些害怕吕西安娜，不过很快她们就成了朋友，并大胆地嘲笑起我们和另一个自称误入我们这一伙人的可爱的人。

这个可爱的人就是共和国报纸《巴统劳动报》的工作人员沃洛佳·姆罗佐夫斯基。这是个心地善良而优柔寡断的人，其礼貌程度甚至能盖过弗拉叶尔曼。姆罗佐夫斯基具有罕见的能力，即，真诚地陶醉于一些次要的东西——那些与真正的东西并存且酷似它们的东西。

比如说，他酷爱跳棋，而不是象棋；他不爱真正的戏剧，而爱侏儒剧团；他不爱绘画，而是收集从杂志上剪下来的石印画。此外，他还酷爱杂志上名为"杂俎栏"的栏目中刊登的所有内容——字形谜、易位构词游戏[1]、藏头诗、迷宫图、接龙游戏和看图猜谜。

他收集这些图画。

这样的图画上画着，比如说，一群热带丛林中的大象，而大象的下面有一行引人好奇的字："我们的美女在哪儿呢？"

需要把这幅图全方位转来转去，您才能最终偶然发现一个姑娘的身形，这身形是由三只象腿、象鼻子和树枝的轮廓构成的，姑娘正穿着细高跟鞋逃往丛林。

沃洛佳·姆罗佐夫斯基有整整一册这样剪下来的图画。

尽管沃洛佳有这些古怪的爱好，但他招人喜欢，沉默寡言，乐于助人。

阿扎尔第一次庆祝十月革命纪念日。值此之际，姆罗佐夫斯基邀请我们大家去他那里小聚一下。

---

1 变化词或词组中字母的位置，构成另一个词或词组。

姆罗佐夫斯基和母亲住在一起。

我们聚集在一间昏暗的老房子里，里面像家具店一样，摆满了黑橡木做的笨重家具——五斗橱、小橱柜、扶手椅和餐柜。

姆罗佐夫斯基安排了一场格鲁吉亚式的聚餐，有各种可以当作蔬菜吃的小草——龙蒿、香菜、薄荷，有烤饼和无盐白面包，恰霍赫比利[1]和萨齐温，烤咸羊奶酪，葡萄叶包的米馅肉饼，卡赫季亚红葡萄酒，最后，还有我们滚上肉桂粉的烤肉串。

吕西安娜没有歌曲根本不行。这种时候她向来是要唱歌的。真是不可思议，她知道那么多敖德萨的、哈尔科夫的、尼古拉耶夫斯克的和罗斯托夫的歌曲。她略显粗犷的嗓音突然淹没了大家的谈话，甚至惊呆了像姆罗佐夫斯基和弗洛拉这样性情平和的人。

当大家都在谈论象棋，或是"阿尔戈英雄船"[2]咖啡馆里的梯弗里斯诗人时，从外面，从吕西安娜正在洗餐具或煎炸东西的巴尔茨哈纳的院子里，突然像花炮炸响一样，爆发出一阵歌曲声，大家不由得颤抖了一下。她仿佛是翩翩起舞，晃动着大腿唱着：

> 从前在波多尔
> 住着哈伊姆·希克，
> 他是一位十分虔诚的老者！
> 他每天向上帝祈祷，
> 常常往犹太会堂跑，

---

1 恰霍赫比利，高加索一种用鸡做的菜。
2 希腊神话中的英雄前往科尔希达寻找金羊毛时，乘坐的就是"阿尔戈"号快船。

禁忌食物他早已吃不惯了!

在姆罗佐夫斯基的小型聚餐上,因为我们是在格鲁吉亚,吕西安娜决定表演一整套她已经演得滚瓜烂熟的高加索节目。

这首关于不幸而勇敢的哈兹-布拉特[1]的歌曲她刚起头,还没来得及唱起来,从街上突然传来醉汉们洪亮的合唱,他们附和着吕西安娜唱道:

你已老迈,你已白发苍苍,
她和你不会过上好日子!

我们扑到窗口向外看。在房子下面的人行道上,互相搂抱着坐着一群醉汉。他们身体摇晃着,瞪大眼睛,用心大声唱着吕西安娜开了头的歌曲。

这时,吕西安娜改换了曲目唱了起来:

尼古拉耶夫城,法国工厂……

不过街道上的合唱团并未惊慌,齐声唱道:

而我,一个小男孩,
刚过了二十年的时光!

---

[1] 俄国诗人亚·尼·阿莫索夫(1823—1866)的诗《哀歌》(1858)中塑造的高加索英雄形象。

"够了!"吕西安娜喊道,"我马上就让他们跟不上调!"

她唱起了她不习惯的、音调舒缓的柴可夫斯基的抒情歌曲:

无须言语,啊,我的朋友,无须叹息……[1]

但是,醉汉合唱团不可思议地立刻接着歌词,带着某种阴郁的力量唱出歌曲的第二行:

我们将——将——将与你一起沉默……

吕西安娜大发雷霆。她决定无论如何也要比格鲁吉亚人唱得好。但他们并不屈服,顽强地压制住吕西安娜,并不时地从口袋里掏出酒瓶,为她的健康干杯,他们彼此碰瓶的声音如此有力,以至于温柔的弗洛拉每次都尖叫起来。

只有姆罗佐夫斯基的老母亲十分平静。她在巴统长大,什么也不会让她吃惊。

吕西安娜疲惫不堪,已经想认输,不过,这时却发生了一个扭转我们整个聚餐进程的事件。

窗外,伴随着一种可怕的咝咝声,沿街疾驰而过一个不明物体。然后它炸开来,发出惨白的、死灰色的光,照亮了周围的一切,然后熄灭了。

---

[1] 这首抒情歌曲《沉默》由德国诗人哈特曼作词,普列谢耶夫译成俄文,后由柴可夫斯基谱成曲。

这像是信号弹，可它不是向上发射，而是沿街发射。它的确是这样。

窗外的醉汉惊叫起来，互相拥挤着冲进院子里。随即沿街咝咝响着滑过第二发信号弹，打在摇摇晃晃的广告柱子上，散落开来，火花四射，发出烧焦的气味。醉汉们叫喊的声音更响了。

大家都有些不安。只有姆罗佐夫斯卡娅老太太一人不动声色地说道：

"每年他们都一定会抛出某种特别的东西。"

"这个他们是谁？"我问道。

巴统的居民。这当然是他们想出来的，信号弹不向天上发射，而是沿街发射。

西尼亚夫斯基说，这主意不错。弗拉叶尔曼简直兴奋不已。索尼娅·弗拉叶尔曼没和我们在一起——她喜欢一个人到处走。

我们决定感受一下信号弹的射击，决定去巴尔茨哈纳的西尼亚夫斯基家，在那里一直坐到清晨。

但是，当我们走出来时，信号弹已经不再沿街乱窜了。有人终于停止了这一令人惊奇的娱乐活动。

整个巴统的旗子被风吹得猎猎作响。几乎一半旗子是土耳其的。市里的居民还没来得及做出新的苏维埃旗子。

由吹笛手和鼓手组成的乐队演奏着曲子，沿街慢行。几乎所有的乐手，像经过精心挑选出来似的，个个矮胖，留着小胡子，长着像李子一样发紫的鼻子。显然，他们一生中的大部分时间是在小酒馆里度过的。

当我们走到港口时，个别信号弹还是在某处升上了秋日的天空。后来响起了类似臼炮齐射的声音。声音是从山里那边传来的。

这一声响过后，传来了成百上千个信号弹的咝咝声。空中弥漫着信号弹缕缕的黄色烟雾。突然，整个天空被无数白色的星星的炫目燃烧和闪光给照亮了。

它们还没来得及熄灭，附近又升腾起好多新的信号弹，信号弹在空中作短暂的停留后慢慢落下。

刺眼的镁光火焰笼罩着城市、港口、市场、公园、安静下来的大海和栈桥边的轮船。

巴统燃起了白雪一般的大火。散发着火药的味道。想必焰火的火光从安纳托利亚和数海里远的大海上均清晰可见。

我们遇到了尼尔克。他告诉我们，灯火通明将持续两夜。这段时间里，巴统会烧尽几千发照明弹。

事情是这样的，巴统的古要塞在第一次世界大战期间储备了大量的军用信号弹。现在它们的保存期满。继续在仓库里保存会很危险：信号弹可能发生自燃引起爆炸。因此，要塞司令决定把所有剩余的信号弹射向空中，恰巧赶上过节。

第二天，尼尔克告诉我们，当天夜里，通过无线电收到靠近巴统港的船只上的问询，他们问，巴统发生了什么情况，可不可以进港，巴统地平线上空被发现的、罕见的灯光现象是否会对船只造成危险。有两三艘船，没等到答复，直接改换航向，驶向波季。

实弹发射后形成的圆顶状的亮光，在巴统的地平线上不停息地跳跃着，不过，除了这一神奇美妙的照明外，巴统还会以自己居民制造的强烈噪音来吓唬不了解内情的人。

这一点很容易理解。不是每个人平生都有机会见到那种场面。因此，居民的一切声音资源（如果可以这样表达的话）在亮起彩灯的第一夜就耗尽了（当然，只是暂时）。

我理解的居民的声音资源，首先就是欣喜若狂的尖叫声和男孩子们的口哨声，然后是哈哈大笑声，呼喊声，"萨赞达利"的乐师们吱吱呀呀的演奏声，玩具风车旋转时发出的噼啪声，火盆里板栗噼里啪啦的爆裂声，吉他的铮铮声，此起彼伏的歌声——节日的滨海市区还有什么声音听不到呢！

随着我们走近郊区，声音发生了变化，变得更轻柔，更悦耳。房子里传出了合唱声，不过声音低沉，仿佛是偷偷地在唱。最令我们高兴的是，歌声不仅从房子里传出来，甚至从轮船的船员舱里传出来。

我们久久地站在一艘船旁，试图猜测出，水手们唱的是哪国歌曲。

一座桥横跨在水流湍急的小溪之上，过了桥，港口就到了尽头。城市仍然闪烁着腾空而起的火焰，但是，传到巴尔茨哈纳的喧闹声已经很微弱了，如同远处拍岸海浪的喧嚣声。照明弹的闪光凸显了群山黑魆魆的轮廓。山里，被不明光亮吓坏了的胡狼，低声嚎叫着。它们是如此胆小，不敢像它们显然希望的那样高声嚎叫，而只能低声呜咽。

在巴尔茨哈纳，我们坐在露台上，喝着马贾尔卡葡萄酒。节日在远处喧嚣。喧嚣声宛如瀑布的响声。

我向来喜欢因隔得远些而大大缓和了的节日及民间聚会的喧嚣声。在这种柔和的喧嚣声中，思考起来很轻松。不仅仅是思考，而且会轻松地虚构出已经过去的和尚未过去的，深夜幻境般的欢乐景象，以及这些景象的所有波折和转变，在想象中，自己参加了威尼斯的狂欢节，或是亚历山大·格林在他的长篇小说《踏浪女人》中描写的庆祝盛况。

我相信，这样的节日会延长人的生命，并使我们迷失于秘密编织的罗网中。这些秘密用隐约可闻的呼唤声迷住我们，声音来自大海的某个地方，那里静止不动的霞光绽放出细细的一条海蓝宝石的光芒。

火焰如周期变星[1]一般，时而亮起，时而熄灭。黑暗中，您会突然感觉到滚烫的嘴唇近乎幽灵般的轻吻，听得见古老的小提琴精疲力竭的呜咽——有巫师送它"柔音中提琴"的称号。

在每一个真正的节日（只有当节日表现出我们内心的轻松与丰富这种罕见状态时，它才算真正的节日）的核心部分，一贯暗藏着浪漫主义和英雄主义的故事，甚至二者兼有。要么，最常见的是爱情故事。

我们坐在露台上，马贾尔卡葡萄酒一如既往地把我们的想法编织成稀奇古怪的圈套。例如，我提议，为什么至今人们都在写地球上流血的故事，而无人描写节日的故事，从巴黎夏季音乐节，到收到陶笛礼物的小男孩的生日。

有很多节日，从大海的节日——当轮船驶过时激起的浪花映出海岸的灯火，海滨的夜晚散发着酸橙花的香气——到庆祝作家、画家、诗人的节日，它们会使人们心中产生一种积极奋进的躁动不安的情绪。

甚至连米沙·西尼亚夫斯基的情绪也慷慨激昂起来，他说，为纪念建筑师帕拉第奥[2]对建筑物四面墙的神圣巧妙的处理而设立一个节日也不错。不过，这已经太过分了。

一直到雾霭弥漫、寂静无声的黎明到来，信号弹的爆炸声才停止。我头枕着低矮的沙发床，坐在地板上睡着了，睡梦中听见，含碘的凉爽空气自由漫步于露台上，沙沙地翻动着纸张，仿佛在寻找着什么。

---

1 亮度变化有周期性的星星。
2 安·帕拉第奥（1508—1580），意大利文艺复兴晚期建筑师。

阴沉的冬天

风暴天气也有自己的颜色。这是无可争辩的。风暴有各种各样的颜色——混浊的绿色的，土黄色的，灰色的和近乎黑色的。

随着冬季的来临，巴统开始了绿色的风暴。空气变得像腌过白菜的盐汤一样混浊不清。大海也显得混浊。只有紧靠岸边的地方可以发现，海水出奇地透明，它只是由于阴沉的天空才显得灰暗。

风暴快速积聚力量，沿着整个海岸翻腾涌动起来。风暴的轰鸣声无论是白天还是黑夜从未停息过。远处浊浪滔天，惊涛拍岸，如同披散着长长的白色鬃毛的马群。它们仿佛在风中舞动着这些马鬃，冲向岸边，又突然潜入水中，海平面上只泛起一道压低的浪花。

轮船经常中断航行。只有灯塔在闪烁，随意地闪烁着，仿佛不太相信，现在还会有谁需要它坚持不懈的灯光。

大海整日消失于雨幕之中。山里降雪了。如海员们所说的，"能见度"降低到完全没有。这种情形甚至使城市有了一种特殊的舒适感。空间似乎缩成了一团,使巴统置于密不透风、烟雾弥漫的包围之中。

巴统变小了。远处的景物淹没在雾霭之中。只有热带植物和潮湿土地的浓烈的气味证明,在这一眼看不透的雾幕之后的附近某处,隐藏着一个可爱的世界,在那里,南方街心花园里的美人蕉花刚刚凋落。

在我看来,这样的冬日是巴统最好的季节。只不过必须搞到一件雨衣和一双结实的球鞋。

尼尔克帮我搞到了这套雨具。从那时起,我几乎每一天都愉快地冒雨前往巴尔茨哈纳的西尼亚夫斯基家。

我的腼腆的小报《灯塔报》(不知为什么我觉得它很腼腆)现在每周只能出一期,出不成四期了:与敖德萨海员联盟一样,巴统海员联盟也没有钱。因此,我们这里几乎没有什么事可做。我的寡言少语的排版工"渴睡"一天中的大部分时间真的就在瞌睡中度过。连绵不断的呢喃细雨声令他昏昏欲睡。

再也想不出更富催眠作用的喧闹声了。睡意慢慢袭来,温暖、黏人,弥漫着一股湿透了的石竹的香味,这香味是从我们熏黑了的微型印刷厂(那是一个破败的印刷厂,以前只印刷名片)窗外的小花园里飘来的。

大海吹来的温暖空气也给人带来某种滞重的昏沉睡意。

就这样,为了摆脱这种弥漫于空中的昏睡之感,我披上雨衣去了巴尔茨哈纳。我顺路走进名叫"可怜的米沙"的港口小酒馆吃饭。

在这家小酒馆的窗户玻璃上,用油漆画着一个两腮像小号手一样鼓起来的胖乎乎的人。这幅画像下面写着:"我们可怜的米沙,这是他在此酒馆用餐之后的模样。"据说,还在不久前,在另一扇窗户上还画着饿得瘦弱不堪、憔悴至极的米沙——那是他在该酒馆用餐之前的模样。

不过,玻璃在英国水手打架时被打碎了,从那时起,只孤零零地剩下一个饱餐后的米沙。

小酒馆被玻璃隔断分成两个小的餐厅。厨房旁边是专供"异教徒"[1]吃饭的穿堂餐厅,而它的后面是伊斯兰教徒的餐厅,有一个专用入口,可以从厨房直通那里。这种布局是经过认真考虑的。不能为伊斯兰教徒餐厅上猪肉和葡萄酒,跑堂的甚至不能端着犯忌的食物意外闯入这一餐厅。

我喝了羊肉汤。它冒着带有胡椒味的红色蒸汽。在哈了气的窗户上,顾客们用手指写下了自己对小酒馆主人赊的账。麻雀趁着顾客出出进进时,设法溜进小酒馆,匆忙啄起地板上和空桌子上的面包屑,仿佛弹奏出连续而细碎的鼓点声。它们有时甚至会冒着被赶出小酒馆的风险,打起架来。

顾客们通常蜷起一条腿坐着。在小酒馆里他们向来是脱下平底鞋,只穿着厚厚的毛袜子。但是,只要有某个陌生人走进来,顾客们就急忙把鞋穿上。穿着袜子坐在陌生人面前被认为是不礼貌的。

我就着红葡萄酒吃肉串。葡萄酒稍微有点儿皮囊的味道,但是身体马上暖和过来。我慢慢地喝着葡萄酒,慢慢地卷着纸烟,慢慢地吸着烟,然后这缓慢的懒散笼罩着我,并预示着即将发生乍看毫无意义,却是积极的、静止的活动。

如果使用老式的却相当准确的语言,那么这一活动可以被称为"回忆游戏"。它的内容是,我确实沉浸于回忆,却不是回忆以往的事件,也不是人,而只是回忆自己去过的喜欢的地方,或是喜欢的诗歌。

只回忆这些。

---

[1] 这里是指非伊斯兰教徒。

这种活动不会伤害人，甚至还颇有教益。

其教益在于，我仿佛循着边缘，循着个别细节回忆自己的一生，不由自主地以今天的视角来评价它，并尽量避免以往的错误。能成功做到这一点对我来说是相当罕见的，但还是令我坚定了这样的信念，我不是马马虎虎、逆来顺受地生活，而是自己能够掌握自己的命运。就连我对这一信念常常感到的痛苦的失望，也没有使我放弃对它的坚守。

我认为，这一信念，正如尼尔克所说的，是我生活的"救生方位"。

重物搬运工

在小酒馆里,我通常坐到宽大的窗户边上,窗户朝向港湾浮着一层油污的水面和腐烂的木桩。

当我感到闷热时,我就会打开窗户。重油的味道,漂浮着垃圾的海面上散发出的凉爽的海水味道,这些味道立刻充斥了小酒馆,凉爽的空气吹干了汗津津的额头。

小酒馆的大部分顾客是车站、码头的搬运工人——重物搬运工。小酒馆的主人年轻时做过搬运工,后来不知怎的就发财了,但仍旧保留着对自己搬运工兄弟们的依恋,一般都让他们打折就餐,还可以赊账。

所有的搬运工几乎都是一整天候在码头。他们等着打零工。但这样的工作不多。这些工作甚至不够一半的巴统搬运工来做,因此他们大部分人都靠在港口仓库的镀锌板壁上睡觉。他们所有人的睡觉姿势几乎一样:支起膝盖,把长长的、青筋突起的双手放到膝盖中间垂下去,一直垂到地面。只有疲惫、饥饿的人才会那样酣睡。

特别令我吃惊的是搬运工的双手。肿胀的血管仿佛打成了一个个结，如同橡树的根须。透过灰暗的皮肤看得见静脉里乌黑的血液。它间隔很长时间才颤动一下，似乎随时准备停下来。那样的话，搬运工当然就再也不会醒来。有时也会有这种情形发生。

小酒馆总是挤满了搬运工。当有顾客进来时，搬运工们马上给顾客腾出一张单独的饭桌，他们自己则放低声音交谈。

搬运工们吃得少而慢。看得出，吃饭对他们而言无非是期待已久的休息。

搬运工们通常拖运巨大的重物。有一次，我看见一个个子矮矮的，由于过分用力而脸色发紫的搬运工，他一人用后背扛着一架钢琴，也只有膝盖处稍微弯曲。

这些人的耐力在大多数阿扎尔农民中是非常罕见的。他们的温和也是如此。我大概在生活中没有遇到过比他们更温顺、和善、轻信他人的人了。

他们常会受骗上当。他们没有任何联盟。每一个人都可以随心所欲地支使他们。

我常主动与他们搭话，但他们只是微笑作答。似乎，整个伊斯兰人群体的宿命都集中在了这些人身上，他们便义无反顾地将其背负起来。他们允许自己做的唯一一件事是，当货物被卸到地上，他们可以用手背擦一把疲惫不堪的脸上蜇人的汗水之后，深深地舒一口气。他们的脸酷似有裂纹的、烧过了火候的陶泥。

他们从不数钱，看也不看就把它们塞到宽大的、沾满灰尘的紧腿裤的口袋里。在这一动作中没有任何特别引人注目的成分，搬运工这么做只是因为相信人而已。而如果他们被人骗了，他们要难过好长一段时间,倒不是因为损失了工钱,而是因为地球上还存在这样的坏人——骗子。每一次这种事情对他们来说都是意想不到的。

搬运工做着苦役一样的工作,却收入微薄。

有一次,我看见一个老搬运工坐在墙角,用袖子遮住眼睛哭。他面前站着一位和他一样枯瘦的老太太,正在叽叽喳喳地,生气地责备他。

老头儿没有搭理她,继续哭。路过的人耸着肩,不明白发生了什么,一些人停下来,不时伤心地摇着头,看着他。

这时老太太无奈地回头看了看,挥了一下手,不再理他,沿着市场街蹒跚而去。她跌跌撞撞地走着,小声地自言自语。

一个中年搬运工走近老搬运工。他扛了一箱餐具。他小心地把箱子放到地上,轻轻地拍了拍老搬运工的肩膀,后者费劲儿地站起身来,像一匹疲惫不堪的老马。他的双腿颤抖着。中年搬运工把箱子放到老搬运工的驼背上,抽出一张土耳其里拉递给老头儿,当后者背着箱子朝车站方向走去时,他还久久地目送着他离去。

我明白了,中年搬运工直接把自己事先得到的临时工作让给了老搬运工。除我之外,仿佛谁也没有发现这件事,而那位中年搬运工抱歉地笑了一下,然后对我说:

"他的年纪跟我父亲差不多。"

当我和搬运工坐在小酒馆里时,我产生了一个想法,应该把搬运工召集在一起,联合起来,只有这样才能改变他们贫困和无权的地位。

不过怎么样着手,我却不清楚。因此,我决定和经验丰富的工会工作者尼尔克商量一下。

尼尔克笑着,眯缝起眼睛久久地看着我,然后把他优雅的海军大盖帽推到脑后,又重新把帽子拉到鼻梁上,说:

"好主意。特别是在亚热带沿海的条件下。好吧，起锚！一切由我一人负责。您是抒情诗人，也就是所谓游吟诗人，这不关您的事。"

尼尔克想了一下，加了一句仿佛与前面所说的无任何关联的话：

"完全正确。在我们现有的情况下，正是这些人应该是并即将成为无产阶级革命的中坚力量。"

遗憾的是，我无法跟进尼尔克创建搬运工联盟的急风暴雨式的活动。因为疟疾再次向我袭来。尽管如此，我仍与尼尔克一道成功地召开了第一次搬运工大会，而此前在《灯塔报》上刊登了告搬运工书。

这次会议是在港口的一座铁皮仓库里举行的。带棱的铁门敞开着。搬运工们仔细地打扫了仓库，挂上了列宁肖像，一个搬运工——一位腼腆的老人，用编织奇巧的五彩毛线结装饰了这幅肖像。而这种粗毛线的编织品我只在上了年纪的库尔德女人那里见过。

旁边坐着几位老装卸工。当年他们曾是港口呼风唤雨式的人物，如今光彩不再，静静地坐在那里。

尼尔克作了正式发言，不过他的眼睛却分明在笑。

然后是一位最年长的、最受尊重的搬运工人讲话。他不是讲话，他是喊话，用他那干瘦的褐色拳头不知在威吓着谁，然后一下子不说话了，快速走到外面，边走边用破旧的鸭舌帽擦眼泪。

大家都静了下来，不过老人马上返回来，眼睛里露出孩子般的微笑，走近尼尔克，搂住他，将他的头贴到自己的肩上。

搬运工们波动起来，站起身，一阵嗡嗡声穿过由搬运工组成的人群。"他想起了自己的儿子，"搬运工们低声说道，"他曾有个全黑海最漂亮的儿子。"

老人喊了一句什么，抓住了两个最近的搬运工的肩膀，身子摇晃着,开始跳起了慢节奏的笨拙的舞蹈。

随即所有的搬运工都互相搂住肩膀,唱起了歌,也像老人一样跳起了这种慢节奏的舞蹈。我当时觉得,那就是"疲惫的搬运工之舞"。不可能叫别的。外面站着一群人,配合着舞蹈,响起协调一致的慢节奏的掌声,如同响板的声音。

然后一整天搬运工们走起路来都像喝醉了酒一般。

搬运工联盟就这样成立了,不久变成了运输工人联盟。

医生用亚甲基蓝给我治疟疾。每天夜里我昏迷不醒,早晨时一般虚弱得失声,惊恐地等着下午三点,因为每到此时,像精确的怀表一样,我开始感到血液中的痛苦的酸痛——这是寒战临近的症状。

一个库尔德擦鞋匠送了我一味据他说是最有效的医治疟疾的特效药——密封在空核桃壳里的晒干的蜘蛛。但是,就连这一特效药也不管用。

港口的医生告诉我,让我一天都不要耽搁,马上离开巴统去梯弗里斯,据他所说,疟疾在那里应该会立刻消失。

几天后,我把《灯塔报》转交给姆罗佐夫斯基,便和弗拉叶尔曼一同去了梯弗里斯。

在巴统生活的最后三个月里,我除了开办自己的海事报纸《灯塔报》外,还负责印刷出版共和国报纸《巴统劳动报》。

我想在和你们一起离开巴统之前,讲述一下下面这段短暂却充实的生活,这就是,当时著名的马戏团的摔跤手、前俄罗斯法式摔跤冠军——多夫格洛意外地成了我的朋友和老师。

事情是这样的,摔跤手施泰因巴赫(巴伐利亚的冠军)因动作不当

重物搬运工 173

将多夫格洛打翻在地,并摔断了他的胳膊。从那时起,多夫格洛就不能摔跤了,并回到了自己熟悉的老本行——在去马戏团工作前,他做过排字工,后来做过拼版工。

我和他是在印刷《巴统劳动报》的印刷厂见面的。

摔跤手多夫格洛

拼版工多夫格洛似乎是耐心的化身。

他有自己的人生哲学。他的人生哲学可以归结为，人是由诸多弱点构成的，但要宽容地对待它们。总之，他是福音书上"你们中间谁是没有罪的，谁就可以先拿石头打她"这一教条的坚定追随者。

此外，多夫格洛认为，大多数人的行为都很任性。有时这些任性的做法根本无法解释。这种时候，多夫格洛久久地用锥子——拼版工人必备的工具——挠着耳后，把皮肤都挠出血了，困窘地默默无语。

例如，报纸编辑书写社论的手法，对于多夫格洛来说，就属于这种无法解释的任性。编辑写得如此巧妙，以至于可以把任何一段排到任何一个地方：可以把结尾排到中间，把中间排到开头，而开头排到结尾。或者相反。

这种情况下，编辑的思路却没有受到任何损害，而且他字里行间苍白的思想被原封不动地保留下来了。

因此，每一篇社论的拼版在印刷厂里就变成了解一道带有几个未知数的数学题。甚至就连我们的校对员谢苗·阿科波维奇，这位巴统最有文化的人，当他因眼睛近视而贴近、仔细阅读社论的校样时，也陷入了绝望，对我说：

"你们愿意怎么拼就怎么拼吧。我对这篇节肢似的文章不负责任。这种文章会抽枝发芽无限繁衍。用一篇文章就可以编成一百篇新文章。只要机械化地重新摆放句子的位置就可以了。假如，一篇文章中有四十五个句子，就是说，通过重新移动位置，我们可以得到两千多篇文章！"

不过，编辑还是对自己文章中的段落顺序记得很清楚，因此每一次都会连哭带闹地和我们大吵一番。

谢苗·阿科波维奇属于那种哲学家式的校对员。他懂得校对业务的一切规范。闲暇时间里，他自己把这些规范以口号的形式排印出来，把它们张贴到校对间的墙壁上。

主要的口号"喧哗是校对最可怕的敌人！"是用海报用的字母排印出来的，旁边还立着一排四个含有威胁意义的感叹号。

在这则口号下面的墙上，贴着窄窄的一条纸。上面印着：

"不要在工作时间里向校对员提任何无聊、无关的问题。甚至您不与他打招呼，他都不会生气，因为您这样只是在帮他。"

而在谢苗·阿科波维奇的校对间里，贴着两条严厉的警告：

"每一个排字工人都会出现自己的错误"和"没有一个排字工人排字不犯错"。

这最后一句名言引起了一场年轻排字工人的愤怒的风暴。年长的排字工人对此只是笑笑；他们根据经验知道，谢苗·阿科波维奇是正确的。

是的，反抗持续了不到半小时。当由一名优秀的年轻排字工仔细排版的第一张校样被递给谢苗·阿科波维奇时，反抗停止了。谢苗·阿科波维奇没有任何幸灾乐祸的意思，而是相反，甚至带有几分遗憾地在排好的版中找到三个严重的错误。

谢苗·阿科波维奇针对"一切作家和文学家"的标语给我们文学工作者留下了最深刻的印象，这标语是绝对毫无争议的，却也是意想不到的：

"要写得清楚，并尽可能地短。不要忘记，校对员在读完哪怕是一部篇幅不长、只有十个印张的书稿时，他们的眼睛在纸上的旅行长度也要超过一公里。"

这一标语让我们写文章的人不寒而栗。我们大家都尽量写得清楚而简短，却并不一定能做到这一点。至于说到我，我还是没能学会写得清清楚楚。不过，总归是开始写得比以前简短得多了。

拼版完后，我们与谢苗·阿科波维奇和多夫格洛在堆满了校样的桌子上喝茶。谢苗·阿科波维奇从自己破旧的大衣口袋里掏出来发亮的、嘎巴脆的、撒着罂粟籽的面包圈。我们可以谈谈文学和政治，谈谈校对和各种详解词典。这时，谢苗·阿科波维奇和我无休止地争论关于几个单词的书写问题。就算是参加世界大会的所有语言学家也争论不过他。

谢苗·阿科波维奇的一个古怪行为是，与所有的校对员相反，他不承认达里[1]的权威性。他认为，达里擅自随意地对待俄语，过分重视地方方言，有时对单词做出并非完全正确的解释。

"不过，"谢苗·阿科波维奇说道，"我原谅他的一切，就为了他曾经

---

[1] 弗·伊·达里（1801—1872），俄国作家、词典学家、民族学家，《大俄罗斯民间口语详解词典》的编纂者，普希金的朋友。

彻夜守在临终前的普希金的床边。"

当我说，我把达里词典当成一部长篇小说以及民间诗歌和民间俏皮话的古代文献来阅读，当成形象的俄罗斯生活的百科全书来阅读时，谢苗·阿科波维奇宽容地微笑着，并高高地耸起瘦骨嶙峋的双肩。

在这一章的开始我写道，多夫格洛是心地善良的化身。但是滥用他的善意却要冒很大的风险，而有时简直就是危及性命。不久我就确信了这一点。

多夫格洛有自己的活字盘。他通常对广告或者轮船航班的时间表进行排版，因此，在他的活字盘里，除了奇异复杂的铅字外，还有一些不大的绘画印版。多夫格洛常在两种情况下把绘画印版插入广告里：一是客户要求这样做，或者，他自己喜欢这则广告。

在轮船航班时间表的前面，多夫格洛装上一个磨损过半的旧绘画印版。上面印着一艘带有桅杆和许多索具的、陈旧的明轮船。

实行新经济政策期间，更准确地说——在新经济政策初期，在巴统开办了一些民间美容院和生产紧身束腰胸衣、束胸和帽子的个体作坊。

多夫格洛通常会愉快地用锥子不时挠挠耳后，把头发蓬松、卖弄风情的女人头像的绘画印版排进这样的广告中。每逢此时，排字工都会彼此使着眼色，不过都小心翼翼地，以免被多夫格洛发现。

谢苗·阿科波维奇神秘地给我讲过，多夫格洛的妻子曾是某个波兰伯爵夫人或公爵夫人，不知是姓波托茨卡娅，还是姓科马罗夫斯卡娅，现在从事缝制胸衣的工作。排字工们便以此解释为什么多夫格洛如此爱好用那种插饰画来装点向女人们献殷勤的广告。

根据谢苗·阿科波维奇的讲述，多夫格洛的妻子是一个任性、漂亮、有些过了气的"有尊严的"女士。她像支使一个学徒一样任意支使丈夫。

多夫格洛在她面前十分腼腆，语无伦次，变得像兔子一样温顺。

通常，多夫格洛只有在被激怒到极点的情况下，才会一改自己的温顺脾气。那时他变得像一头狂怒的水牛一样可怕。

坐在多夫格洛的对面、活字盘的后面的，是一位年轻的排字工尼科，他喜欢开玩笑、蒙骗人、捉弄人，但工作却不怎么样。有过这样几次情况，多夫格洛生气地逼着尼科全部重新排版。尼科很生气，并暗地里想办法进行报复。

尼科终于灵机一动，他想出了——他冲动之下竟以为是——很机智、巧妙的报复方法。他借口有事，下班后没有立刻离开印刷厂，等大家都走了，他把多夫格洛活字盘的所有格孔里撒满了面包渣儿和放硬了的奶酪渣儿。

印刷厂有很多老鼠，比远洋货轮船舱里的老鼠还多。

老鼠即使白天也会在脚下乱窜。多夫格洛几乎是绝无失手地用空铅[1]一下子打死老鼠。

正如尼科所料：成群的老鼠吱吱叫着、咬着架扑向多夫格洛的活字盘，贪婪地吞食着面包和奶酪，同时把格子上所有的字母都踩松动了，并搞乱了所有的字母。要把活字盘整理好，恢复原位，需要花费很多时间。

第二天，我因办事顺路走进印刷厂，于是在我面前上演了接下来的事件。

多夫格洛久久地，极为平静地看着自己被损坏的、乱作一团的活字盘，没有说话。尼科和年轻的排字工们互相使着眼色，十分开心。他感

---

[1] 排版时用来填空的空铅。

觉自己很安全。老鼠没有留下一点儿面包屑和奶酪,拼版工人那里没有任何证据。多夫格洛当然猜不出,哪个排字工会搞出这桩老鼠故事。

不过,多夫格洛越沉默不语,时而挠挠耳后,尼科就越发地忐忑不安。

突然,多夫格洛伸出自己像大猩猩一样长长的大手,抓住尼科,极其平静地用伸出的双手把他举到敞开着的窗前。印刷厂位于二楼。窗户朝向院子。

尼科吓得说不出话来。他甚至都没有试图挣脱。他悬在多夫格洛的两手之间,像一只死猫崽。

印刷厂里一片死寂。

多夫格洛小心翼翼地把攥住尼科的双手伸出窗外,松开手指,尼科大叫一声,从二楼摔到窗下的一堆沙子上。这些沙子是备下防火用的。

多夫格洛擦了擦手,回到自己的活字盘近前,说:

"我警告!所有的人!下一次只要我敲打谁——他就彻底完蛋!"

有一个排字工嘿嘿笑了一声。多夫格洛朝他转过身去,并放下双手,攥成拳头,缓慢地向快活的排字工走去。

后者闪身跳开,冲向门口。所有的排字工人紧随着他,互相推挤着扑向门口。他们咚咚地从楼梯滚到院子里,边回头看,边向大门口跑去。整个印刷厂的人都惊慌起来。

尼科接下来的三天假装着一瘸一拐地走路。他脸色苍白,小心谨慎。多夫格洛以常有的温厚把胸部戴有钻石、卖弄风情的女人头像排到关于丰胸新方法的广告中去。由钻石向四周散开纤细的直线,根据多夫格洛的见解,它们标示的是钻石的光芒。

对茶炊烟味的思念

巴统对我来说只是一个"中转站"。我不准备定居在巴统。在这座城市里,我没有任何牢靠的根基。

我越来越思念莫斯科,思念森林里微微潮湿的叶子的喧哗声,思念透明见底的一条条小河,这些小河在流经这些森林时,常常会在泥潭上方停下脚步,反复思考着什么。在那里,成群的小鱼游来游去,水面上漂浮着黄色的睡莲,在水面上能看到祥和的白云以及树梢翻转朝下的松树的倒影。

我常常想象着,火车在去莫斯科的途中,一定会停在森林里某个人烟稀少的会让站,我跳下车来,在路基的细碎砂砾上,紧挨着铁轨,我看到一棵车前草毛茸茸的花序梗,上面盛开着淡紫色穗状花序的小花。它在高高的炎热的铁轨保护下,像在温室里一般。

森林的后面升腾起白色的云,云的四周翻卷着银灰色的云絮。从云那里传来了缓慢的轰隆声。

我搞不懂这究竟是什么声音，是远方森林某处货运列车的奔跑声，抑或是还没有壮大起来的大地的闷雷在试验自己的声音。

当我想象着这些简单而朴素的画面时，就会被一种窒息的感觉所笼罩。我恨不得能为了拥有一个北方夏日而奉献出所有此地拍岸海浪那渐渐消融的泡沫，远方碧蓝色的画面，以及小亚细亚一切浓粉色的神秘烟雾。那里曾屹立着拍加马城[1]，女王的塑像是雕塑家们用温暖的石头雕刻而成的，石头仿佛印上了海边的晒痕。

时隔近四十年，我看见了最完美的、温柔的、以其惊世骇俗的妩媚刺痛人心的奈费尔提蒂[2]王后的雕塑头像。当时我很难抑制要立刻写一篇热情洋溢的文章来赞美它的冲动。

不过，那时我喜欢科斯特罗马城郊某处的磨坊堤坝，那里腐朽的木板淌出的水流喧嚣声，胜过拍岸浪的絮语，那些水流出来，又迸溅到高高的蕨菜上。

离北方、离故土越远，对它们的思念就变得越发痛苦和绝望。因为我的钱勉强够用，正所谓"维持生活"，我需要耐心地积攒去莫斯科的车票钱。而在那个时候这是很大的一笔钱。

忧虑和刺痛的思念越来越强烈，忽然间我明白了，之所以会这样，是因为，我甚至没有人可以一起谈谈北方，没有人可以一起回忆它。

我身边全是南方人。我在巴统的所有熟人都是南方人。除了弗拉叶尔曼，谁也没在敖德萨以北生活过。和他们讲述朴实的、我心爱的俄罗斯北部风光是徒劳无益的。他们不了解它，只能根据列维坦、涅斯捷罗

---

1 拍加马城，小亚细亚古城。
2 奈费尔提蒂，公元前15世纪末至14世纪初的埃及女王，阿蒙霍特普四世的妻子。

夫、奥斯特罗乌霍夫[1]或者茹科夫斯基[2]的那些色泽暗淡的石印画来对其进行想象，通常这些石印画被尘封在文具店一本本厚重的旧明信画片册里。

当时我和弗拉叶尔曼无休无止且常常是持续通宵的话题发生了变化。我们已经很少谈到诗歌，很多时候谈到的是俄罗斯的大自然。我谈的是我童年的记忆——布良斯克森林，而弗拉叶尔曼谈的是白俄罗斯的森林。

我从恰奇科夫那儿借来了一本亚济科夫[3]的诗歌小册子。泛黄的薄薄书页散发着霉味和木兰香味，有人，显然是老人，用尖尖的指甲划出了自己喜爱的诗节。当时我对亚济科夫还没有概念，在刚一接触时的那种兴奋中，他给我的震撼并不亚于我读普希金时的感受。

我从《三山村》一诗中摘录了它对酷暑的描写，并将其背诵下来。

> 那时，失去了光线的太阳
> 在热浪的深渊中渐渐发红，
> 暑气弥漫在污浊的空气中；
> 水懒洋洋地流淌；水面上
> 垂落下疲惫无力的枝蔓
> 静静的倒影，无精打采；
> 收获的田野上，干草垛之间，

1　伊·谢·奥斯特罗乌霍夫（1858—1929），俄苏画家。
2　斯·尤·茹科夫斯基（1873—1944），俄苏画家，风景画家和室内设计师。1923年移居波兰。
3　尼·米·亚济科夫（1803—1846），俄国抒情诗人。

慵懒又漫不经心地袭来。
拴着绊腿绳的马慢慢地徜徉，
连狗也懒散地躺着；山丘村落
一片静默；花园里窒息闷热，
连枝头的鸟儿也不再歌唱……
去那儿，去那儿，我的朋友！
去那绿色的岸边，缓缓的山坡，
在那里，冰冷的索罗季河
淌着邀人歇息的好客的水流；
在浓荫密布的灌木丛下，
它在凹陷的河床内蜿蜒流过，
河上的水面寂静无波，
河底洒满银白色的细沙。
丢开衣服！向你的额前
伸出来你勇敢的双手
扑通一声！——水花四溅，
有如一场钻石雨，晶莹剔透。
激起多么有力的波涛！
多么凉爽，多么清新！
那伊阿得斯将我拥抱，
多么性感，多么温存！
呼吸更自由，目光更明亮，
在冰冷的爱抚中我复活了，
于是我精神振奋，充满快乐，

在芳草的丝绒毯上四处翱翔。

多年之后，我于七月的酷暑中来到了三山村，亲身体验到，这些诗句中所描写的一切是那样异常准确，带给人莫大的享受。

我把这些诗句读给弗拉叶尔曼听，他也和我一起对这些诗句赞叹不已。也许就在那时，在巴统的那些秋日里，在连绵的阴雨敲打坚硬的棕榈树叶的声音中，我产生了到森林里、到乡间的屋子里生活的想法，在那里，榆树的枝蔓探进窗口，暮色中的庭院散发着茶炊冒出的烟味。

这样的生活后来在梅晓拉边疆区实现了，那里成了我的第二故乡。

在这一乡愁的驱使下，我和弗拉叶尔曼决定移居梯弗里斯。我们似乎感觉，从那里回莫斯科更容易一些。索尼娅·弗拉叶尔曼先行一步去梯弗里斯安顿。

新年之夜

我焦急地盼望着离开。我坚信,到了梯弗里斯,由于气候的变化,我的疟疾就一定会好起来。

但在离开之前却发生了几件尽管不很重大,却独具特色的事件。

这些事件中值得一说的,大概只有迎接一九二三年新年时那个像笑话一样的事件。

笑话的出现总是神秘而突然的,因此让人们感到惊奇。笑话的作者都是不为人知的。作者当然是有的,但谁也没见过他们本人,也没听过他们说话,也不了解他们。他们如同著名的基热中尉[1]一样有名无"形"。

生活中任何场合的笑话都是自然而然产生的。

---

[1] 基热中尉,俄国作家尤·尼·特尼扬诺夫的同名小说(1927)中的人物,基热中尉是一个并不存在,但因抄写员失误而出现在名册中的人物,甚至被大家所承认并不断被委派指令。

不过，除了笑话，还有所谓笑话事件，换句话说，就是令人难以置信的、可笑的而又荒唐的事件。这样的笑话事件——既令人难以置信而又荒唐的事件——就是在巴统迎接一九二三年新年。

当时，如果没有通行证，人们只有在午夜十二点之前才被允许在巴统的大街上通行。我们总是深夜从《巴统劳动报》印刷厂返回住所，而且几乎每一次我们都会被以前所谓"人民军"（孟什维克的）的格鲁吉亚士兵巡逻队拦下来。

大多数这些士兵，除了"证件"和"城防司令"两个单词外，只会说格鲁吉亚语。我们花很多时间给这些脾气暴躁、工作勤奋的小伙子解释。不过只有多夫格洛故作的镇静能解救我们。

当时巴统的城防司令是一位帅气的、过分殷勤的上校，是那同一支孟什维克军队留给我们的临时遗产。

我不记得这位上校姓什么。为方便叙述，我们将以化名库尔季亚来称呼他。

上校有副洪亮的嗓音。在孟什维克当权期间，当土耳其人开始进攻外高加索，且兵临巴统"城墙"时，巴统正是凭着上校这副嗓音的力量来抵御土耳其人的进攻的。

库尔季亚指挥了巴统防御战。他瞧不起电话及其他军事通信设备，或许是回忆起了中世纪骑士时代，他从巴统消防瞭望塔上指挥军队。他与自己司令部全体优秀战斗人员以及紧身装束的副官们，站在塔楼上，用望远镜沿街看去，想竭力看清敌人。

不停地有勤务兵骑着大汗淋漓、打着响鼻的战马疾驰到塔楼下。他们勒住不停踏步的战马，扬起脑袋，把双手贴近嘴边做成喇叭状，朝库尔季亚大声地报告着最新战况。

库尔季亚不让人久等，总是雷厉风行地大声回复给勤务兵最新命令。

巴统人听惯了疯狂的嘚嘚的马蹄声。这种嘚嘚声传来得越频繁，城郊的步枪射击声传来得越稀疏，巴统的居民就越清楚，战事越发恶化了。

库尔季亚从瞭望塔上指挥的独特方法未能拯救城市。库尔季亚迅速撤离瞭望塔和巴统城，撤退到土耳其人的火线之外。

然而就是这位库尔季亚在一九二三年过新年的前夕，在全城张贴告示说，值此新年之际，巴统的大街小巷可以整夜自由通行。我们大家尽管久经沙场，但仍傻得愿意轻信他人，我们相信了这则告示，并为此付出了惨重的代价。

我和弗拉叶尔曼在姆罗佐夫斯基家过的新年。夜里三点我们和主人告别回家。在离楼门几步远的地方，我们被巡逻队拦下，并听到早已熟悉的单词："证件！"

我们争辩起来，但士兵们紧紧架着我们的胳膊，把我们扭送到城防司令办公室宽敞的院子里。

院子里挤满了人，大家都无比开心，唱歌，弹吉他，跳着列兹金民间舞蹈，还有接吻的酒鬼。他们都是像我们一样被巡逻队抓到这里的。

谁也不明白，为什么我们被拘留。不过，在新年之夜我们甚至都不愿意去想它。人们纵情欢乐。只有神情阴郁、面带不满的护卫队士兵与高声大笑的被捕者形成惊人的对照。

后来我们被分成五十人一组（这时我和弗拉叶尔曼被分开了），被护卫队簇拥着送到了监狱。

我们一边走，一边开始有些为自己的命运担心。我们看见，在楼房灯火通明的窗户里，一些不像我们如此贸然走出家门的幸运儿，带着漂亮的女人跳着华尔兹旋转，看见，彩纸条和彩纸屑在翩翩飞舞。我们边走边听到，由于不堪节日重负，走调了的钢琴叮叮当当作响，清脆的酒杯撞击声（一贯如此），醉得最厉害的客人扯着失了声的嗓子唱着祝酒歌："姆拉瓦尔，扎米耶尔[1]！"

我们被带到了一所空荡荡的、回音很大的水泥监狱里。所有的走廊和囚室里没有一条凳子。没地方可坐。双腿因此开始酸痛起来。

回声增强了枪托的撞击声，刺耳的口令声和犯人肆无忌惮的歌声。

但是，快乐心情很快就平息下来。只有醉得最厉害的人还在试图搞明白情况，要给自己一个解释。大部分人已经想到，我们陷入了某个莫名其妙却令人不快的事件中。

黎明时分，一位意大利领事及其妻子被带到了监狱里来。领事抹了发蜡的脑袋反射着整个监狱走廊里唯一一盏灯的讨厌的灯光。晚礼服特别衬出了意大利人洁白的胸衣，以及南方人特有的、刚刚刮过的面颊的瓦灰色。

领事的妻子——一位高个子漂亮女人——高傲地走进监狱，犹如走上断头台一样。黑色的裘皮大衣松松地搭在她大理石般白皙的肩膀上，露出长长的、优雅的双臂和柔和凸起的胸部。

不过，领事夫人的玛丽·安托瓦内特[2]的角色没有扮演太久。突然，她靠在冰冷的墙壁上，失声痛哭。领事抓住她的双手，以悲痛的声音用法语喊道：

"闭嘴，朱丽叶！马上闭嘴！"

他装腔作势地把女人搂到自己的胸前，如同搂住真正的朱丽叶[3]一般，

1　格鲁吉亚语，"长寿歌"之意。
2　玛丽·安托瓦内特（1755—1793），法国国王路易十六的妻子。法国大革命期间被送上断头台。
3　这里指的是莎士比亚的戏剧《罗密欧与朱丽叶》中的女主角朱丽叶。

并用愤怒的目光扫视着我们大家。

朱丽叶的身上散发着香奈儿的幽香。不过当然,这一极其优雅、令人销魂的气味难以取代前线士兵呛嗓子的马合烟味。于是,朱丽叶哭得更加厉害。

不久,监狱里传开了一个消息,说是和我们一起坐牢的还有当时很受欢迎的轻歌剧《伊万诺夫·帕维尔》的作者。我忘了他姓什么。我见过他,尽管没敢和他搭讪。他是一个谦虚的、少言寡语的人,个子不高。

他一言不发,微笑着,而整个监狱里的人,仿佛因他的存在而异常激动,每间囚房都在唱着《伊万诺夫·帕维尔》的片段:

啊,子——午——线!
子——午——线!
把我们的国家分成几部分,
是的,我们的国家,先生们!

关于字母"雅季"[1]的几段唱的效果特别成功:

谁不知道字母"雅季",
字母"雅季",字母"雅季"?
该怎么写它,在哪里,
是啊!

---

1 雅季,指古俄语字母的ѣ名称"ять"。

不过，这种演唱也没有持续很久。不久，整个监狱就醉醺醺地昏睡过去了。

在被逮捕的人中间，我看见了多夫格洛和他妻子。他和我亲吻后，把我介绍给自己的妻子万达——一位体态丰腴、面容憔悴、神情傲慢的金发女人。她说话带有波兰口音，称丈夫为耶日，尽管他的名字是最普通的俄罗斯民间常用的名字——叶戈尔。

她透过半垂的眼帘看看我，像在舞台上演出似的，对丈夫清楚地大声说道：

"我很高兴，你终于有了一个相当体面的同事。"

多夫格洛缩成一团，脸涨得通红。而神态自若的万达同样威严地对我大声说道：

"我们在这儿不会被枪毙吧？希望不会。这简直是蛮横无理。您怎么想？"

我避而不答。万达于是抱怨，说她喝了很多格鲁吉亚的恰恰烧酒。她闷热难耐，说束胸令她窒息，尽管这束胸缝制得很理想，按最新巴黎款式缝制的。之后，她将手伸进连衣裙里，麻利地从后背解开了束胸，将其取出，把发型都弄得有点乱了。

这时，她叫了一声"哎哟"，整理好连衣裙里垂下来的、隆起但略显松弛的乳房——并挑逗性地直视我的眼睛。

是的，这是一位相当怪异的伯爵夫人！多夫格洛坐在那里，大汗淋漓，头发蓬乱。难怪排字工们称万达是"老鸨"。

我逃开了万达，并企图藏身到一间混凝土的囚室里。但我的躲藏却未能得逞：在囚室里我看见了女诗人弗洛拉及其同伴——一位朴素的浅色头发的年轻人。这位小伙子我不认识。

新年之夜　　191

弗洛拉的伤心不亚于那位意大利女人，但她没有痛哭，而是静静地流泪，用一条极小的、装饰性的花边手帕擤着鼻涕。

后来她坐在年轻人的大衣上，立刻睡着了，她的面孔变得无助而委屈。于是我想起了她最近作的一首平淡的小诗：

> 在荒无人迹的阿扎尔的密林深处
> 我独自徘徊，脑海中萦绕着你的面容，
> 童僧，我的兄弟，我满怀柔情的英雄，
> 我的少年，你的眼睛透出王者的气度！
> 我勇敢地走向你，只身一人，
> 触摸云端，伴随着瀑布的轰鸣，
> 连令人望而却步的高山野岭
> 在我看来也无非是梦的延伸……

当弗洛拉头靠在朴素的青年人的肩头睡着了之后，监狱里又被带来了七个英国水手。

他们精神抖擞地走进来，摆动着宽腿的喇叭裤，发出噼噼啪啪的响声，并叽里呱啦地向大家一通问候。身材最瘦高的那位水手立刻沿着走廊中轴线躺在了地面上。其余所有的六个人将头枕到他的身上，像枕着枕头，用无檐帽遮住脸，立刻睡着了。

只有一个水手在睡梦中一直努力想吹走挂在他头顶上方的电灯泡。电灯泡嗡嗡作响，快要熄灭了，如同所有即将熄灭的灯泡都会嗡嗡响那样，而水手显然把它当作了一只令人生厌的大苍蝇。

所有这一切都很有趣，不过早晨我们醒来时，却无精打采，饥肠辘辘，个个都凶巴巴的。意大利领事及其妻子消失不见了。多夫格洛讲述说，夜里库尔季亚（"他真该死，坏蛋！"）来过监狱并放走了领事，英国水手，还有几个人。

"放了所有有钱的人和穿戴得体的人，"多夫格洛补充道，"徇私舞弊。顺便说一句，那位虚弱的女诗人也被他放走了。他收了贿赂。"

万达醒了，她用鹦鹉般嘶哑的声音说，如果我们连立刻让无助的女人获得自由都办不到，那我们就不算男人，而是无用的旧床垫。

总之，我们在监狱里，没东西吃，也几乎没水喝，挨过了傍晚和接下来的一整夜。每隔三四个小时，肥胖的库尔季亚就会来监狱巡房，他走路时马刺叮当作响。他一会儿叫出这个犯人，一会儿叫出另一个犯人，这些犯人多半是投机型的东方人，他低声和犯人说着什么，然后犯人就消失了。

白天，他放走了万达，而且完全不收钱，但却把多夫格洛留下来。我试图同库尔季亚谈一谈，但他甚至连看都没看我一眼就走过去了，马鞭碰在漆皮的靴筒上发出啪啪的响声。

我们眼看着他大肆受贿，无耻而公开地犯罪，勒索居民，这一切都好像是发生在小亚细亚土耳其的某个未开化的省份。

库尔季亚泰然自若的厚颜无耻令我震惊。现在已经全清楚了，库尔季亚故意张贴关于一整夜自由通行的挑衅性布告，以便抓捕更多的受害者，靠释放他们捞取贿赂。

我到底还是在他的一次巡房中将其拦下，对他说，我是俄联邦公民，并要求立刻将巴统的俄联邦领事叫到监狱来。

库尔季亚毫不掩饰他的鄙视，看了我一眼。

"您谁啊？"他问道，"啊？或许，直接给您把加里宁本人从莫斯科叫来？等一等吧！"

他用格鲁吉亚语和副官说了几句，哈哈大笑了几声走了。

我愤怒已极。我看见，库尔季亚乘着豪华的、由两匹黑色走马驾辕的四座马车离开了监狱。我快速来到监狱办公室。那里的墙上挂着一部电话，电话附近坐着一个酷似擦鞋匠的黑瘦的哨兵，他正在唱着凄凉的小调。

我猛地摘下话筒。哨兵企图站起来，不过我当胸推了他一把。他跌坐回维也纳椅上——松松垮垮的座椅嘎吱吱一阵响，破裂开，散了架。哨兵被卡在了椅子中间。

我请求给我连线俄罗斯领事伦茨。我当然应该给阿扎尔革命委员会打电话，不过我认为，"领事"的庄严尊号应该会给库尔季亚留下深刻的印象。

由于我不得不一直抓住哨兵的胸口，不让他从散了架的椅子里脱身，再加上我义愤填膺，我气喘吁吁地给伦茨讲述了监狱里发生的事情。

"一小时后我过来，"伦茨说，"除了您，监狱里还有俄联邦公民吗？"

"有。"

我放下话筒。哨兵摆脱了椅子，抓起话筒，呼叫库尔季亚的副官，并急急忙忙控告似的喊叫起来。然后向我扬起枪托，不过打我他可不敢。我走了出去。

但我还是没能见到伦茨。十五分钟后，库尔季亚带着自己的随从来到我的囚室（顺便说一句，囚室是不上锁的）。

他笑逐颜开，搞得马刺叮当作响，低下头对我说：

"令人悲伤的误会，亲爱的！我不知道您是《巴统劳动报》的编辑。您身体都好吧？"

"这与您无关！"我回答道，"为什么要逮捕包括我在内的这些人？为什么要在监狱里扣押我们两天？为什么您放了一部分被捕的人？他们有什么功劳吗？"

"你为什么要生气呢，亲爱的?"库尔季亚马上改称"你"，讨好地说，"你让我伤心！唉，这样不好！唉，我好难过！坐上我的马车吧。它完全听你的吩咐。回家吧，再见！纯属误会，你明白的。误会！请回吧。我恳求你。"

我同意了，并带走了多夫格洛。库尔季亚没有反对。

监狱的院子里，城防司令的四座马车如黑钻石一般闪闪发光，当我走下台阶时，库尔季亚的副官恭敬地扶着我的胳膊。

当我和多夫格洛坐车离开时，库尔季亚及其随从笑容满面地向我们挥手致意，仿佛在欢送贵宾。

我当然渴望报复，不过这一愿望却转变成了十足孩子气的行为：我决定尽可能久地留用城防司令的四座马车，并命令马车夫带我们去巴尔茨哈纳的西尼亚夫斯基家。

在那里我们喝了酒，并把马车夫灌得酩酊大醉。酒后，他在公路上与巴统的马车夫们伴随着尖叫声和口哨声赛起马车来，刮到了一辆装载葡萄酒筒的四轮马车，撞坏了四座马车的车轮，他爬下车来，把马拴到了一棵悬铃木的树干上，绝望地挥了一下手，便脚步沉重地朝着与巴统相反的恰克瓦方向走去。我们没有叫他停下。我们也下了车，回家了。

此后的第三天，库尔季亚被逮捕并被移交法庭。

最后一抹斜阳

最后一抹斜阳洒在大地上，大地看上去与阳光直射下的完全不同。

所有的一切都变得更加突出而有分量。色彩变得更加浓烈，使风景的近景显得离我们越发地近，但与此同时又拉长了远景，将其带入了无尽的晶莹剔透之中。随着太阳缓缓退出天际，这些景象也渐渐暗淡下来。

黄昏降临时的美就在于，它给色彩赋予了浓郁的气息，给空间赋予了非凡的轻盈。

这最后一抹斜阳的感染力最初是被画家们发现的，特别是克劳德·洛兰[1]、马奈[2]、特纳[3]，我们的列维坦以及其他许多画家。追随着他们的目光，我们看见的正是他们所看见的风景。

---

1 克劳德·洛兰（1600—1682），法国画家和版画家，古典派代表画家。
2 爱德华·马奈（1832—1883），法国画家，印象派先驱者。
3 威廉·特纳（1775—1851），英国画家和版画家，浪漫派代表画家。

现在我又一次忽然发现,我脑子里常常有一个搞得自己心绪不宁的念头。当我破坏了相对比较冷静的散文的节奏,投入自己所热衷的声音与色彩的领域时,我常会在某些情况下失去分寸感。

想把自己对世界的认识传达给他人的愿望过于强烈,所以需要适可而止,但面对这种强烈的愿望,所谓"适可而止"却退避三舍了。

此刻我谈起了日落,但实际上这时候我是应当写一下从巴统出发时向这座非同寻常而风景如画的城市投下的最后一瞥。

我早已发现(尽管这很主观),当我们同大地上的某一个角落告别时,它会以最美好而明艳的容颜呈现于我们面前:正如最后一缕霞光照耀下的风景。

当时的巴统就是如此。我和弗拉叶尔曼定好了出发的日子。

人总是这样,在即将长久地或许是永远地分别时,巴统的一切都显得很亲切——哪怕是一场雨和油轮的油烟。

天气阴沉的暖冬降临到了港口。轮船的舷窗从内部被照亮,仿佛所有船舱里的枞树都亮起了灯光。风暴之后的大海平静下来,睡眼惺忪地唱着歌,若有所思地翻动着鹅卵石。水的颜色是浅灰色的,却出奇地温暖、清澈。

南方过分夸张的色彩及大海略显花哨的颜色都消退了,使这里平添了几分沉稳。

色彩中出现了夏日里从未有过的全新搭配。

有一次,我看见一艘锈成红色的高大货轮缓慢驶进港口。海面上涌起海浪,浪花拥吻着船舷,立刻就融化了。

落日闪着忧郁而低沉的光。白色的浪花、棕红色的船舷和夕阳红色的火焰汇合于货轮上层建筑的玻璃窗上,我似乎感到这是我在大地上见过的最美的一道风景。

太阳落山了。蒙着一层淡紫色薄膜的夜晚带来了幽静。只有在远离港口的某个地方，隐约可闻的萨赞达利乐队的演唱为这幽静平添了几分韵味。

当最后一抹斜阳洒向巴统，每逢此时，城市仿佛变成被抛在昏暗山脚下的一大堆杂乱的、冒着青烟的锈钢铁。

我从未在巴统的日落时分见过那种著名的"绿色斜阳"，只听过关于它的许多故事。顺便说一句，库普林就曾描写过它。

最后那段时间，我常去泽廖内角和恰克瓦。在泽廖内角的灌木丛中，植被丰富得简直吓人，似乎让人感觉，这日积月累的落叶最终会挡住装有玩具般敞篷车厢的近郊列车。

最后一夜大家都聚在巴尔茨哈纳的西尼亚夫斯基家里。来人有弗拉叶尔曼、恰奇科夫、姆罗佐夫斯基、多夫格洛、校对员谢苗·阿科波维奇、尼尔克。

吕西安娜煎了比目鱼馅饼。恰奇科夫带来了吉他。

我们在吉他的伴奏下唱了很多首歌，大部分都是忧郁的歌曲，不过它们并没有引起我们的忧伤。显然，之所以如此，是因为巴统对于我们大家（除姆罗佐夫斯基）来说，只是我们所面对的巨大生命之路上的一个"驿站"。它召唤我们前行，预示着意外的惊喜，尽管这惊喜十分渺茫，但它的诱惑力却毋庸置疑——全新的工作，全新的相会，全新的不幸与成功。

人很奇怪：尽管生活很有趣，我们却渴望未来，无休无止地谈论着它。我们活在未来。在今天和过去当中我们只是在寻找这些未来时代必然到来的证据。它们一定会到来。我们对此坚信不疑，尽管有时残酷的障碍延迟了它们的到来。

翌日清晨，在泽廖内角附近铁路的弧形转弯处，车厢的窗外闪耀着一望无际的黑海，我心跳加速：我要和大海长久地分别了，也许是永远。

不过我在车窗边抒情和忧伤的思绪被意外的愤怒喊声打断了：

"喂，出示车票！"

我赶紧转过身来。我身后站着一位长着鹰钩鼻子、黑头发的人，带着一幅落魄者的沮丧神情。他身穿一条落满了灰尘的、镶有橙色滚边的黑色马裤，脚蹬一双磨坏了的平底皮鞋，里面穿着雪青色的袜子。为了不使袜子脱落，这个奇怪的人在双腿的膝盖下面系着鲜红色的吊袜带。

这个人的身后站着两位身背步枪、面带讥笑的士兵，他们也穿着同样的雪青色袜子、平底皮鞋，系着同样的吊袜带。

我惊呆了，没有说话。这时，这个沮丧的人重又愤怒地喊道，但这一次面孔已经急得通红：

"喂，出示车票！"

这时我意识到，这是一位普通的检票员。当我发现武装的青年身边站着几位羞愧难当的无票乘客时，我彻底明白了这一点。他们饶有兴趣且同情地看着我，如同看着一位难兄难弟。

我递上车票。检票员带着感到无趣的神情看了一眼车票，用钳子在上面打了孔，并突然像老鹰一般扑向我的邻座——一位带着一篮子鸡蛋的老人：

"喂，出示车票！"

老人亲切地微笑了一下，不过没有出示车票。他没有拿车票，而是默默地站到无票人群里去。

背着步枪的青年人微微笑着，像赶羊群一样赶着无票乘客，朝下一节车厢走去。检票员也朝那里走去。

"他们总是这样喊叫着,"一位头戴黑色"克克"圆帽[1]、脑后罩着薄纱的格鲁吉亚老太太痛苦地向我们抱怨道,"不等你坐到泽斯塔福尼,你的耳朵简直就会在这条铁路上被震聋了。哎呀,糟糕!哎呀,糟糕!"

"他们就能吓唬人,"快活的水手解释道,"干吗要这样——真不明白。就好像他们一喊,票就会自动出来一样。"

"什么样的事儿都有,"一位戴着眼镜的希腊老人说道,"坏人只要一喊,地球甚至都会停下来,卡措!"

很快我就习惯了外高加索铁路上惊人的风俗。不过,第一次遇到时,我和弗拉叶尔曼都笑出了眼泪。

---

1 格鲁吉亚的一种小圆帽。

冬天的迹象

我有两年没见过冰和雪了。更确切地说，是我没有注意到它们。的确，敖德萨冬天的马路上偶尔会有覆冰，但冬天却如此地灰暗，没有光泽，甚至让人没兴趣往四处看。因此我不记得敖德萨的冰和雪。

而在梯弗里斯，我和弗拉叶尔曼直接从车站就走进了五彩缤纷的阳光，走进了阳光在房屋窗户上的反光，走进了覆盖着一层薄冰的小水洼的闪光，走进了我还未曾见过的空气。空气全部倾泻而出，光芒四射，熄灭了，然后重又闪烁，仿佛燃烧了起来，这时的空气就像是由千百万冰的鳞片所组成。

这种阳光与空气那冰冷的光泽给我留下了对梯弗里斯的第一印象：这是一座神秘而迷人的城市，它就宛似东方的佛罗伦萨。

我想象的梯弗里斯没有它实际显现出来的那么有意思。

我不知道，梯弗里斯竟还有冬天，尽管它不很寒冷。

更确切些说，是有冬天的迹象。它像极了我们晴和、凉爽的九月。

浓荫蔽日的庭前小花园里冰的味道，和被太阳晒热了的人行道上融化的水洼的味道，都属于这种相当明显然而却十分短暂的冬天的征兆。

此外，时而这里，时而那里，有烧壁炉和火盆发出的淡淡的炭火和煤烟味，从房子里传到街道上来。

在火车站前的广场上我们停住脚步，山城街区的景象让我们惊叹不已。晨光已带着它清新的气息静静铺展在街区之上。

不知为什么我想到，在这样一座城市里极有可能，也许是不可避免地会发生各种有趣的故事。

这种感觉在某种程度上神奇而令人愉悦。由此，心底隐藏的激动情绪时而涌动、时而平息。

我已经了解了很多俄罗斯的地方和城市。一些这样的城市旋即就能以自己独特的风格俘获人心。但我还从未见过像梯弗里斯这样混乱无序、五光十色，既轻盈又雄伟的城市。

在我和弗拉叶尔曼站在站前广场的几分钟里，我已下定决心，梯弗里斯的生活我不能白白度过，这座城市不可能不影响我的命运。当然，我立刻嘲笑了我自己的这些想法，但它们却挥之不去。它们隐藏于我意识的深处，并常常提醒我注意它们的存在。

我深信，在这座城市里，我身上一定会发生某种亲切而意想不到的事件，这一信念在我来梯弗里斯之后不久便实现了。

当我和弗拉叶尔曼游览城市，交流着让人颇感兴奋的印象时，一位脚蹬柔软平底皮鞋、花白头发的老搬运工悄悄地靠近我们，迅速地抓起我们的手提箱，麻利地把它们搭到自己的后背，即"驼背"上，弯着腿跑开了，从火车站跑到了一处狭窄、曲折的偏巷里。

我们惊得不知所措。弗拉叶尔曼第一个反应过来。他大喊一声并拔脚去追赶搬运工。我随着弗拉叶尔曼也奔过去。

搬运工不停地跑，边回头看，边喊道：

"别害怕，卡措！我们跑到拐角处，在那里休息一下。请不要害怕！"

我们不明白是怎么回事。搬运工是小偷并偷走我们箱子的想法，在他发出关切的喊话之后立刻消失了。

不过我们却没能跑到拐角处。几个大门洞里立刻跳出了年轻的搬运工。他们扯着嗓子喉音很重地喊着，围住了我们的搬运工，夺下了他的箱子，把它们扔到马路上，开始把老人往后推，往车站方向推。他们喊声之大且如此愤怒地转动着眼睛，似乎一场杀戮即将发生。

我们扑过去帮助老搬运工。这时年轻的搬运工停止喊叫，开始笑起来，而老搬运工亲切地微笑着，摘下帽子，请求付给他哪怕一点点从车站到拐角这段路程的跑腿费。

我付了费用。搬运工们擦了汗，拿出烟卷，大家立刻抽起烟来，笑着，也递烟给老人抽。

然后他们给我们解释说，梯弗里斯的搬运工是划分地段的，任何一个搬运工都无权在他人地段内揽活，而我们的这个老搬运工就这样做了。

原来，他的地段正好始于那个拐角。因此，老人急急忙忙跑到拐角，却遭到了埋伏。如果过了拐角，他就安全了。

听到吵闹声而出现的警察证实了这一点。

他对这件事很满意，当然，这样的事只可能发生在初次来梯弗里斯的人身上。于是，他很客气地为这件"小麻烦"表示歉意。

"人们都想平等地生活，"他给我们解释道，"平等！革命的成果，根纳茨瓦列[1]！在这里，我为所有的搬运工和每一件东西负责，以脑袋担保。欢迎到我们的地段来！随时愿意为您提供友好的帮助。"

两位年轻的搬运工拎起我们的箱子，像耍着空篮子似的拎着，走在我们的前面，朝着我告诉他们的地址走去。

只要一有机会，哪怕是一个最微不足道的机会，他们都要坐到台阶上歇歇脚，后来，竟大着胆子开始走进地下室的小酒馆，和我们一起喝一小杯红葡萄酒。

每喝一杯酒，我们的心情就变得越发轻松，越发无忧无虑。

我们不停地聊着，迎面走来的人向我们微笑着。梯弗里斯如同瀑布一般喧嚣着（原来，这是韦里亚桥边混浊的库拉河水在哗哗作响），小商贩用男高音拖长了声调喊道："莴苣，菠菜，小葱，新出土的小萝卜！"梯弗里斯的冬天闪着耀眼的光芒，映入我们眼帘的有被行人踩碎的薄薄的冰碴、厚重的天空，黑色驴子的挽具上擦得铮亮的铜号牌金光闪闪，这些驴子拉着阿提卡[2]陶罐，罐子里装的是酸牛奶。晃得我们眼睛睁不开的还有窗户和有轨电车涂了油漆的车体。这些有轨电车疾驰在戈洛温大街上，酷似移动的集市乐队——它们裹挟着多少铃铛声、噼啪声、叮当声、笑声和喊声，让我和弗拉叶尔曼这样从北方来的新人晕头转向。

为庆祝我们向梯弗里斯虽缓慢却坚定不移的推进而喝下的一杯杯葡萄酒，起到了幸福的作用：它们抹去了我平日的腼腆。

情况是这样的，姆罗佐夫斯基同他所有的梯弗里斯的亲戚都写信联系过，通过信件在他们家为我租了一间房子。弗拉叶尔曼已有现成的住

---

1 格鲁吉亚语，"朋友"的意思。
2 阿提卡，希腊首都雅典所在的行政区。

房，索尼娅已经住了进去。

我有些诚惶诚恐地住进姆罗佐夫斯基为我租的房间里，因为我知道，姆罗佐夫斯基的亲戚是高加索著名的未来派文艺家兹达涅维奇兄弟——诗人伊里亚和画家基里尔[1]。我知道，当马雅可夫斯基来梯弗里斯时，在他们家住过。而且他们家不断被所有的格鲁吉亚画家与诗人光顾——有拉多·古贾什维利[2]，有提香·塔比泽[3]，还有其他许多人。这一情形当然让我有点局促不安。

不过现在我的不安已经全部融化在了柔和的卡赫齐亚葡萄酒里了，丝毫不留痕迹。

兹达涅维奇兄弟住在带有大大的、结构复杂的木质露台的老房子里，露台朝向院子，房间昏暗、凉爽，波斯地毯已经褪了颜色，还有很多干燥开裂的家具。颤颤巍巍的露台楼梯在脚下摇晃，却不会让任何人感到不安。

从露台上看得见地平线那边的高加索主峰上的积雪。

兹达涅维奇兄弟的房间里，从早上到深夜一直传来钢琴的和弦声、女声演唱、诗朗诵和喧闹的论辩与争吵声。

鸽子一瘸一拐地在所有露台和走廊上走来走去。当人们沉默无声时，整座房子只有鸽子低沉而热烈的咕咕叫声。

此外，从早晨开始，房间的各个角落里就传来死记硬背法语动词变位的声音。这是兹达涅维奇老人——前中学教师——在同时教几个无知少

---

1 伊·米·兹达涅维奇（1894—1975），俄国作家，后移居法国并加入法籍；基·米·兹达涅维奇（1892—1969），苏联画家。
2 拉·达·古贾什维利（1896—1980），苏联画家和版画家。
3 提·尤·塔比泽（1895—1937），格鲁吉亚和苏联诗人。

年和大老粗学法语。这些无知少年个个都仿佛是被特意挑选出来的似的，声音沮丧，嘟嘟囔囔地口齿不清。

每隔半小时，甚至更频繁一些，就有餐具掉落和被打碎的声音。跛着脚的达克斯猎犬急忙赶到事发地点，对该事件的肇事者叫上一阵子。

达克斯猎犬性格古怪。它从不进我的房间，只是用嘴把门推开一点儿，把脑袋伸进来，用它那懒洋洋的东方人似的眼睛一动不动地仔细盯着我看。它能这样站上几个小时，不过它也会时不时地突然跳起来，灵巧地弯下身去，开始咬自己身侧的什么东西，咬得牙齿咯吱咯吱响，非常可怕。

我到的第一天晚上，房子的女主人瓦连京娜·基里洛夫娜·兹达涅维奇就来过我这里。她请求允许她在我这里坐一会儿，好好休息一下，以便逃离这个——像她所表达的那样——"茨冈人的宿营地"。我的房间确实是最安静的。

从那时开始就形成了一种惯例：瓦连京娜·基里洛夫娜常来我这里坐坐，谈谈话，我对此很高兴。

不久我就爱上了这位戴着夹鼻眼镜、伊麦列京人[1]出身的小老太太，她以前是歌唱演员，是柴可夫斯基的学生。

瓦连京娜·基里洛夫娜以其洞察力、灵活的头脑与沉着冷静让我惊叹不已。她带大了两个儿子——诗人伊里亚和画家基里尔。儿子们是具有战斗精神的未来派文艺家。伊里亚理应被认为是包括布尔柳克[2]、克鲁乔内

---

1 伊麦列京人，居住在格鲁吉亚西部的部族。
2 达·达·布尔柳克（1882—1967），乌克兰、俄罗斯诗人，未来派创始人之一。

赫[1]在内的未来派的领袖之一。他在彼得堡大学读过书。那些年间的报纸上常会写到他在彼得堡文学晚会上的胡闹行为。

他在梯弗里斯创建了"左翼"诗人和艺术家团体。团体被称为"第四十一度"(以穿过梯弗里斯附近的纬度线命名)。

伊里亚·兹达涅维奇,像基里尔一样,都值得单独讲述。不过我想结束对兹达涅维奇家的住宅及其房客们的描述。

我刚一跨进这所住宅的门槛,便茫然不知所措。所有房间的四壁、露台和走廊,甚至是仓房和浴室里,从天花板到地板,都挂满了从图案到色彩都不同寻常的绘画。还有很多没有挂到墙上的画作,卷成卷在墙角放着。

所有这些画作都出自同一个画家之手,但却很少能在上面找到他格鲁吉亚语的签名:"尼科·皮罗斯马尼什维利[2]"。

关于皮罗斯马尼什维利,稍晚些时候我还会再讲到他。现在,我想表达一下他的画作让我产生的那种奇怪的心情,如果我能表达出来的话。两个月来我无法习惯它们,感觉生活在一种很具体、与此同时却是半虚幻的世界里。

他画的主要是高加索,既离奇古怪又准确无疑的高加索,也不仅仅是高加索,还有各种不同的生活现象,却完全不是我们习惯看见的那样。只有失明后刚恢复视力的人才能以如此天真而清新的眼光来看世界。或是一个突然从梦中醒来的人,他的现实感还没有摆脱梦境的困扰。

---

1 阿·叶·克鲁乔内赫(1886—1968),俄罗斯未来派诗人。
2 尼科·皮罗斯马尼什维利(1862—1918),笔名尼科·皮罗斯马尼,真名尼·阿·皮罗斯马纳什维利(皮罗斯马尼什维利),格鲁吉亚画家,原始主义画派的代表画家。

我的房间里也挂着皮罗斯马尼什维利（兹达涅维奇兄弟简称其为皮罗斯曼）的画作。因此我有时间研究它们，并喜欢上它们。

在我房间的四壁上，在这些画作旁边，那些图案华丽的装饰壁画则显得黯然失色。这幅壁画是由几位波斯画家按照兹达涅维奇兄弟的房客——波斯驻梯弗里斯领事——的要求画的，我来之前他住在这里。

除图画之外，房间里有很多花。屋子很像温室。

花需要有人经常往上喷洒清水。因此，房间里散发着潮湿的泥土与树叶的味道。

当阳光猛然射进窗户里时，屋子里就像是暴雨过后的夏天：温暖的室内雨滴闪着光，从所有的叶子上、花上疾速滴落下来。

家里几乎没有摆放过那种剪切整齐、扎成花束的鲜花，而是随处堆放着酷似木槽的一块块树皮。里面种满了各种鲜花：紫罗兰和番红花，雪绒花和山茶花，各色苔藓——有翡翠绿的、棕红色的、黑色的、金色的、红色的和柠檬色的。苔藓散发出一股碘酒的味道。

除了鲜花和苔藓，树皮中还养着小小的蕨菜、节节草、各种有趣的动植物世界里的东西，甚至形状如骑士和羞涩的浴女一样的树根。苔藓上落着睡熟的蝴蝶。它们极像左翼画家的无物象绘画。

住在兹达涅维奇家的性格外向的波兰女画家玛丽亚，也就是所有这些不同寻常的"花束"的制作者，她把它们称为"至上主义[1]的小蝴蝶"，并以亲昵的语气用纯正的波兰语拖长声调问道：

"怎——么？难道不——是吗？的确，这有多——么像啊，对吗？"

---

1 至上主义，或称绝对主义，俄罗斯20世纪初期的抽象主义画派。

整栋房子里散落着很多书,大多是些薄薄的书,有着花哨刺眼的书名,和同样花哨刺眼的封面。封面上画着彩色的弧线,女人胸部和曲折的光线。

一本题为《绽放吧,诗歌,狗杂种!》的诗集,可以说是最流行的一本书了。这本诗集采用了在梯弗里斯能找到的所有字体进行排版——从印广告的字体到五磅小铅字,从斜体字到埃尔塞维尔体[1]铅字。个别单词之间插入了各种直线、省略号、高音谱号,亚美尼亚语、格鲁吉亚语以及阿拉伯语字母表中的字母,音符,颠倒过来的问号,伯爵冠图案(革命前印刷厂里的这些印版只用来印刷名片),画着丘比特与玫瑰花环的装饰插画。

我津津有味地研究了这本诗集,如同在研究一种印刷字体集锦。

还有很多用玄妙难解的语言写成的书。其中一本书的标题只有一个字母"Ю"。桌子上像小山一样堆着画作,以立体派绘图为主。这些绘画上的所有女人都像是尼安德特人[2]的女友。有时巨大的闪电拖着宽大的尾巴,斩断了这些画作上倒向四面八方的房屋。显然,这是在刻画地震。我不敢问基里尔·兹达涅维奇这些图画是什么意思。基里尔寡言少语。

基里尔的哥哥——伊里亚——已经在巴黎住了两年,他在那里和毕加索成了朋友。兹达涅维奇一家人说起伊里亚时,就仿佛是他刚刚离开家门。

一切都按照伊里亚喜欢的方式来做。谁也不敢动他的东西。所有的人,尤其是瓦连京娜·基里洛夫娜,都将这视为冒犯神明的行为。

---

1 因最早于16世纪出现的荷兰的埃尔塞维尔印刷出版世家而得名。
2 尼安德特人,一种12万到3万年前冰河时期本来居住在欧洲及西亚的人种,因其化石发现于德国尼安德特河谷而得名。

最初的一段时间里，我认真地阅读伊里亚的长诗——无论是《出租的驴子》，还是《扬科，阿尔巴尼亚的国王》，我都没读懂。我开始头疼。但我不能承认这一点——读不懂伊里亚的诗歌这件事，对伊里亚的亲友来说，意味着你了无才华，庸俗不堪。

不久我发现，只有玛丽亚——这个大胆而爱嘲弄人的画家——享有不佩服伊里亚的权利。

"我偿还了未来派的债，现在我像小鸟一样自由。"她拖长着音调说。

"什么债？"我问。

"如果您愿意，我让您看看？"她问道，然后不等我回答，就去了隔壁房间。当她回来时，她的面颊上闪耀着用大胆而鲜明的油彩画的一朵玫瑰。

"很好，对吧？"她问道，努力不笑，以免破坏了刚画上去的图案，"我就是这样同所有的诗人一道走在戈洛温大街上。可笑吧？是不是？"

这段对话发生在我住进兹达涅维奇家一个月之后。与玛丽亚的初次相识奇怪而可笑。

我房间里有个壁炉。来的当天晚上，我去露台取柴火生壁炉。按照我们莫斯科的概念，这不是柴火，而是小树枝，而且还是多刺的小树枝。

我得穿过餐厅。当时坐在餐桌旁喝茶的有瓦连京娜·基里洛夫娜，兹达涅维奇老人，一位身材很高、如蛇一般纤细的年轻女人，以及另一位年轻女人，后者仿佛因被压抑的情感而面色苍白，而且面部表情傲慢，长着一双晶莹剔透的绿眼睛和带着微笑的鲜艳嘴唇。手腕上沉重的银镯子发出叮当的响声。

"瞧，"瓦连京娜·基里洛夫娜指着这位女性对我说，"认识一下。这是我们的玛丽亚。请不要被她的谈话吓着。"

玛丽亚猛地站起来，向我伸过手来。镯子发出清脆的响声。她笑了一下，直视着我的眼睛，突然，似乎没有任何必要地、神经质地快速回头看了一下——她背后的墙上挂着她的肖像画，画得鲜艳夺目而不失温柔。

"诗人捷连季耶夫[1]画的，"兹达涅维奇老人说，"他在我的中学学习法语，成绩是五加。"

玛丽亚微微笑了一下。她沉默不语。我也没有说话。

"对不起，"瓦连京娜·基里洛夫娜好像是突然想起来，"而这位穿黑衣服的仪态万方的女子，是我们共同的朋友，黑山人日芙卡。"

"黑山，用塞尔维亚语说，就是茨尔纳古拉，"兹达涅维奇老人说道，并突然充满激情地朗诵道，"'黑山人？这是什么意思？'波拿巴问道：'真的吗，这是个凶狠的民族，不怕我们的兵力？'"[2]

大家都垂下眼帘细听。隔壁邻居家传来了微弱的男高音，唱道：

以东[3]原野上白色的百合

白色的花冠开遍了四方……[4]

"开花的不是花冠，而是花瓣。"兹达涅维奇生气地说道。

仍然无人对这些话做出反应。

"请坐吧，"玛丽亚对我说，"我给您倒茶。"

---

1 伊·格·捷连季耶夫（1892—1937），俄苏诗人、画家、剧院导演。
2 引自普希金的组诗《西斯拉夫人之歌》中《波拿巴和黑山人》(1835) 一诗。
3 以东，是巴勒斯坦地区的一个古老民族的名称，也是现代阿拉伯人的祖先源头之一，在公元70年左右被罗马帝国所灭。
4 引自阿·尼·迈科夫的诗《我的摇篮摇荡起来……》(1840)。原文是"白雪的花冠"。

"马上。我去厨房取回生壁炉的木柴就来。"

我去了厨房。那里很暗。窗外，看得见模糊的山巅之上孤独而分外明亮的群星。

我收拾了木柴往回走。现在，餐厅里只剩下玛丽亚和黑山女人坐在那里。老人们都走了。

玛丽亚仔细地看了我一眼。这时一整捆木柴一下子散开，飞落到地板上。

"玛丽亚，这真令人不快。"黑山女人冷漠地说道。

"我就知道会这样，"玛丽亚忧郁地说道，并站起身来，"不会是另一种情形。等一等，我来帮您。"

她迅速收拾好木柴，但却没有把它们交给我。她自己端着木柴送到了我的房间里，点着了壁炉。

她跪在壁炉前，低低地俯下脑袋，脸颊几乎贴到地面上，吹着微弱的火苗。树枝发出噼啪的响声，火星四溅。

我想告诉她，让她站起来。她卷曲的栗色头发不时散落到地面上，她不耐烦地用戴着叮当作响的银镯子的手把它们甩到后面。

我们久久没有说话。然后我问她：

"您说，不会是另一种情形。这是什么意思？"

她抬起了头，从下面往上看了我一眼，我突然被她那惊惶不安的目光吓得哆嗦了一下。

"这意思就是说，我是一个喜怒无常的傻瓜，"她答道，跳起身来，走出房间，"去喝茶吧。"

我在梯弗里斯站前广场上初次想到的意外而又亲切的事件就这样发生了。

普通的漆布

著名的韦里亚公园和奥尔塔恰拉公园位于梯弗里斯的郊区。

那是夏季娱乐和休闲的地方。几乎所有的小花园都变成了咖啡馆和小酒馆。

傍晚时分,当暑气开始消退之际,梯弗里斯人便陆陆续续走进这些公园。有钱的人乘马车去,没钱的人走着去。

咖啡馆的名字华丽而俗气。最昂贵的一家咖啡馆叫作"黄金国"。然后还有的叫"幻想""无忧宫""殿堂级""绅士"。

离奥尔塔恰拉公园不远处,坐落着几条所谓的"快活"街。咖啡馆的许多顾客首先去这些街上,从那里领来几位大嗓门的姑娘。

这些公园里有什么在等着梯弗里斯人呢?有凉意,烤羊肉轻微的油烟,歌曲,舞蹈,乐透赌博游戏,漂亮却变得粗野的女人。

特别吸引人的是梧桐树和桑树树荫下的凉意。整个梯弗里斯坐落于炎热的盆地近旁,位于被阳光炙烤得十分灼热的山脉的包围之中,甚至从周围的高地上看着它都觉得可怕,很难理解这分凉意是如何被保存下来的。看起来,梯弗里斯由于灼热而烟雾升腾,仿佛随时都可能突然燃起冲天大火。

也许,这一凉意来自喷泉,或者是高山积雪的气息轻轻地渗透到公园里来了。城市里只有在黎明之前,当楼房经过了一夜而稍稍冷却的时候,人们才可以轻松地呼吸。但是,只要太阳一从卡赫齐亚升起——折磨人的炎热顿时就淹没了大街小巷。

在韦里亚公园演唱的歌手中,有一位神情慵懒的女性,细腰宽肩,一头古铜色的头发,脖子娇嫩而有力,有着粉红色的皮肤。她叫玛格丽特。

在她每天晚上演唱的这家咖啡馆里的顾客,都认为她是一个俄国化了的德国女人,不过公园的主人,一个气量褊狭的梅格列尔人,每次听到这些谈话,都会大吵一通。

"大概,你脑袋里的脑仁都颠倒了吧!"主人喊道,"你听说过法国这个国家吧?"

"啊,听说过。"粗心的顾客冷冷地答道。

"你听过法国有个阿尔萨斯省吧?听过吗?哎,她就来自这个省,阿尔萨斯省。高贵的法国女人。什么人啊!这些小事都不知道!打架——知道,不找零钱——知道,在街上随便碰人家女孩——知道,打牌作弊——知道,而考虑事情——就什么都不知道了!"

玛格丽特很少答应与顾客共进晚餐,却很冷淡地接受他们的小礼物,仿佛她应得似的。然后她把它们分给自己的女友。她就是孤身一人。

总之,很难搞懂她对周围的一切持什么看法,尤其是对男人。很多人想让她做自己的情妇。

她话很少,演唱起来却非同寻常,据说是用双重嗓音唱。

歌剧演员和音乐家们都前来听她演唱。听玛格丽特的演唱，会有一种感觉，仿佛她的演唱总是伴随着一种如同微弱回声的和声。

演员们说，这是所谓"声音错觉"，比如像常发生的"视觉错误"一样。实际上，没有第二个唱腔。他们这样说着，争论着，不过，尽管如此，当玛格丽特演唱时，每个人还是会听到她嗓音中的双重声音。仿佛主嗓音是金嗓子，而第二个——是银嗓子。

有一次，歌手和音乐家们把"瓦良格人"小酒馆包下来，租了一整个晚上，把玛格丽特请到那里，为歌曲爱好者们举办了一场内部音乐会。

音乐会结束时，老指挥家站起身来说，人的声音是最复杂的乐器。它比钢琴和小提琴的音色都要丰富，所以一个嗓音里同时存在几种音调是完全可能的，也是自然的。

而玛格丽特却低下了头喝葡萄酒。红色的丝绸连衣裙使她的头发映出火红的反光。偶尔她会抬起眼睛，扫视桌旁在座的所有人，但在她暗淡的瞳孔深处既无火焰，也无微笑。

一个又高又瘦的格鲁吉亚人倚着门框站在那里，他面容清秀，眼神忧伤，身穿一件西服上衣，他一动不动地盯着玛格丽特看。

这就是流浪画家尼科·皮罗斯马尼什维利。他爱玛格丽特。对他而言，她是这世上唯一的人。他似乎感觉，玛格丽特的脚没有踏过的每一寸土地，都是荒漠的一部分。但是，留下她足迹的地方都是极其幸福的土地。它上面的每一粒沙子，都像微小的钻石一样发热。

显然，那些平庸的伊朗诗人准会这样歌颂皮罗斯曼的情感。不过，虽然辞藻过于华丽，他们还是正确的。

如果哪一天尼科没有听到她的声音，那么这一天对他而言是大地上最死寂的一天。

过多的爱所激发的渴望是神志清醒的人难以理解的。哪个人会在日常状态下产生这样离奇的种种想法，如亲吻一个人的声音，或是小心翼翼地抚摸正在唱歌的黄鹂的脑袋，或是当麻雀在您身边制造强烈的噪音、喧哗、吵闹时，您却同它们一起哈哈大笑？

皮罗斯曼偶尔就会产生这样令人吃惊的渴望，当玛格丽特唱歌时，他希望能小心翼翼地触碰到玛格丽特正在颤动的喉咙，希望只用呼吸便可接触到这个神秘的声音，接触到由那种最壮丽而激动人心的清脆声音发出的暖流。

人们说，过多的爱会征服一个人的心。

尼科的爱没有征服玛格丽特。至少，大家都这样认为。但是否如此仍不明朗。尼科本人已经说不清楚了。玛格丽特如同生活在梦里。她对所有的人都紧闭起自己的心扉。她的美是人们所需要的。但显然，这不是她自己所需要的，尽管她很关注自己的外表，穿戴漂亮。身穿窸窣作响的丝绸，身上散发出东方香水的气味，她俨然是成熟的女性之美的化身。

但是，在她的柔美之中有一种可怕的成分，她本人似乎也明白这一点。

皮罗斯曼是如何出现的，谁也说不清楚，

后来，在皮罗斯曼死后，基里尔·兹达涅维奇根据一些片断和一鳞半爪的资料，收集到他的生平故事，尽管不很全面，但还是还原了他的生平。

皮罗斯曼一八六二年生于卡赫齐亚州米尔扎基村一个贫苦的农民之家。他还是孩子的时候，父母就把他送到梯弗里斯的一个格鲁吉亚富裕家庭做仆人。

皮罗斯曼二十岁之前一直做仆人。后来，他到外高加索铁路当乘务员。那时他才第一次开始画画。他的第一幅作品是车站站长夫妇的肖像画。显然，那是一幅十分歹毒的漫画肖像画，因为站长看见画后，立刻把皮罗斯曼解雇了。

怎么办呢？皮罗斯曼不可能从事当时梯弗里斯大多数穷人所做的事——毫无意义的见不得人的勾当，有时得手有时失手的骗局。他过于真诚而高傲，不屑于此。

他不是游手好闲之人，也不像梯弗里斯的放荡之徒那样身无分文、乐天逍遥、厚颜无耻。他不会像游手好闲之徒"凭空"挣钱，也不会靠讲笑话、开不雅玩笑、装驴叫来挣钱。

有一段时间，皮罗斯曼在集市附近偏僻的地方卖牛奶，勉强靠自己的微薄收入度日。但是他非常讨厌这一营生。

他喜欢画画，而且只喜欢画画。首先他把自己的小铺子画满了画，画得像一朵华丽的小花。最初的绘画他分赠给了大家，当人们很乐意地拿走画作时，他感到很幸福。

有时，他把自己的画作——或者照集市广场上的叫法，把这些"图画"，脱手给二道贩子，他们通常倒卖各种很少有人需要的东西。那种东西，是所谓"货遇买家"，用一个神秘的外语单词叫"勃利克–阿–勃拉"[1]。在倒卖者看来，这是个特别漂亮、诱人的单词，更何况谁也不明白它的意思，无论是倒卖者本人，还是皮罗斯曼，还是买家。

但是把赌注押在这个单词上却没有成功。买家一听特别惊讶，甚至被吓住了，也就没有买画。倒卖者仅付了皮罗斯曼很少的画钱。

---

[1] 法语 bric-à-brac（旧货）的俄语发音。

于是皮罗斯曼挨了饿。有时，他坐到一幢楼的墙脚下，或是一棵像这个世界一样古老的、落满灰尘的大树下，静静地坐着，直到不再头晕眼花。

皮罗斯曼不得不回到故乡的农村，在那里，所有日常生活和家庭传统的重任不可避免地压到了他的身上。

皮罗斯曼把乡下自己家的房子也从上到下画满了画，令亲戚、邻居们大为赞叹。

后来，皮罗斯曼在这栋房子里举办了一次宴会。此后，他画了四幅画，画的都是这场农村节日。令人吃惊的是，画面上的宴会与大多数宴会相反，没有富人参加。客人们高高举起盛着葡萄酒的牛角杯，或站，或坐，或卧。这幅如诗如画、人人穿着华丽服饰的热闹景象被皮罗斯曼大胆地刻画出来。

最终，皮罗斯曼想出了一个他认为会很成功的办法。他返回了梯弗里斯，并开始为小酒馆画鲜艳的招牌，只要管他几顿带葡萄酒的午饭和几顿晚饭就可以。一部分报酬他要了现金，好去购买颜料和支付宿费。

不过，买画布的钱从来都不够。小酒馆的主人心甘情愿地撤下旧的铁皮招牌，预先涂上一层发黑的彩色涂料，然后让他在上面画。但皮罗斯曼不同意这样做。

铁皮招牌生锈了。而皮罗斯曼知道，无论他是怎样一个没受过教育的画家，或像俄罗斯人所说的自学成才者，但就色彩与线条的力度和纯度来说，他大概可以与某些大画家一比高下（他见过他们画作的复制品）。也许，他甚至可以与德拉克洛瓦本人比试，一个同样幻想成为画家的中学生给他讲了很多关于这位法国人的故事。

没有画布，皮罗斯曼便开始在随手碰到的唯一的材料上面作画，这材料就是从桌子上撤下来的普通漆布，这种漆布在最廉价的小酒馆里都能找得到。

漆布是黑色和白色的。皮罗斯曼作画的方式，是把那些需要的地方空出来不上色。

后来，他采用这种方法来画肖像画。用这种手法创作出来的一些画作，给人留下非凡的印象。

我永远不会忘记他的一幅漆布画《公爵》，上面画着一位苍白的老人，身穿黑色切尔克斯袍，手拿角笛站在贫瘠的土地上。他的身后，清晰可见地画着几乎像地形示意图一样的群山起伏的高加索。公爵的切尔克斯袍正好就是蓝黑色漆布空出来没上色的那一块，这蓝黑色在黎明昏暗的光照下特别醒目。我无论如何也无法理解，用什么样的色彩能表达出这种光感。

画一幅这样的肖像画，皮罗斯曼在最好的情况下能得到二十到三十卢布。

顾客们很喜欢皮罗斯曼画的招牌画——上面有晶莹剔透的葡萄、南瓜、橙色的柿子、枝繁叶茂的橘子园与内容丰富的静物画，静物有各种青菜、茄子、肉串、奶酪和一种叫"洛克"的烤鱼。

不过，皮罗斯曼不可能没完没了地为招牌画静物画。过度照例会引起腻烦。于是皮罗斯曼开始在招牌上画多人聚餐的场景，在草地上、在农家窄窄的桌布上。招牌上出现了人、风景和动物，主要是还有默默忍耐的驴子。

有时皮罗斯曼还同主人一起为小酒馆起名字。名字越独出心裁，人们越喜欢它。

皮罗斯曼微微笑着，写上"电烤肉串"，或者"不该独饮"。

尤其在格鲁吉亚外省，在奥祖尔格特、阿哈尔卡拉基、萨加雷焦等地，人们很喜欢这种惹人注目的名字。

我已经不可能遇到皮罗斯曼了，他在我来梯弗里斯之前已经死去。

皮罗斯曼留下了一大笔绘画财富。基里尔·兹达涅维奇连续几年收集他的画作，的确是一张一张地收集。他几乎找到了皮罗斯曼的所有作品，挽救了一位优秀的民间画家，立下了真正的功绩。他后来把皮罗斯曼的绘画藏品赠送给了国家，换言之——送给了人民。

一九一三年，基里尔·兹达涅维奇在彼得格勒遇到了画家冈恰罗娃[1]和拉里奥诺夫[2]。他们从摩尔多瓦来到彼得格勒，带来了他们在蒂拉斯波尔[3]发现的滑稽可笑而又栩栩如生的招牌画。

基里尔·兹达涅维奇很喜欢这些招牌画。不久，他在梯弗里斯的"瓦良格人"小酒馆看到了更加栩栩如生的招牌画，便买下了它。它就是无名的风景画家尼科·皮罗斯马尼什维利画的。

基里尔认识许多农民、小酒馆老板、流浪乐手、乡村教师。他委托他们所有的人为他寻找皮罗斯曼的画作和招牌画。

刚开始，小酒馆老板们以很便宜的价格就卖了招牌。不久，格鲁吉亚风传，说某位梯弗里斯画家收购它们卖到国外，于是小酒馆老板开始抬高价格。

兹达涅维奇老夫妇俩和基里尔当时很穷。我在的时候，有一次，他们买了皮罗斯曼的一幅画之后，全家人只能喝水吃面包。玛丽亚跑到逃

---

[1] 娜·谢·冈恰罗娃（1881—1962），俄国画家。1915年移居巴黎。
[2] 米·费·拉里奥诺夫（1881—1964），俄国画家。1915年移居巴黎。
[3] 蒂拉斯波尔，摩尔多瓦的城市。

兵市场,卖掉了最后一对耳环和最后一件短上衣。基里尔跑遍了梯弗里斯,希望哪怕能暂借一点点钱,老人则预收自己那些纨绔子弟的学费。

最终,神色阴沉的基里尔(他越受感动,就变得越发阴沉)带回来一幅画,默默地打开了它,说:"喂,怎么样?"此后,这幅画在客厅尊贵的位置连续挂了好几天。

这之后,基里尔安稳地酣睡了一场。随后,绘画爱好者开始前来瞻仰。从我的房间里可以听得见客厅里的全部谈话,不久,我对新收集到的所有画作的故事可以倒背如流。

我与皮罗斯曼的相识始于我在梯弗里斯生活的第一天。

正如我所说过的那样,我房间的四壁,从天花板檐口到踢脚板,挂满了皮罗斯曼的漆布画。

我来的当天只是匆匆瞥了一眼,而且当时室内光线昏暗。但我一直有一种莫名其妙的忧虑萦绕不散——仿佛有人拉着我的手,领我快速走过一个令人惊叹的、离奇的国度,仿佛我已经见过它,或者早已梦见过它,但从那时起,我却怎么也等不到一个机会来熟悉这个国度,也无法清醒过来去了解它的所有细节了。

我心怀忧虑地睡去。忧虑来自我不熟悉的绘画,它们默默地围绕着我,我似乎觉得,它们目不转睛地盯着我看。

我睡醒了,一定还很早。刺眼而干燥的阳光斜射在对面的墙上。

我看了一眼这面墙,便从床上一跃而起。我的心跳又重又快。

某个奇怪的小动物,像绷紧的琴弦一般,从墙上直视我的眼睛——它带着惊恐、怀疑的眼神,明显地感到痛苦,却无力诉说这种痛苦。

这是一只长颈鹿。普通的长颈鹿,显然,是皮罗斯曼在梯弗里斯老动物园里看见过的那种。

我转过身去。但我感觉得到，我知道，长颈鹿还在定睛看着我，并且知道我内心的一切想法。

整座房子里死一般地寂静。大家还在睡觉。我转过眼睛，不再看长颈鹿。我立刻感觉，它似乎走出普通的木头画框，站在我旁边，等着我说点什么简单却十分重要的话，这些话应该能帮它解脱魔法，使它复活，并把它从多年固定在这一干燥的、落满了灰尘的漆布上的状态中解放出来。

突然院子里传来声嘶力竭的、非人声的喊叫："马措尼[1]！马措尼！"如此声嘶力竭，几乎像大哭一般，不知为什么所有的小贩都喊着马措尼——高加索的酸牛奶。他们把自己的货物分送到全城各处，让黑色小毛驴驮着装有马措尼瓦罐的褡裢，这些小毛驴满身尘土，给人一种它们被人们用来擦过鞋的印象，好像它们是擦脚垫一般。

听到马措尼的喊声，我打了个寒战，并开始呻吟起来。

但寒战没有过去。我尽量控制自己，却呻吟得越来越厉害了。长颈鹿回到了昏暗的漆布上。白色的太阳，卡赫齐亚的太阳，直射在窗框上，这时我看见被吓呆了的玛丽亚站在我身旁，看见她脸颊上斜搭着一缕发亮的栗色头发，然后看见了瓦连京娜·基里洛夫娜。她从眼镜上方细细地端详着我。当时我就明白了，我的疟疾——现在已经是在梯弗里斯——又严重发作了。

瓦连京娜·基里洛夫娜走开了，而玛丽亚在我的额头放上一块冰冷的湿绷带，她向我俯下身来，把脸颊贴在我的嘴唇上，试试我是否烧得厉害。于是我心存感激地感觉到了这种例行公事般的接触，仿佛是一种从

---

[1] 马措尼，格鲁吉亚语"酸奶"。

远处漫不经心地扔给我的爱抚。

不久,我已经熟悉了皮罗斯曼所有的绘画作品。它们帮我理解并爱上了高加索——这个复杂而又如镶嵌画一般美好的国度。

对我而言,皮罗斯曼是一部关于格鲁吉亚及其人民、历史与自然的生动的、自由的百科全书。

高加索的全景,从梯弗里斯军火库上空魔幻般的月夜,到沙米尔脚下仿佛被烧焦的群山,我会铭记一生。

皮罗斯曼笔下上百个瘦削的农民,愉快的葡萄园主,贫穷而胆小的妇女,渔夫,蓄着浓密胡子的傲慢的富人,长着像他的破烂扫帚一样乱蓬蓬的胡子的梯弗里斯的门房,冷漠的音乐家——这些人挤在兹达涅维奇家略微蒙尘的漆布上。间或有人想起这一幅或那一幅画来,随后便讲起有关它的趣事。

皮罗斯曼绘画的大部分内容是人物,但其中各种动物也占据着特殊的地位——狮子、瞪羚、水牛、长颈鹿、骆驼和画家的哑巴朋友——驴子。

艺术总是会打动人心,使你的心发紧。你永远不会忘记这种与美好事物的鲜活的接触。

你不会忘记那种精神饱满和自由奔放的状态,而这种状态有时只是一行——仅仅一行——壮丽的诗句或是一幅画所赋予他的,这一行诗句与一幅画经历了几百年才把自己的美传递给我们。

如果我不了解皮罗斯曼,高加索在我眼中一定像一张显影不足的照片那样模糊,没有色彩和阴影,没有细节和轮廓,没有在它那半东方半欧洲式的空间里的青色雾霭。

对我来说,皮罗斯曼使高加索充满了果实的汁液和醒目的干硬的颜料。他使我了解了这一国度,在这里感受到喜悦的同时也感受到些许莫名的忧伤。格鲁吉亚美女的双眼就闪烁着这种愉悦而矜持的忧伤。这些美女通常快速而轻盈地消失于人群中,尽管诗人向她们发出温柔的请求:

  请对我回眸一看,根纳茨瓦列,
  根纳茨瓦列,请对我回眸一看!

  刚开始,这个夏日的早晨与其他的早晨没有什么不同。太阳还是那样确定不移地从卡赫齐亚升起,照得周围一片火红,拴在电线杆上的驴子还是那样号叫,那种模样凶狠的长着黑胡子的人提着带盖的大桶走街串巷,不情愿地喊着"纳夫特!纳夫特[1]!"向主妇们兜售煤油。

  一切都像往常一样:库拉河在驴子桥边的磨坊旁哗哗作响,半空的有轨电车不时发出轻微的叮当声。

  晨光还在索洛拉基的一个小巷里打盹儿,阴影静卧在一座座年久灰暗的低矮的木质楼房上。

  在一座楼里,二层楼上小小的窗户敞开着,窗户里,玛格丽特正在熟睡,淡红褐色的眼睫毛微微遮盖住她的双眼。

  如同透过液态玻璃一般,你可以清晰地看到耸立于索洛拉基上空的大卫山,缆车索道,以及格里鲍耶陀夫[2]的墓地。墓地长满了常春藤。我常去大卫山,还有穆塔茨敏达圣山,在那里看到了伟大的格鲁吉亚诗人——伊利亚·恰夫恰瓦泽和阿卡基·采列捷利[3]的坟墓。他们的抒情以及

---

1 格鲁吉亚语,"石油""煤油"的意思。
2 亚·谢·格里鲍耶陀夫(1795—1829),俄罗斯剧作家。
3 伊·格·恰夫恰瓦泽(1837—1907),格鲁吉亚作家;阿·罗·采列捷利(1840—1915),格鲁吉亚诗人。二人同为19世纪60年代民族解放运动的领袖。

对讽刺的共同偏好，赋予格鲁吉亚文学以特殊的深刻性，使格鲁吉亚文学处于古典主义明快色调的尖刻而细腻的氛围之中。

是的，我又跑题了。

总之，那个早晨仿佛确实是最普通的一个早晨，如果你不知道，这是尼科·皮罗斯马尼什维利生日的早晨，如果不是在这个早晨，在狭窄的索洛拉基小巷里，出现了拉着稀有的、重量很轻的货物的四轮大车。

显然，这批货物是如此之轻，甚至大车在它的压力下都没有吱呀作响，而只是发出轻微的辚辚声，大车在大块石头马路上颠得不时往上跳。

大车装满了剪切好的、洒上水的鲜花。这让人感觉到，鲜花似乎被罩上了成百上千条细小的彩虹。

大车停在了玛格丽特家附近。赶车人低声交谈着，开始把一抱一抱的鲜花卸下来，把它们堆放到人行道上和门槛附近的马路上。

当第一批大车驶离后，整个马路已经铺满了鲜花，第一批大车过后又出现了第二批。大车似乎不只是把整个梯弗里斯的鲜花，而且是把全格鲁吉亚的鲜花都送到了这里。

鲜花的香气弥漫在索洛拉基的所有街道上。窗口出现了第一批女主人。她们急急忙忙梳着抹了油的头发，贪婪地看着这一惊人的景象：赶车人，最普通的赶车人，而不是《一千零一夜》中传说中的赶车人，把整个街道装满了鲜花，似乎想把鲜花堆到二层楼那么高。

孩子们的笑声和女主人们的呼喊声惊醒了玛格丽特。她在床上坐起身来，叹了一口气。犹如满满的几湖水的花香——清新的、亲切的、明亮的、温柔的、快乐的、忧伤的香气，在空气中弥漫。这可能是夜晚的星空缓缓驶过我们地球上空之后留下的太空的气息，抑或是胚芽的味道，它长期被封闭于普通花种的外壳下，如今被大地上的水、热量和浓浓的盐分解放了出来。

小巷入口的两边已经挤满了嘈杂的人群。人们好奇地看着这幅莫名其妙的景象。

所发生的事情让人无法理解，把人们搞得局促不安，因此谁也不敢第一个走上这个鲜花铺就的、堆到人们膝盖的地毯。

至于小孩子，他们甚至可能在这成堆的鲜花中迷路。因此，女人们紧紧拉着孩子们的手，不让他们离开自己。女人们已经悟到了这个来到她们门槛近前的秘密（这些门槛已经被她们踏破，上面的每一道裂缝她们都了如指掌，因为她们不得不经常擦洗这些门槛），为此她们心中充满了赞赏与自豪的情感。

这里什么样的花没有啊！把它们一一列举出来毫无意义！

晚开的伊朗紫丁香，它的每一个花萼里，都隐藏着犹如沙粒般细小的、香气刺鼻的一滴冷水。花瓣泛着银色、花朵密实的金合欢。野山楂——它生长的土壤里石子越多，它的香气就越浓烈。娇嫩的蓝色婆婆纳，秋海棠，以及许多五颜六色的银莲花。笼罩在粉色烟雾中的优雅美人——金银花，红色漏斗形状的牵牛花，百合，还有罂粟——它总是生长在哪怕是滴落了极小一滴鸟血的山岩上，旱金莲，芍药，玫瑰——大小各异、香气不同、颜色不一的玫瑰，从黑色到白色，从金色到宛如朝霞的淡粉色。还有成千上万种其他鲜花。

激动不已的玛格丽特，还什么都没明白，就快快地穿好衣服。她穿上了自己最漂亮、最华贵的连衣裙，戴上了沉甸甸的手镯，梳理自己古铜色的头发，边穿衣服边微笑着，自己也不知道笑什么。然后，她笑了起来，然后泪水夺眶而出，但她并不去擦它们，而只是快速地摇着头。泪花因此四处飞溅，久久地在她的连衣裙上闪闪发光。

她猜想，这庆典是为她而举办。不过是谁？什么理由？她突然想起来，今天好像是皮罗斯曼的生日。也许，所有这堆积如山的鲜花是他送给她的，以纪念这个几乎被淡忘的日子？

但为什么不在她的生日，而是在他自己的生日送来呢？

这时，唯一的一个人，一个清瘦、苍白的人，下定决心穿越鲜花的边界，慢慢地踏上鲜花，朝玛格丽特家走去。

人们认出了他，安静下来。这是穷画家尼科·皮罗斯马尼什维利。他在哪里搞到那么多钱，买下这一堆堆的鲜花？得花多少钱啊！

他手扶着墙，朝玛格丽特的屋子走去。

大家看见，玛格丽特从屋内向他跑来——还从来没人看见过她美得如此光彩夺目——她搂住皮罗斯曼瘦削、病弱的肩膀，依偎在他的旧捷克曼长衫[1]上。

"为什么，"玛格丽特气喘吁吁地问道，"为什么你在自己生日这天送给我这些堆积如山的鲜花？我怎么也不明白，尼科。"

皮罗斯曼没有回答。但即使不回答，玛格丽特也以自己的全部身心、全部的神经、体内全部搏动的血液明白了他对自己爱得有多深，并初次深深地吻了尼科的唇。她在太阳、天空和普通人——梯弗里斯的索洛拉基街区的居民面前吻了他。

有些人转过身去，怕别人发现自己的泪水。人们认为，伟大的爱情总是能找到通往心爱之人的心灵之路，即使这颗心是冰冷的。因为大家都知道，皮罗斯曼爱着玛格丽特，而她完全不爱他，只是可怜他痛苦而

---

[1] 高加索地区的男上衣样式，腰间有褶。

失意的生活。

关于皮罗斯曼的爱情故事，讲法五花八门。我重复了其中的一个故事。我简短地把它记录下来，没有确证它是否百分之百真实。就让那些爱挑剔的和无聊的人们做这件事吧。

不过有一件事我却不能不说，因为这大概是大地上最痛苦的真相之一——不久，玛格丽特为自己找到了一个有钱的恋人，并和他一起离开了梯弗里斯。

各有其事

在梯弗里斯，我住在形形色色的人中间，不过他们所有的人都有一个共同的特点：每个人都有自己的想法和自己的事情，每个人都说着自己的事情，很少关注其他人，特别是被看作异己分子的那些人。巴别尔在我来梯弗里斯之前就去了莫斯科，唯一能与我想法一致的就是弗拉叶尔曼了。

在未来派作家和艺术家的圈子里，我还不至于被看作异己分子，但却是"未开化之人"——信仰不坚定而且外行。

他们这样看我，应该是因为我不参加他们的争论，同时我既不接受舍列尔－米哈伊洛夫[1]们的"深灰色"文学，也不接受拉特高兹[2]们的"糖浆"诗句，也不接受什么玄妙难解的"斯梅基"和"梅基"这类的词。

---

1 亚·康·舍列尔－米哈伊洛夫（1838—1900），俄国作家。
2 丹·马·拉特高兹（1868—1937），俄国诗人。1922年始侨居国外。

我只同兹达涅维奇兄弟家的常客——诗人尼古拉·切尔尼亚夫斯基[1]争论。他爱上了格鲁吉亚，并因此不叫自己尼古拉，而是按格鲁吉亚语的叫法——科拉乌。

他写诗用的是一种奇怪的方法，不画图几乎无法解释清楚这一方法。总之，他刚开始写的主要诗文，相当清楚明了。不过，通过运用印刷技巧和字体游戏，同一首诗就变成了三首。

做到这一点的方法是，把诗歌放在一起印刷，却使用三种型号的字体。如果您只阅读用最大号字体排版的单词，而不去注意用中号或小号排版的单词，那么就只能读到一首诗。

如果您只阅读中号字排版的单词，错过其他字号，那么就能读到完全是独立的第二首诗。

最后，如果您读了最小号的字体（假如，八点铅字或六点铅字），那么就能读到意想不到的第三首诗。

科拉乌·切尔尼亚夫斯基几乎把所有的时间都花在这种伤透脑筋并让人绝望的工作上。

为了用这种方法把诗歌（这样的诗歌被称为交响诗）写得尽可能完美，需要懂得所有的字体和排版。而切尔尼亚夫斯基深谙此道。

总之，切尔尼亚夫斯基对任何领域的知识的掌握程度都令人吃惊，其见解苛刻而偏执，而对所有"极端左翼"艺术流派的忠诚则是无限的。

他会在大雨倾盆的深夜按响兹达涅维奇家的门铃，叫醒基里尔并给

---

[1] 尼·费·切尔尼亚夫斯基（1868—1938），乌克兰诗人、教育家。

他朗读从北方传来的赫列布尼科夫[1]新写的诗歌。当然这时全家人都会醒来，甚至是兹达涅维奇老人。由于家庭的传统，老人热烈支持所有最"左翼的"艺术。

切尔尼亚夫斯基——一个完全孤独的人——几乎整天在兹达涅维奇家度过。他不停地讲着什么，证明着什么，有时愤怒，有时赞叹。他的始终不渝的听众有瓦连京娜·基里洛夫娜和玛丽亚。她们不但忍受他，而且爱他，可怜他。他偶尔会癫痫病发作。这时她们会叫我帮忙。

切尔尼亚夫斯基特别善于言谈。他的交谈对手在做什么，他完全无所谓，只要对方在听他讲就行。当玛丽亚收拾房间时，他紧随其身后，即使撞到家具上，他也不停地说。或是当瓦连京娜·基里洛夫娜在厨房里做她著名的手抓饭时，他就泡在厨房里，他会突然中断滔滔不绝的有关绘画或格鲁吉亚正字法的讲述，给她提出宝贵的烹饪方面的建议。

有时，瓦连京娜·基里洛夫娜和玛丽亚用力把切尔尼亚夫斯基推进我的房间，并把门从外面锁上。这并不会让切尔尼亚夫斯基感到难为情，他会忘乎所以地对我说个没完没了。

总之，他是一个温和善良而又软弱无力的人。他每走一步都会受骗上当并遭人欺负。每逢此时，他唯一的保护者就是兹达涅维奇一家人。

与此同时他又属于那些怪人之列，这些人不仅如人们通常所认为的那样能够美化生活，此外，还能为生活提供坚实的基础。只要科拉乌两三天不来，全家人的整个生活就会变得很糟糕，日子过得马马虎虎，大家都开始感到无聊。

---

[1] 韦利米尔·赫列布尼科夫（1885—1922），真名维·弗·赫列布尼科夫，俄国诗人、小说家。

兹达涅维奇家里来过各种各样的人。他们也顺便来看我——有和善的亚美尼亚老诗人卡拉-德尔维希[1]，他曾把自己的诗歌全集写在十二张明信片上出版发行；还有骑士般仁慈且睿智的诗人提香·塔比泽，还有做过首次尝试将剧院搬到城市广场上的画家捷连季耶夫，还有瓦西里·卡缅斯基[2]，恰奇科夫（他也从巴统搬到梯弗里斯）和导演申格拉亚[3]。

家里从早到晚回响着嗡嗡的谈话声。唯一可以休息的地方就是我的房间。最常来我这里的是瓦连京娜·基里洛夫娜，后来玛丽亚也开始常来。

"我不妨碍您吧，是吧？"她在门外悦耳地说道，她的眼睛在笑。

她屏住呼吸，安静地坐那里，在我面前毫不拘束地绣花或者朗读，头垂得很低，以至挡住了她的双眼，她会突然问我某个完全意想不到的问题，例如，脚面高意味着什么，怎么来测量它，或者问我是否读过卡久利·孟戴斯[4]的《童男国王》一书，以及普希金是否真的写下了关于西班牙著名舞女拉拉·鲁克的如下惊人的诗句：

犹如长出翅膀的百合，大厅里
袅袅娜娜飘进来拉拉·鲁克……[5]

1　卡拉-德尔维希（1872—1930），亚美尼亚未来派诗人。
2　瓦·瓦·卡缅斯基（1884—1961），俄苏诗人。俄国最早的飞行驾驶员之一，其使"飞机"一词成为通用词。
3　尼·米·申格拉亚（1903—1943），苏联电影导演、电影剧作家。
4　卡久利·孟戴斯（1841—1909），法国诗人，剧作家。
5　引自普希金的《叶甫盖尼·奥涅金》第八章中的诗句。

玛丽亚离去时总是仿佛受了惊吓似的。有一次,她给我带来了厚厚的一大夹子画作。

"这是您画的吗?"我问道。

"不是,瞧您说的!这是一位有非凡才华的,甚至可能是一位天才的画家的画作。您自己会看出来的。"

她走了,我开始仔细翻看这些随处画下的图画:有的画在纸板上,有的画在卷烟纸上,有的画在一张从笔记本上撕下来的纸上,有的则画在书的硬封面的背面。

我的第一个想法是,玛丽亚给我带来了德拉克洛瓦的绘画作品。但不是!它们是如此具有表现力,但也许在内容上更加多样。

画是用铅笔、木炭、红粉笔和水彩颜料画成的。

我寻找作者的签名,不过,看来,这位不知名的画家不喜欢在绘画上留下自己的姓氏,只是在个别地方写着自己的名字"济加"。济加就是西吉斯蒙德。玛丽亚是波兰人。我猜想,这些画是她的一位亲人所画。

很快一切就水落石出了。我得知有位优秀的画家济加,或曰西吉斯蒙德·瓦利舍夫斯基。他是玛丽亚的哥哥。在孟什维克当权期间,他从格鲁吉亚去了波兰,后来在巴黎暂住一段时间后,又返回克拉科夫[1]。

在那里他成为年轻画家的领袖。

他只热爱绘画,只懂得绘画,他以一个艺术家的眼光来审视生活中发生的所有事件,并且相信,唯有艺术能够改变并美化世界。

他是一位骑士画家,一位献身于艺术的人,对自己和他人同样要求

---

[1] 克拉科夫,波兰南部城市。

严苛,他是一位成熟的、头脑清晰的大师。

他谦虚、朴实、待人善良,身体却严重残疾。

由于某种严重的血管疾病,他的双腿被截肢。余生他过得很痛苦,失去了行动的自由,但他没有失去内心的宁静。

瓦利舍夫斯基死了,但他却是一位真正的艺术家。他在克拉科夫的瓦维尔城堡的天花板上画满了壁画。为此,他被绞车送到大厅高高的穹顶部位,躺在那里,一画就是一整天。

最终,他那颗疲惫的心忍受不住这种压力,破碎了,他死的时候,画笔还握在手中。

他成为波兰年轻艺术家们所热爱的人。他从未试图让美陷入绝境,陷入理论的罗网之中。

他发现美,欢迎美,在美存在之处,对其顶礼膜拜。

其艺术视野之宽广非比寻常。甚至连最偏执、最好战、最招摇的未来派艺术家以及其他同样喧嚣一时的绘画流派的辩护士,都无条件地折服于他的才华和纯洁。

我见过瓦利舍夫斯基的许多作品。这些作品都是用有魔法的画笔和有魔法的铅笔(我找不到其他的定语)表现出来并完成的。

其绘画看上去像是信手涂鸦,但其绘画的清晰度与其中使人精神振奋的力量,那种神奇的特性,都会令人深感震惊。这种特性体现在:画上未完成的线条可以由我们观众以绝对的准确性来完成;落到他纸版与画布上的令人欣喜的天空——未必是蔚蓝色的——的光辉,面部鲜明的线条,简洁的手势和姿势表现出的性格;还有他的肖像画,其中大胆的怪诞比原型本身更真实,布料的、头发的、光照的、动态的叶子的柔和度,几乎贴近你瞳孔的喜悦的眼睛;还有突然产生于瞬间的时代速写画——从威尼斯的狂欢节到敲打着铃鼓奔向梅捷赫城堡[1]的萨赞达利乐队的游行队伍。而更令人惊奇的是,就在这里,在这些画面的旁边,作者的自画像上一位又瘦又高、几乎还是孩子模样的年轻人,瞪着一双灰色的腼腆的眼睛在注视着您。

他爱德拉克洛瓦,而很有可能,当他工作时,他总是在与这位既清醒又性情浪漫的人进行面对面的交流。

他热爱并理解色彩,并且其色彩在画布上的生命力并不比德拉克洛瓦与凡·高的差。同时,他以自己伟大的现实主义令那些见过他系列铅笔肖像画的人折服,这些肖像画无一例外画的都是高加索第一步兵团的士兵与军官。

第一次世界大战期间,瓦利舍夫斯基应征入伍,是里加前线这一步兵团的一名士兵。在冬季暂时的平静时期,在德文斯克[2]附近某处,瓦利舍夫斯基几乎是开玩笑地给自己同团的战友画下了真正激动人心的系列肖像画——从炊事员到机枪手,从穿灰褐色军服的十字军预备役战士到不同年龄与性格的军官们。

我只看见过几幅完整无损的肖像画。关于它们能说什么呢?这是一位慷慨的大师创作的宏伟、勇敢、技术精湛的作品。

瓦利舍夫斯基几乎把这些肖像画全都分赠给了别人。如果它们能被收藏在一处,那么,我想,它们的自然与简洁可能压倒艾尔米塔什收藏的著名的一八一二年英雄系列画作。那里展现的是杰出的贵族军人群体,

---

1 梅捷赫城堡,公元五世纪建于第比利斯市,为格鲁吉亚君王的城堡和驻地,1959年被拆除。
2 德文斯克,拉脱维亚的城市。

而这里是普通的俄罗斯士兵，是托尔斯泰的《塞瓦斯托波尔故事》中体现民族性格的孩子般朴实的农民。

后来，在波兰的时候，当瓦利舍夫斯基经历了艰辛之路，取得了惊人的成就后，他不顾许多人，甚至是意志强硬的人物的反对，仍坚守自己的谦逊与对政治的反感，反对将艺术用于统治与沙文主义的企图。

他毫不客气地远离那些投机分子，他们试图在他周围营造一种民族主义光环，认为他是伟大的，但仅仅是波兰的画家。

他认为，绘画属于全世界，真正的画家之间的友谊——最重要的是人与人之间的关系，超越于一般的民族利益之上。

在兹达涅维奇家里，只要一提到济加的名字，就会立刻使所有的争吵、所有的纠纷停止，使人们恢复平静。

"济加是一位圣人，"瓦连京娜·基里洛夫娜说道，"他是彼特拉克时代和波提切利时代留给我们的人质。"

她说得简单朴实，毫无矫揉造作的神情。她的话是可信的，这或许是因为，济加五彩缤纷的世界犹如波提切利的《春》那般明朗吧。

某些意识的闪光，成功的比喻，以及看似矛盾的思想的完美融和，这些无法解释，也无须解释——心灵会先于理智领悟它们。

又是一个春天

弗拉叶尔曼几乎每天都来我这里。我们两个人都在报社工作——他在《东方曙光报》,而我则在一份铁路小报工作,小报有一个不很恰当的名字——《外高加索汽笛报》。

偶尔索尼娅会与弗拉叶尔曼一起来,她看着皮罗斯曼的漆布画,说:"这些东西不是给我们做针线活的女人看的。但是,我感觉到其中人的痛苦和美,因此呢,帕乌斯托夫斯基同志,我不否认这样的艺术。在这一点上我同意您的观点,尽管您是知识分子,而我对您的客气劲感到厌恶。"

索尼娅以前做过裁缝,所以她坚决称自己为"做针线活的女人"。

弗拉叶尔曼夫妇之所以无法招呼我去做客,是因为他们住在某些犹太山民的穿堂屋里。索尼娅称他们为"粗鲁人"和"公牛"。尽管她持自由派观点,但她却认为他们是叛徒,因为他们穿着切尔克斯袍,带着假匕首,骑马,贩卖水牛皮,而且已经将犹太语忘记了一半。

弗拉叶尔曼很快就和玛丽亚成了朋友。

一天晚上，我们坐在我房间里——有瓦连京娜·基里洛夫娜、玛丽亚、弗拉叶尔曼、科拉乌·切尔尼亚夫斯基和我。我们坐在那里，没有开灯。不知为什么，我们似乎感觉，电灯会使房间变得闷热。

在梯弗里斯黄昏时分的微暗中，凉爽的气流与外面被晒热的墙砖散发出的热气缠绕在一处，飘荡在房间里。

在相邻的房子里，那位身穿斜领衬衫的多愁善感的小伙子，还在唱那首抒情歌曲："以东原野上白色的百合，白色的花冠开遍了四方……"

"以东在哪里？"玛丽亚问道。

"在犹地亚[1]，"弗拉叶尔曼答道，"在我所谓的失落的家园。您知道这首诗吧——向导说：'老爷，我是犹太人，或许是沙皇的后代子孙。请看鲜花开在锡安[2]城墙，这是留给我们的全部宝藏。'[3]"

"不知道，无此荣幸，"科拉乌·切尔尼亚夫斯基说道，"甚至也不特别想要知道是谁写的。"

"这不重要，"弗拉叶尔曼说，"有趣的完全是另一件事。"

"什么另一件事？"玛丽亚问道。

"就是梯弗里斯的春天已经开始了。但谁也没有发现它。"

"明天我们去山里。"玛丽亚提议说。

除了瓦连京娜·基里洛夫娜，大家都同意了。她发现，原来明天是复活节。

---

1 犹地亚，又称"耶路撒冷山地""哈利勒山地"，巴勒斯坦中部山区。
2 锡安，古犹太人的政治宗教中心，一般是指耶路撒冷，有时也用来泛指以色列地。此名称的由来是耶路撒冷老城南部的锡安山。
3 引自布宁的诗《耶路撒冷》(1907)。

"今年的复活节真早啊!"她补充说,叹了口气。

瓦连京娜·基里洛夫娜走了,而我们几乎一晚上都沉默着。我似乎感觉,在玛丽亚和我之间进行着某种无声的、隐隐约约的倾谈,这倾谈犹如深夜树上叶子的颤抖,如某种睡梦中的谈话。

就这样,开始了梯弗里斯的春天——寂静无声的、在整个太阳的映射下变得透明的、仿佛被施了魔法的春天,我们似乎感觉,世界上所有的春天都是这样。

第二天早晨,我们三个人——玛丽亚、弗拉叶尔曼和我——沿着去科焦雷的路出城去了。

我们走得很慢,群山形成的半圆形剧场也是这样慢慢地在我们面前打开大门,地平线在远方为我们开启了一个又一个雾霭弥漫的空间。

在遥不可及的地平线的背后,是彻底脱离地面,如浮云一般高高悬挂在空中的相互交叠的、白雪皑皑的山峰。在雪峰与大地之间弥漫着一层淡紫色的雾气。

我突然感到一种巨大的喜悦,我甚至为意识到自己终于来到了遥远的南部地区而感到自豪,因为这里的一切非同寻常,这些山脉高耸于两座海洋——黑海与里海之间的交叉地带,我们的生活重又汇合于一小块远离我们故土的多石的道路上,我们站在被莱蒙托夫、普希金、尼科·皮罗斯马尼什维利和萨里扬[1]歌颂过的土地上。

不知为什么,正是在这里,在梯弗里斯的上空,在盛开着银莲花的路旁,我感受到了与大地上一切有趣的事物之间的那种亲情。

1　马·谢·萨里扬(1880—1972),苏联风景画家。

我想，看来我的生活还是很幸运的。或许，主要是因为我对它要求不多。当然，我有许多期待并为之努力，但要求不多。也许，最让我感到充实的就是这一特性吧？谁知道呢！

从这一天开始，玛丽亚成了我梯弗里斯的向导。我每时每刻都能感受到一种惊人的、仿佛是双重的生活感受。换言之，生活本身是美好的，与此同时还要加倍美好，因为一位年轻的女性和我一起纯洁而默默地分享着这种生活。

梯弗里斯的一切对我而言具有了特殊的价值和意义。我常产生一种奇怪的感觉，仿佛这整座炎热的城市与所有这些吵吵嚷嚷的亚洲人，都只不过是言语简单而忧伤的一部戏剧中的一个布景，参与其中的只有两个剧中人——玛丽亚和我。

我们到处游逛，我们见到了很多东西，我们的钱能够买得起的唯一的东西是冰镇汽水。我们从蒙上一层水汽的杯子里直接喝水，杯子上常常落满黄蜂。我感觉水是银白色的，而玛丽亚喝了水后，她的嘴唇在太阳的照耀下闪着石榴汁一样的颜色。她呼吸间芬芳的气息突然吹到了我的脸颊上或眼睛上。在这短暂的一瞬间我相信，幸福应该像一个忠实的女奴，既为我们，也为所有人服务。

我们没有只言片语谈及爱情。我们之间总是横着一条谁也不敢逾越的纤细而脆弱的线。

当时我做了一个决定，离开梯弗里斯去莫斯科。我向自己保证，我不管怎样都会承受住这一分手的痛苦，但在玛丽亚的记忆中则会留下一个忠实与纯洁的我。

此外，我还用一种想法来安慰自己：我极其思念俄罗斯，思念莫斯科，思念每一条生长着睡莲的小溪，思念山杨树林沙沙的响声。

生活中的一切随即发生了变化。瓦连京娜·基里洛夫娜比以往更经常地同我谈起妈妈和加莉娅，谈起莫斯科，她问我接下来打算做什么："要知道，不能在这个时候徒劳无益地泡在一个外省的梯弗里斯。"

我明白，她什么都看见了，什么都了解，并感到担心。

全家都陷入了某种阴沉的氛围，甚至正常的生活方式都被打乱了。生活被忧虑不安的情绪所笼罩。

我决定逃走主要是因为，我根据自己全部的生活经验知道，我没有权利完全相信自己。我如果生活在变化之中，一直避开所有能让我停止脚步并让我恢复理智的因素，这样我就仿佛如鱼得水。想必，父亲临终前用嘶哑的低语对我所说的话是正确的："我担心……缺少毅力……会害了你。"

我明白，实际上，我整个一生都在随波逐流。但无论我自己感到如何奇怪，波浪正把我带往我想去的地方。但我还是为这一特性而引咎自责。

我很快就被这些想法搞得疲惫了，试图尽快将其忘掉，并回归到纯粹外部的、丰富多彩的生活中去。

我就这样度过了在梯弗里斯的最后的日子。我对任何人甚至玛丽亚都没有说，这是我在梯弗里斯最后的日子，尽管我知道这一点。没有说是因为愚蠢地寄希望于命运：万一她突然扭动把手，一切障碍都自动轰然倒塌了呢？

我们一起走遍了整座城市：市内的花园——植物园和穆什塔伊德花园，集市，梅捷赫城堡背后的阿夫拉巴尔郊区，锡安大教堂和安奇斯哈提大教堂[1]、库拉河岸以及那些著名的古老的小酒馆（它们当时还营业）"心上人"、"秀儿库拉"和"蒂利普丘利"（意思是"小虱子"）。

在集市上，一群游手好闲的人、小商贩和马车夫挤成一个小圈子，在这个圈子的中央追赶一头小野猪。它尖声叫着，以前所未有的速度奔跑着，企图冲出包围圈。专家们在借助秒表测定猪跑的速度。这是在进行一场赌博。

小酒馆的顾客们从窗口探出脑袋，哈哈大笑着，不断抬高赌注，唱着许多前后不连贯的歌曲。

驴子安静地竖着耳朵，从玛丽亚手掌里吃新鲜的胡萝卜。从它细绒般柔软的鼻孔里喷出一股股暖风。

铜匠们制造的噪音如此之大，吵得脑袋都疼起来。我们尽量快速地走过他们的摊铺，那里撒满了剪切过的洋铁皮、铜和锌的边角余料。

一排排平底鞋挂在行人脑袋上方沉重的大钉子上，散发出皮革、葡萄酒、醋和樱桃李汁的味道。卖蜡烛的小铺子里散发出令人愉快的蜂蜜和蜂蜡的味道。锡安大教堂附近，像树根一样干瘦的老太太在卖蜡菊花。一些茨冈孩子扭着身子，跳着舞蹈，敲打着铃鼓，跟着电车奔跑。搬运工背上扛着一包包刺鼻的烟草，不时吆喝着路人让路。卖花女能根据人们极为讲究的品位瞬间就把一束束鲜花扎好。在"心上人"小酒馆的墙上，画着世界伟人的肖像——列夫·托尔斯泰、爱迪生、查尔斯·达尔文、普希金和拿破仑，但他们全都是令人难以忍受的格鲁吉亚人打扮，身穿胸前带有子弹夹的切尔克斯袍，腰侧佩带着巨大的匕首。

---

[1] 原文有误，Амчисхатский собор（阿姆奇斯哈提大教堂）应为 Анчисхатский собор（安奇斯哈提大教堂）。

我们去过浓荫蔽日的穆什塔伊德花园,那里的鲜花散发着潮湿的泥土芬芳,还去过山泉哗哗作响的植物园,还坐在如同世代本身那般古老的安奇斯哈提大教堂的台阶上,倾听库拉河水的轰鸣声和马脖子上铃铛的叮当声,而我们沉默无语。

一切尽在不言中。心中越来越充满了惆怅,强烈而又无法遏止的惆怅。

就在我忧虑重重之际,出现了一个摆脱这种忧虑的虚幻的机会:《外高加索汽笛报》编辑部派我去阿塞拜疆和亚美尼亚长期出差。我是和工程师检查组乘一趟专列去的。他们要去考察外高加索铁路的状况。

千年迷雾

在从梯弗里斯通往埃里温的路上，在蓬巴克斯峡谷绿色的狭窄通道上，火车一直爬着陡坡，行驶在弧形弯道上。铆钉、弹簧缓冲器吱呀作响，火车缓慢爬行在狭窄的、令人头晕的桥上，速度非常缓慢，肉眼几乎难以觉察它在行驶。

这条铁路的一切设施都是在极限条件下建成的。火车依靠双机牵引行驶，后挂助推机车。

火车里身材十分魁梧且彬彬有礼的老工程师们，向我和跟我一样偶然混进他们高技术团体的一位亚美尼亚老医生讲述了一件事，原来，这条铁路竣工后，工程师——即该铁路的建造者——被鉴定有精神病，被送进了精神病院。而铁路与此同时却运行良好，尽管让乘客们胆战心惊。

我还从未像乘坐这趟公务列车这样舒适地旅行过。

我有单独的包厢。我一直坐在窗边的小桌子上，火车就这样载着我行驶在峡谷上方，而下面的峡谷里，落叶堆积如山，在太阳的炙晒下，散发出松节油的香味。

在山与山之间的断裂处，显现出洒满露水的枝繁叶茂的山谷。它们如此之多，大概没有一份地图能容纳得下这所有的山谷，即使是最大的一张地图。

我似乎感觉，在这些山谷里，生活着异常幸福且民风淳朴的人们。他们坐在自家门前不时吸几口烟。晒黑了的女人们用铜水罐去打凉水。宽宽的眉毛衬托出她们熠熠生辉的双眸。

我深信，这些人对周围环境充满了幸福感。但仅匆匆一瞥是发现不了任何这种幸福的迹象的。需要全神贯注地倾听，聚精会神地细看，这样才能听得见伴随着火车车轮撞击声的蜜蜂那动听的嗡嗡声，忙碌的鸟儿的啁啾声，才能看得见草丛中疾速闪动的光影，以及不断穿过路基的山间水流中那玻璃般的晶莹闪光。

我身子探出窗口，看着窗外，想着心事。想着玛丽亚，我已经认识到，所有对阳光、植物和山峦这一切的奢侈的享受我都应该归功于她。她仿佛牵着我的手把我领到这些地方，欢笑着，对我的惊奇不已感到兴奋。

我甚至不知道，格鲁吉亚的这一地区叫什么名字。或许，这里已经不是格鲁吉亚，而是亚美尼亚？谁知道呢？

我心怀温柔与感激地想着玛丽亚，仿佛确实是她亲手建造了这个高加索，并轻松地、不假思索地将它赠予了我。

我越是这样想她，我记忆中的玛丽亚就变得越发无形，其声音也越发地虚无缥缈。

而火车则载着我离梯弗里斯越来越远。森林换成了灌木丛和岩堆。

突然在这些灌木丛中，我看到了令我感觉仿佛是幻想中的景象：一个大大的帐篷，一个旗杆，旗杆上插着挪威的国旗。帐篷附近的树上拴着几匹马,几个身穿格子衬衫、戴着细毡帽、晒得黝黑的人走来走去,他们彼此愉快地互相喊叫着什么。

这一切很像梅恩·里德[1]或费尼莫尔·库珀的主人公的露营景象。我甚至惊讶得大叫了一声,并冲到隔壁包厢的亚美尼亚老医生那儿。

"安静!"医生说,点燃了一根粗粗的、冲劲特别大的纸烟,"那是南森[2]食品供应使团的一个分队。这完全不是牛仔,也不是猎取人头骨的猎人,而是会计和医生。难道您不知道,南森现在正在亚美尼亚工作吗?"

我知道这件事,但想象不出,"实际情形"看起来竟如此富有异域风情。

夜里,火车爬上了高原,天气变冷。而清晨,当第一片方形的阳光开始从车厢的一角偷偷地移向另一角的时候,我一跃而起。

我扑向窗口,随即呆住了。我只感到一阵轻微的战栗。我的第一反应是叫醒我所有的同行伙伴。

但大家还在沉睡中。只有那些彬彬有礼的老人轻微的鼾声不时地打断车厢在睡梦中的寂静。

我从一个窗口飞奔到另一个窗口,到第三个窗口,然后用尽全身力气抓住皮带,猛地一拉窗框,把它放了下来。随着冷空气闯入车厢的是清晰的轮廓和清新的色彩——在那里,在车窗外,在最古老与原始的天空里,一座双高峰的雪山遮住了整个大地的边际与半边天空,直冲云霄。这是亚拉拉特山。山巅的积雪似乎高耸云端,紧贴着太阳。积雪闪闪发光,空气中弥漫着闪亮的迷雾。

亚拉拉特山!我无论如何也不能相信,我亲眼看见了它。所有古老

---

[1] 梅恩·里德(1818—1883),英国作家,以探险小说和儿童文学作品著名。
[2] 弗·南森(1861—1930),挪威的北极研究者。

的神话，所有远古时代的童话都体现在这一雄伟巨大的山峰里。我甚至看不见它气势磅礴的山脚下那一片片漫无边际的大地：它们被厚重的空气遮蔽了。山巅屹立于世界之上，透过迷雾依稀可见。

我目不转睛地看着亚拉拉特山。我不想喝，也不想吃。我担心，我一旦做这些事情，亚拉拉特山就会离开、消失，会隐去不见。

老医生不以为然地摇着头说了些什么，好像是说我过于敏感，甚至说我的敏感有害健康。但他这位戴着领结的老人能理解什么呢！

数千年的历史触碰到了我的眼帘。我呼吸着被石头烤热的空气，这无数的石头撒满了亚美尼亚。太阳信心十足而又刚劲有力地划过蓝天，而石头吸取了巨大的太阳的这种热量。

我们的祖先正是向它，向这太阳祈祷，祈祷它别把他们的土地、他们的皮肤、他们的头发烧成灰烬。日光如河水般倾泻到大地上，透过它们闪耀的光辉传来了马愤怒的嘶鸣声和驴屈辱的号叫声。

这里是各种宗教、传说、传奇和历史的交会点，历史又与诗密不可分，而诗则是在历史之火中锻造出来的。

就在这半梦半醒几乎谵妄的状态下我来到了埃里温。还没见到城市，我便已全身心接受了它。即使在整个埃里温，在街道上或某处空地上只生长着唯一一根枯萎的小草，也足够让我感受到这些地方令人难以置信的神话色彩，它充满活力的远古时代以及它的力量。

在那些年间，亚美尼亚刚刚开始加工质地轻而疏松的滤水石——被涂上柔和色调的阿尔蒂克凝灰岩：淡紫色的，粉红色的，浅蓝色的，赤褐色的，黄色的，黑色的。

在苏维埃政权刚建立的最初几个月里，埃里温用凝灰岩建起了漂亮的楼房。

我经过这些暂时无人居住的楼房时,听得见用凝灰岩砌的墙壁里面轻轻飘荡着此起彼伏的回声。

在埃里温的一整天我完全是一个人度过的。直到傍晚时分我才回到了火车上。我喜欢独处于这样一个陌生的国度,在一个似乎晒焦了的、空荡荡的城市里。

我喜欢独自一人,是因为谁也不会问我任何事,我可以想着玛丽亚,并时常遥望北方——那里已经是夜幕缭绕,这夜幕吞没了通往梯弗里斯的路。

夜里,火车起程了,继续向南,向朱利法[1]方向行驶。

白天我们驶过了著名的赤热蛇谷,那里有很多蛇躺在铁轨上晒太阳,火车有时因此打空转。

老医生断言,蛇通过随便哪个洞孔都能爬到车厢里。他的话吓坏了乘务员,乘务员拿着小铁棍挨个儿车厢检查,而且几次毫无必要地给制动器放气,担心蛇爬进制动装置里。

我看见几条被车轮碾断了还在蠕动的蛇。乘务员计算着被轧死的蛇的数目,高兴不已。

第二天,我仍然没有离开窗口。我感到忧伤,但我还是很幸福。

只有个别地方的土地被耕作过。在空旷多石的田野上,我看见亚美尼亚农民,他们更像游击队或起义者:几乎每个人的后背上都背着步枪。那是由来已久的风俗,种地时必须全副武装,以防库尔德人袭击。

本书所描写的这一切发生于一九二三年,在此之前,库尔德人每年

---

[1] 阿塞拜疆城市,历史上曾是亚美尼亚的村落,居民以亚美尼亚人为主。1948年设市。

要对我们与土耳其和波斯接壤的边界进行两次毁灭性的侵袭：一次是秋天，好保证自己抢到财物过冬；一次是春天，好保证夏天的生活。春天的侵袭被认为轻微一些，不似秋天的侵袭具有那么强的毁灭性。

库尔德人通常骑着自己精瘦强健的马越过阿拉克斯界河。因此，在库尔德人喜欢渡河之处设立了我们的边防哨所，在车辆乘降台处布置了警卫。

不过，我们没有看到库尔德人。只看到炎热、湍急的阿拉克斯河粉红色的混浊的河水。河水被染上了周围群山的颜色。

马其顿王亚历山大当年远征印度时，修建了一条横穿亚美尼亚的大路，并在阿拉克斯河上修建了几座桥梁。我们在其中的一座桥梁上走出了车厢。

在炎热的寂静中，漠百灵唱着婉转清脆的歌声，如同小小的颤抖的琴弦铮铮作响。

铺在路上的巨大石板的缝隙中，晒褪了色的草穗已经发黄，沙土色的大蜥蜴跑来跑去。

这座桥曾在当年从河的一岸横跨另一岸。桥的中间部位，那个所谓"拱顶"之处，如今塌陷了。

彬彬有礼的老工程师们久久地看着这座大桥，抠出凿好的石头之间硬化了的黏土，寻找木质支柱的痕迹，但什么也没有找到。

"不可思议！"他们摇着脑袋说道，"即使是我们的别列柳布斯基[1]也建不出这样的大桥。建筑的奇迹！杰作！"

---

[1] 尼·阿·别列柳布斯基（1845—1922），俄国工程师和建筑力学与桥梁建筑学家。

几十只蜥蜴睁大了眼睛仔细看着稀有的来访者,紧张得呼吸困难。风沿着大桥忽前忽后地吹来粗糙的灰粒——法尔西斯坦[1]大地上炎热的灰粒。

山峦由于酷暑变得雾气腾腾。对岸波斯那边,低矮的黏土房的房顶上站着赤身裸体的波斯孩子们,太阳照在他们褐色的肚皮上闪闪发光,仿佛照在铜色的小锅炉上。

"不可思议!"工程师们感叹道,"超乎自然!"

工程师们赞叹不已时,我坐到了大桥入口处的一块被削平的石头上。石头被雕刻成一个面无表情的狮子头。狮子的眼睛是黄色的,因为此处的石头上长了一层地衣。这使狮子完全像真的一样。

我想在阿拉克斯河里洗个澡,但无论是老医生,还是工程师们,还是乘务员都朝我大喊起来。首先,阿拉克斯河里有一种细如发丝的线形虫;其次,阿拉克斯河水会使人得麻风病;再次,波斯的边防军人——"兵士"(显然,他们住在对岸的那座房子里,他们孩子的干净的肚皮闪闪发光)可能会朝我开火。

"麻风病"这个词本身对我来说有一种古老的意味。这个词如同这里炎热的石子,似乎像光泽暗淡的云母一样闪耀着白光。

我没有洗澡,但还是把自己的双手伸进了比较温和的水中。双手晾干之后,上面出现了一层精细如粉末的褐色灰尘。

白天,火车停在了另一边有着陡峭斜坡的峡谷中。

"喂,"老医生对我说,"这里您可以替您自己,也替我受累一下。在上面那里,"他直指着天空,"在悬崖上立着一座大教堂,但是只能沿着台

---

[1] 法尔西斯坦,古波斯南部省份,今伊朗西南部省份。

阶走到那里。台阶是在岩石上凿出来的,在山洞里。我担心,除您、乘务员和工程师巴尔金——这个格鲁吉亚最好奇的人之外,谁也不敢爬这个台阶。而且天气还那么炎热。"

老人是对的。只有我们三个人爬上去了。

洞口长满了多刺的灌木。我们穿过灌木丛,打着手电筒照亮,才发现了通往上方暗处的最初几级台阶。

石级陡峭,而且已经磨损。但我们却感觉不到闷热——仿佛在管道里一般,后背总有凉丝丝的风吹来。

不久,上方出现了一线光亮,于是,已筋疲力尽的我们,嘴里骂着娘费力登上了这一地下通道的上方洞口,爬出来时,正好是洒满了阳光的大教堂的祭坛。

在这刺眼的、如死一般寂静无声的阳光照耀下,燕子在大教堂的穹顶下飞来飞去。壁画仿佛是昨天刚刚画上去的,圣像头上的金色光环及他们如福音书中描绘的那种绿松石和紫红颜色的衣服亮闪闪的。

我们走出大教堂,来到了它极小的院子里。大教堂位于悬崖的顶端。肉眼可见热腾腾的气流在我们身旁飞上云霄,像一道不断抖动的、缥缥缈缈的幕幛一样围绕着大教堂。

周围寂静无声。空气是如此的纯净,没有什么能够打破这寂静。任何声音都无法穿透这酷暑的厚度,我也只能羡慕地想象着,在距此二百公里之外的某处,凉爽的黑海海水正在冲刷着海岸。

在大教堂里我们没有找到一滴水。这高不可攀的堡垒里的居民喝什么呢?无法理解。

我很幸运。在祭坛的窗台上放着一本小书,书已被灰尘固定在了窗台上。我拿起了书。更确切些说,我小心翼翼地把它从大理石的窗台上拽下来，打开了它。

干透了的书页窸窣作响。于是，我看见了拉丁文的祈祷文和一朵勿忘我干花。

我拿走了祈祷书。我想把它送给玛丽亚。

大教堂的围墙里面，在长着硬刺的植物丛中，堆放着许多雕有花纹的大理石薄板。

我拾起了一块粉红色的碎石板。上面刻有一串葡萄，一个独角兽的头和复杂的亚美尼亚词语的连体字。当阳光照射到这块石板上时，它透露出温柔的血色，如同阳光照射下的孩子的手掌。

我带走了这块石板。我和乘务员把它拖到了我的车厢里。我也想把它送给玛丽亚。如果可能，我会把这整个教堂送给她，这教堂几百年未闻人声，而如今燕子们围着我们，生气地叽叽喳喳叫个不停，要求我们快点儿离开。

我依稀记得掩映于落满灰尘的桑树中的纳希切万[1]——一座离莫斯科如此遥远的城市，在这里甚至难以想象，世上还存在着一个莫斯科。

我记得朱利法，朱利法铁路大桥的另一边已经是波斯，而在桥的中央，在我国领土的尽头之处，坐着赤脚的波斯士兵，出售里海拟鲤和烟草。

回程时，火车速度很慢，每一站都要停上很长时间。工程师们对一切都吹毛求疵，一切都要检查，抓住车站生活的所有细节问题不放。

---

[1] 纳希切万，阿塞拜疆古城。

老医生睡着了,而我被闷热和酷暑折磨得疲乏无力,一整天坐在车站的小花园里,在老桑树似有若无的阴影里,读着唯一的一本从老医生那里夺来的书——《热带病的诊断与治疗方法》,并时不时地打着瞌睡。

偶尔一列货运列车懒洋洋地缓缓驶进车站,这时由于炽热的机车和煤水车流出的油汪汪的开水,空气会变得加倍地热。

我在车站上几乎要坐到晚上,我甚至对自己的耐心感到惊讶。但是要活动活动却几乎是不可能的。

月台上,还剩有一点儿温水的锌皮桶在漏水,随时有小蜥蜴跑来水桶附近的水洼里喝个饱。

我带着一种思念的情绪读着货车上写的字:"已在特维尔站车辆段检修"或"已在弗拉基米尔站车辆段检修"。

在特维尔和弗拉基米尔那里,在城市荒芜的花园里,或许,现在甚至正下着雨,真正的、安静的雨,谁也不会打扰它们恣意喧嚣,它们敲打着叶子,滋润着长满了矮牵牛的松软的花坛,在慢腾腾的溪流中汇入到自古以来以其清澈的河水而闻名的克利亚济马河。

有时,我凝视着地平线上坡势平缓的山峦。它们大概没有名字。而且是否应该给干涸的、由碎石和黏土积压而成的、连绵隆起的地段起一个名字呢?那得是一个多么轻信他人的幻想家,才能像马其顿王亚历山大那样,来到这凄凉的荒漠里,满怀信心地认为,在这片死气沉沉的雾霭之后流淌着两条巨大的河流——印度河和恒河,还有数十条其他河流,它们携带着深不可测的幽暗的河水经过百合、荷花和如蚁穴般新奇别致的庙宇旁,直奔大洋。

有时,山峦之上一股旋风疾驰而过,顿时山巅上就腾起红色的尘柱。

后来,火车从晒枯萎了的盆地驶上了高地(或叫"高原",工程师们是这样叫的），那里已经吹起了风，夜间变冷了。

铁路沿着阿尔帕柴河岸延伸。

有一天临近傍晚时，火车停在了河边。我们看见了对岸的柱廊式建筑、亚美尼亚瓦片铺成的圆屋顶，但那里寂静无人。那是亚美尼亚古都——阿尼城的遗址，真正的世界奇迹之一。

工程师们叫来了对岸土耳其边防哨兵队队长——一名土耳其军官。

他漫不经心地，炫耀地沿着吊桥向我们走来，他的马鞭不时敲打着漆皮护腿。他的身后跟着酷似托钵僧或麻风病人的士兵——只有他们的那种铜肩章证明着他们的军人身份。

军官同意我们参观阿尼城，但只能在落日之前。他的这个决定让士兵们兴奋不已。他们闻到了"贿赂"——小费的味道。

我勇敢地跟随着军官沿着吊桥向对岸的土耳其走去。我们每个人身边都跟着一个土耳其士兵，他们偶尔会扶住我们的胳膊，或者让摇动的绳索扶手停下来。

吊桥是由狭窄的板条编扎而成。只要人一步踏空，板条与板条之间的距离足以让人掉进阿尔帕柴河。

吊桥颤抖着，完全歪斜了，倾向一侧，我们每多走一步，它就摇摆得更加厉害，像秋千一样，简直有把我们所有人都扔进水里的危险性。而吊桥距水面有二十多米。

我走到一半，停下来——吊桥从下面拍打着我的脚后跟，并把我抛到一边。

一个士兵从后面抓住我，并大喊起来。随即其余的士兵开始在桥上跳起一种复杂的舞蹈来，好让吊桥停止大幅度的摆动。与此同时，紧张得满脸通红的士兵们惊恐地瞪大眼睛，像在冲锋时那样拼命地喊叫。

我似乎感到岸边坚实的土地是逃避所有灾难最伟大的避难所，特别是躲避地震。

在阿尼的小兵营里住着士兵，而在城里只有几个牧羊人。他们在废墟之间牧羊，可以选择任何一个柱廊式建筑过夜。

阿尼是什么呢？当然，有些事情我们无论如何努力，也无法表达清楚。当远处传来羊蹄纷纷踏地的沙沙声，传来早已枯萎的干花中那成熟种子的爆裂声，这爆裂声有如婴儿哗啦棒的响声，这时，如何来表达这种寂静呢？

教堂台阶上长满了普通的蒲公英，如何来表达落在台阶石板上的燕子翅膀的影子呢？

在荒无人烟中，在风中，在静谧中，只有小草、壁画和酷似壁画的天空。

云彩静止不动，仿佛由著名的意大利绘画大师精心描绘而出，云隙间偶尔会有唯一的一缕斜阳投射到大地上，这是多尔[1]喜欢刻画的那缕著名的阳光。

从我幼年时起，这一缕阳光就成了《旧约》故事画的组成部分。看到阿尼城被烧毁了的广场上空的这一缕斜阳时，我立刻意识到，我置身于如地球本身一样古老的地方。

太阳落山了。我们该返回了。

如果能在这些废墟中度过一夜，可以凝视星斗的旋转，那该是怎样的一种享受啊，我甚至会羡慕自己。

1　古斯塔夫·多尔（1832—1883），法国版画家。

关于这件事我能给玛丽亚讲什么呢？关于大犬星座——它是去先知墓朝圣者的指路星座。这就是它——低低的、火红色的星座，它在这一贫瘠而迷人的土地的广袤无垠的空间之上闪闪发光。

或许，从玛丽亚熟睡房间的窗户里看得见这个星座。但是为此，需要风掀开窗帘，需要玛丽亚在睡梦中快速说些什么，瞬间睁开眼睛，星光就像预兆般走进她的双眸。

返回时再穿过吊桥，已经不那么可怕了。黑暗帮了大忙。

土耳其人喊叫着，不知哪里有只驴子大叫着与我们告别，我似乎觉得艾蒿的味道是世界上最美好的味道。这是漂泊与辛酸的味道。我当时就是这样想的，并随即骂自己是脆弱的象征主义者。

这一切都是虚构!

火车沿着蓬巴克斯峡谷走了整整一夜。峡谷似乎夜色浓重,一片漆黑。但不时透过这黑暗看得见几十盏灯火,黑暗因此变得单薄而轻盈,灯光从背面照亮了许许多多形状各异的叶子。

我没有入睡。我最终决定留在梯弗里斯。我觉得我不可能远离玛丽亚。我做好了一切准备——就算她一眼也不看我,但,或许在早晨、中午或傍晚我能突然听到她遥远的声音。就让我们头顶上方延伸着同一片天空,让她和我同样看得见这一朵像戴着面甲的骑士头颅的白云。

火车驶进梯弗里斯时是正午,是一天中最艰难的时刻,这时暑热把一切颜色都变成了灰色,使空气肮脏不堪。

当我乘出租马车驶向兹达涅维奇家时,我十分激动。我脚下的四轮马车上放着一块漂亮非凡的大理石板。

兹达涅维奇家住的那条小巷空无一人,似乎被太阳熔化了。他们家的窗户紧闭着。我拉了门铃,但久久没人来给我开门。不知为什么这把我吓坏了。马车夫把大理石板拖进了门口的平台上，说："这块纪念碑是给谁拉来的？奶奶还是爷爷？贵重的礼物啊，卡措！"

我又拉了门铃。瓦连京娜·基里洛夫娜从门里面问：

"谁啊？"

我报了姓名。

"我真没想到今天您能来。"她边开门边说。

在黯淡的前厅里，电灯灰蒙蒙地亮着，在这灯光之下，那只惶恐不安、受了惊吓的长颈鹿看着我，仿佛想通知我某件不幸的事。所有的房间里都很阴暗。

瓦连京娜·基里洛夫娜没有想到我今天能来。这一点我完全理解。但是玛丽亚哪儿去了呢？她想到了我今天能来吗？为什么家里昏暗无人呢？

"发生了什么事？"我问道。

"什么也没有发生，"瓦连京娜·基里洛夫娜答道，而且我似乎感觉，她淡淡地笑了一下，"只不过谁也不在家。玛丽亚去了博尔若米，要待两个月。医生给她开了处方，让她去博尔若米治病。这块墓碑是干吗的？"

"这是件很漂亮的东西，"我答道，"它至少有五百岁。"

"让马车夫给搬到露台上去吧，不然放在这里，会绊倒大家。"瓦连京娜·基里洛夫娜说道，然后转身朝自己的房间走去。走到门口，她转过身来，说："何况这一切都是您虚构出来的……"

我走进自己的房间，有一种感觉，我没在梯弗里斯的这段时间里，房间死气沉沉。

我仔细察看桌子。不知为什么我深信，在它上面我会看到玛丽亚留下的字条,哪怕是极小的一条。但是没有字条。

窗外那熟悉的、甜腻腻的男高音又唱起了以东的百合。我看了一眼表。十二点半——一天中最令人茫然的、炎热的转折点。

"白痴!"我大声地说着甜腻腻的歌手。

我想哭,但我竭尽全力抑制住了。然后这些没有哭出来的眼泪如此沉重地压在我的心头,如同整座大卫山压在了我的胸口,让我只能用百分之一的呼吸来喘气。

我走出家门。酷暑如同热茶一般浇遍了我的全身。但我没有躲着它,而是走在有阳光的那一侧的街道上。我沿着颤抖的韦里亚桥走过库拉河,走进了《外高加索汽笛报》报社,告诉他们说,我明天去北方,请他们什么也不要问我,就走了出来。我去了穆什塔伊德花园,并久久地坐在树荫下的长椅上,后来直接坐到地上——树荫下的地面是凉的。

我抓起一把这凉凉的泥土,并把它贴在额头上。

在这一天之前从未有过的一个想法,一个让人感到锥心之痛的十分明确的想法,让我想要发出呻吟来,不吐不快。出现这种感觉,是因为我意识到了自己那种并非虚构而是实实在在的并因此令人生厌的孤独,意识到了我并不被任何人所需要——无论是玛丽亚,还是所谓的朋友们,还是我自己。

痉挛,像往常一样,扼住了我的咽喉。那么,妈妈呢?加莉娅呢?只有她们能原谅我。如果可能的话,我会让妈妈来,请求她帮助我,保护我。而且,也许我确实喊了什么,因为一个胸前佩戴着巨大铜牌、长着大胡子的人走过来,他应该是门卫,说:

"你害病了吗?离开这里吧。这里孩子们在散步、玩耍。"

于是我走了。现在我确切地知道应该做什么:去基辅,只能去基辅,去找妈妈和加莉娅，只有这样才能安慰我，只有这样。

我怎么会突发奇想，怎么会虚构出，我和玛丽亚被某种共同的激情与共同的忧虑联系在一起了呢？胡说八道！是的，我被联系起来了，但她，或许，连想都没有想到这一点。这一切都是虚构！只不过是我的虚构而已。就让它这样吧！

梯弗里斯火车站离穆什塔伊德不远。我去了车站，买了一张去博尔若米的地方区间火车票，就坐车走了。

我看不见车窗外的任何东西，只发现，火车行驶得异常地快，快得我在光滑的木凳上很难坐住。

在博尔若米我下了车，随即买了一张回程车票，傍晚时分返回梯弗里斯。除了车站广场，我在博尔若米什么也没有看到。

瓦连京娜·基里洛夫娜给我打开了门。

"您今天吃东西了吗？"她问道。

"是的……谢谢……我明天去俄罗斯。明早我来还清房租并告别。"

我快速走进了自己的房间，并从里面锁上了房门。嗓音甜腻的白痴又唱着自己关于百合白色花冠的抒情歌曲。

长颈鹿从墙上惊恐地、担心地看着我，我似乎觉得，它的嘴唇像准备要哭的孩子的嘴唇那样颤抖着。

我没脱衣服就躺到了沙发床上。枕头下面有东西在簌簌作响。我抬起了枕头，看见了字条。字条是玛丽亚留下的。上面只写了一句话：

"祝福您，别了。"

在去基辅的一路上，我都在想着这些话，并试图给自己一个解释。无论如何，这些话也没能带给我一点点安慰。"这一切都是虚构！"我又重复了一遍这句死死缠住我的话。

是的，但假如没有虚构也难以生活，那又怎么办?

雅尔塔-奥卡河上的塔鲁萨

一九五九年至一九六〇年